有一种力量,叫文学;
有一种美好,叫回忆;
有一种感动,叫青春;
有一种生命,在鲁院!

鲁迅文学院「百草园」书系

田野的深度

范晓波 ◎著

现代人不是不喜欢自然，而是不懂得亲近自然的方式，真正要亲近自然，不能抱着征服的心态，也不应以猎奇和虚荣为目的。

图书在版编目（CIP）数据

田野的深度 / 范晓波著. —— 南昌：江西高校出版社，2017.4
（鲁迅文学院"百草园"书系）
ISBN 978-7-5493-5178-7

Ⅰ.①田… Ⅱ.①范… Ⅲ.①散文集—中国—当代 Ⅳ.①I267

中国版本图书馆CIP数据核字（2017）第052277号

出版发行	江西高校出版社
社　　址	江西省南昌市洪都北大道96号
总编室电话	（0791）88504319
销售电话	（0791）88505573
网　　址	www.juacp.com
印　　刷	北京一鑫印务有限责任公司
经　　销	全国新华书店
开　　本	700mm×1000mm 1/16
印　　张	16.5
字　　数	220千字
版　　次	2017年4月第1版 2020年7月第2次印刷
书　　号	ISBN 978-7-5493-5178-7
定　　价	43.00元

赣版权登字-07-2017-225
版权所有　侵权必究
图书若有印装问题，请随时向本社印制部（0791-88513257）退换

目录 Contents

田野的深度……………………………………… 1
野　　洲………………………………………… 9
开门见樟………………………………………… 24
桃影幢幢………………………………………… 31
油菜花的 N 种美貌……………………………… 38
追赶草原………………………………………… 45
看不清的森林…………………………………… 52
雪峰下…………………………………………… 59
云　　上………………………………………… 66
皖南以南………………………………………… 73
野风景…………………………………………… 78
旅行速记薄……………………………………… 83
月光汹涌………………………………………… 87
南方水塘………………………………………… 90
我所挚爱的自然………………………………… 93
从鄱阳到鄱阳湖………………………………… 95
无城之城………………………………………… 99
去百慕大………………………………………… 105
不听话的岛……………………………………… 110
去南矶…………………………………………… 115
白沙洲…………………………………………… 121

寻找康郎山	126
湖上的路	131
青春作伴去共青	136
沙湖山访候鸟不遇	142
鹤翅下的鸦鹊湖	148
湖边的银宝湖	152
骑马去看香油洲	156
雁翅打开新年的天	160
还　乡	166
正版的的春天	180
县城附近的春天	186
没有情歌的村庄	189
瓦片下的家	194
失火的村庄	197
在祥环的秋日下午	200
山上和山下的风	204
听得见蛙鸣的书房	209
春天的一个早晨	213
向上生长的糖	216
客自中原来	220
边　城	228
欢歌与绝唱	236
风景在导游不在的地方	240
一枚茶叶的近亲和远亲	244
铅山的两种读音	248
我闻不到苹果的香	251

田野的深度

经历了十余年的户外游逛后，很难笼统地热爱一片葱茏了。

曾经这样表达作为江西人的骄傲：江西的每一条地平线都是绿色的。无论冬夏，无论去哪个方向，公路两侧的田野都是绿汪汪的一片。江西的森林覆盖率已达63%以上，和多年排名全国第一的福建不相上下。

大概从2002年开始，我增加了田野漫步的频率，由一个月一次，到半个月一次，最近两年，几乎达到了一周一次，只要有时间，就往城外的高速公路和国道、省道跑。时间多就待三四天，时间少，住一两夜或当天赶回。

不攀岩也不探洞，除了一把防身（主要防人）用的军刀、一架望远镜和一只小手电，没有其他户外设备。也从不参加任何户外俱乐部的活动。现代户外活动的基础理念是通过征服自然来突破自我融洽团队，不过是把人类的室内游戏换到室外来玩罢了。大家戴着头盔，打着红旗，播放着壮胆的音乐，像鬼子扫荡一样成群结队行进，田野只是充当了道具，或者说，假想敌。

这同我的兴趣大相径庭。征服感是人类诸多可笑的幻觉之一，大道理不说，就比比寿命吧，你连一棵樟树都活不过，你还能征服什么呢？面对田野，我的心态不过是浪子还乡，并不想惊扰任何东西，很随意走走，看看，听听，嗅嗅，天气宜人就躺在草坡上让心跳舒缓入定，进入一种假想的同昆虫、草木共呼吸的状态。

那些有名的山川——庐山、井冈山、三清山、明月山、仙女湖、柘林湖、鄱阳湖等自然都去过多次，无名却有些姿色的野风景也发现若干。

最终，还是难免有些失望和厌倦。

就像同一个女人交往，一开始只留意脸蛋和身材，稍一深交，就开始注重对方的性情和内涵。

正是这个意思，即便在江西这种湿得发潮绿发腻的省份，有深度的田野其实也还是比较少的。

我们的森林覆盖面积，大多得益于绿化的理念与行动，而非田野自然的发育和积淀。而这些人造的绿色，不管是在城市里还是野外，都难免显得生硬而浅薄。

林相是个比较专业的术语，有一次去景德镇瑶里一片森林参观，当地的向导指着峡谷两侧的山林说：右边的林相要比左边的好。左边的山坡上是飞播造林的成果，右边的则层层叠叠，各种乔木和灌木扭打成一团团，互相拉拽、簇拥、翻滚着朝向天空生长。很直观的印象，林相好的右边，树木的种类繁多：枫、樟、栲、檫、栎……更多的叫不上名字，林相差的左边，是一些疏朗的毛竹和马尾松。

我因此有了这样的定见：构成田野深度的第一项要素，就是植物品种的丰富程度。品种越丰富，则山林的面貌则越驳杂斑斓。

江西高速公路两边的山野，最多见到的树木就是马尾松、杨树、杉树和毛竹，看多了就觉得平面和单调。

动物资源也是与之紧密相关的指标，只是动物隐藏在植物繁密的枝叶后，无法靠目测直观地评估而已。

田野深度的第二要素，在于树木的年龄。一片速生杨树林和一片千年古樟林给人的深度感是绝对不同的。江西泰和县麻州的赣江边上有一片面积达200多亩的古樟林，树龄均在200年之上，超过800年的也不在少数，树干往往要五六个人才能合抱。我先后去过那里两次。第一次是暮春，印象深的是，林中的八哥以麻雀的规模漫天漫地繁殖，种群庞大，而且一只只身形矫健、歌声狂野，不时向地面投掷粉白的炸弹。另一次是夏末，林中蚊子和蠓虫横行，人在林中基本无法停驻，行走速度稍慢就要被叮上几十个包，痛痒难忍。

第二次去麻州，也深刻领会到田野深度的第三个要素——同人的距离。

第一次应该是2006年吧，那时麻州还养在深闺人未识，只有附近农民和个别摄影家见识过。我初到时，确实有惊艳之感。林中古木参天，绿雾浮动，宛如步入俄国风景画家希什金的油画。后来这里便挂牌变成了省里的摄影基地，开发商也很快逐腥而至了，用"爱我，就带我去麻州"这类煽情的句子引诱游客。2011年第二次到达时，最先听见的不是八哥的啸叫，几台推土机抖擞着身子在古樟林边发出坦克般蛮横果决的轰鸣。问领头的人他们在干什么，答曰：造度假村。又问：紧挨着林子造这么大的度假村，树林不就毁了？！他眼都不抬，像推土机那样轻蔑地把我的质疑推到一边：不会！又不是在树林里面。

初到麻州时，只在林子里望见几只放养的奶牛，时隔5年，就邂逅了不少拿着卡片相机的游客，他们的汽车歪着脖子栽倒在林中的树荫下躲避日晒。

这片樟树林的深度便被推土机和游客们的身影严重削弱了。

最初自驾游出行时，在高速公路上朝窗外望望就感觉在旅游。后来发现，田野的深度和道路的宽度是成反比的，就由高速而国道由国道而省道而县道、乡道了，乡道之下，是开不了机动车只能徒步的蛇形小路。

连蛇形小路都没有的地方是田野最深的深度，这样的去处现在其实也不多见了，即便是在深得似乎到了世界边缘的山里，路在脚步不能翻越的山脊下断了，可是如果你有可能在空中俯瞰，山那边就有道路和人烟了，只是由于山脊的阻隔，两边都把彼此当作了尽头。

那些有深度的田野，往往保留着独立而完善的生态系统，植物以植物的脾性肆意蔓延，动物按照动物的食物链此消彼长，既彼此斗争又相互依存。唯一多余的物种是人类，不给人攀爬的坡度，也不腾出空间供你插足，甚至，你拿着望远镜都看不清它的深浅。或许也正因如此，它们的自足得以维持。在这样的田野面前，人类是不自信的，甚至，充满了敬畏和恐惧感。

我刚读小学时，还常被豺狼叼走小孩的传闻吓得睡不好觉。豺狼偷猪、狐狸和黄鼠狼偷鸡的事也常在身边发生。因为长期和人较量，豺都学会了人的心计与狡猾，它猎杀体重远超自身的肥猪时，并不使用暴力，夜间翻入猪圈，拱开门，嘴巴衔着猪耳朵，尾巴充当鞭子一下一下温柔地抽打着猪屁股，猪就像被催眠一样不声不响地跟着豺走了，如果刚好是只母的，脑子或许里还萦绕着只是被掳去当压寨夫人的幻想。等脱离人的视野进了村后的山林，豺才露出劫命不劫色的本性。

那时还听说过六旬老太走山路遇上豹子的新闻，老太太血肉模糊九死一生，最终还是凭着惊人的爆发力把豹子掐断气了。新闻的主角自然是人而非豹子，重点讨论人在危机时到底能激发出多大潜能。那时金钱豹和华南虎并不像现今，离人类远得像是一个传说。这种事若发生在今天，虎豹吃人就不再是悲剧，肯定作为喜讯来传颂，因为终于用人的鲜血证实了华南虎的存在！

再往前推二三十年，解放前后，在鄱阳湖边的丘陵地带，都时有老虎伤人的事情发生。政府还悬赏号召猎户围捕为民除害。

我一个朋友的父亲说，五十年代他在鄱阳皇港区政府工作时，常带队步行数十公里去县城开会，在山路上就亲眼看见过老虎，黄灿灿的皮毛在青翠的巴茅丛中格外耀眼。他被自己的心跳打乱方寸，慌乱之中胡乱放了两枪，老虎才极不情愿大摇大摆地走了。

虎豹的存活需要冗长而复杂的生态链与食物链，没有上百公里纵深的密林是无法养活一只虎豹的。可以想见，那时的田野是何其深邃而神秘。

生态学家的研究表明，因为人口的膨胀和科技的帮凶，人类近几十年对于自然的挤占和损坏，比过去几千年还要厉害。

这也渐渐培养了我近年对古典诗文及小说的热情。

当然，这更像是一种绝望的怀旧。

中国古典诗歌最常用的手法是托物言志，古诗里的物，最多的就是诗人们信手拈来的自然意象。

现在的小学生读唐诗宋词已有些基于日常经验的隔膜了。他们不知道什么是茅檐，什么是牧童，什么是井台，什么是茱萸，不知道什么是寒食节；没听过雁叫、乌啼、檐雨和蛙鸣；没见过鹧鸪、白露、红豆、冰溜子、炊烟，甚至没有见过真正的月光，他们在每年的中秋夜望见的只是一个既没有月桂也没有嫦娥的月球而已。

相对于唐诗宋词，年代更久远的《诗经》的阅读障碍也更大一些，除了修辞习惯的差距，那些充斥于诗作者日常生活的风俗、传说和动植物，对离远了田野的现代人来讲实在是太生疏了，有些植物我们连名字都没有听过，知道名字的，又没有机会睹其形嗅其味。

我常在睡觉前翻阅《水浒》催眠，不看情节，只看细节，以便跟着那些徒步旅行的游侠与囚徒梦游宋元时的田野。景阳冈、野猪林、蜈蚣岭、黄泥冈、快活林、飞云浦……这些耳熟能详的地名代表的是那个时期中原地区田野的深度。虽然不一定是北宋年间田野的真实写照，基于作者生活于元末明初，他写作时参照的现实摹本也至少是明初的。

基于对写作内部规律的了解，我相信，通过虚构的北宋，可以看到真实的元朝和明朝。

那个时候，人类还没有完全成为自然的主宰，人和田野的较量，还维持着平局的态势。那时到处是可以窝藏猛兽和强人的深山野岭，到处可以从事杀人越货的勾当而不会被官府发现缉拿。

即便是村庄，也基本是绿荫环抱，生机勃勃。

史进所在的史家庄是离陕西延安府不远的一处普通小村庄，却也是"田园广野，一周遭青缕如烟，四下里绿茵似染。转屋角牛羊满地，打麦场鹅鸭成群……"这些描写似乎是虚的，量化起来却更令人震撼：（史家庄）"一周遭都是土墙，墙外二三百株大柳树。"

不说北方，现今就算在福建、江西一带，你也不可能找到一个村庄外会有二三百株大柳树，如果有，也早被包装成中国最生态的村庄卖门票赚钱了。

有时看美国西部片和欧洲文人电影，也能看到一些原生的田园广野。导演们似乎也总爱有意无意地游离剧情炫耀一把本国的壮阔河山。这直接造成了我对公路电影的痴迷。美国的田野在通往西部的公路两侧,要么是漠漠荒原,要么是无边麦浪。欧洲的田野则多在北方的山区,云杉蔽日的原始森林间,时常露出百年古堡的沧桑身影,在那里,时间似乎自有一种节奏,它应和森林吐纳的规律行走,并不听命于急不可耐奔向现代化的人类。

对于田野最完美的想象和展示,还是来自艺术。电影《阿凡达》中的潘多拉星球上,树可以长到274米高,枝干可供数百人栖居;植物们到了夜间则散发出梦幻般的光泽。更主要的,在那里,人和动植物可以进行情感沟通,平等相处,共存共荣。

媒体报道有完美主义者看完电影后自杀而亡了,理由是:突然感觉地球太丑陋了。

我没有那么激进,不过潘多拉的田野确实让我失语很久,不愿意正视影院之外灰秃的现实。我只有这样安慰自己:或许,在某个遥远得无从确认的历史时期,地球上的田野也曾接近过那样的境界吧。

相对而言,美国、日本和欧洲一些国家的田野比中国还是幽深很多。几个移居美国的朋友都在来信中幸福地提到,在家门口很随便就可以看见松鼠等小型野生动物。

实事求是地说,近几年,中国人能看见松鼠的地方也逐渐多了起来,由于禁猎,有些乡村又重现了野猪泛滥的灾情,政府也允许有计划地猎杀。

不过中国人环保意识的觉醒说到底还是有些晚,或者说,觉醒得还不够深刻。因为绿地和人造林是容易补齐的,但田野的深度却不是几年或十几年可以形成的,它的养成不仅需要漫长的时间,还要仰仗许多深入人心的传统,比如:对山川旷野的敬畏、对动植物真心实意的爱。

更不幸的是,地球的大环境正在加速崩溃,在气候和水土流失互相影响恶性循环的情形下,田野不用说恢复元气,就连迟滞崩溃的速度都已属不易。

说到底,从生态的角度说,最适合人类生活的好时代早已过去。现在唯一能做的,就是尽力守住为数不多的剩余品。

有些人不解我为何不知疲倦地出门行走，还专找那些无名而艰险的所在。我开玩笑说：和旅游开发赛跑。现在水库都更名叫湖泊了，有点树的地方就叫作森林公园。稍有深度的田野，基本都会被旅游公司盯上，那时它们离退化就不远了。现在再不去告别，以后看见的就不是真正野生的田野了。

也因此，我发现一些野风景后，并不会写游记四处宣扬它。只是悄悄地爱过，然后拍了照片回来做永久的纪念。

广丰的铜钹山、资溪的马头山、赣南的杨岭、武宁的大王峰、萍乡的武功山、婺源的江岭、鄱阳的莲花山都是能体现江西田野深度的所在。这些地方有的已在开发，大多还在黑名单之外。

去武功山是在2010年的阴历七月半，从高速下到省道、乡道时，天已断夜。按照路人的指引，想赶到山脚的农家旅社过夜，就抹黑在山道上探索。一开始还偶尔可见人家和车灯，半小时后，整个山谷只剩自己一辆车爬虫一样狐疑着前进。空气变得越来越潮湿阴凉，满月也升了上来，黄澄澄的足有脸盆大，半悬在空中照得草木泛出凌然的光辉，甚是骇人，似乎随时会有强人和妖孽横立道中。一小时后望见远处山坳的一豆灯火，紧悬着的心才倏忽落下，同时感觉到了脊背上冷汗的冰凉。

次日白天返程时，发现前夜经过的峡谷并没有夜间感觉的那么荒那么深，山道却比晚上的感觉更坎坷惊险，而那一个小时的夜行也成了难忘的深度体验，似乎穿越时空去了一趟北宋的蜈蚣岭。

类似的经历，在杨岭、婺源、莲花山等地也发生过。

莲花山的海拔和姿色均属一般，因此至今未被装扮成景点，加上山路有99道弯的麻烦，从县城到山里的乡政府开车要3个多小时，林相不错，雨后的山道上常有獐、鹿、野猪、野兔爪印。野鸡则不时导弹一样从汽车的挡风玻璃前轰地掠过，落在七八米开外的草稞里。第一次去那里是1995年，2002年后又数次驱车前往，先后住过两夜。还有一次专门去摘野生柿子，那里野板栗和野柿子树漫山遍野，无论怎么攀爬采摘都不算偷，运气好时还会有热心的山里人搬木梯和竹篙给你帮忙。

不过后果也还是有一些的,在莲花山饱餐了一顿清香爽口的野柿子后,再回到城里吃水果市场卖的柿子,简直味同嚼蜡。

除了山林,田野的深度也可以在平原和湖沼之间展示出来。

鄱阳的香油洲是我迄今见过的最丰美的草原。

曾经见识过内蒙鄂尔多斯草原,干燥而贫瘠,夏季时草也只有脚踝高。香油洲作为鄱阳湖一块面积达二三十平方公里的新鲜肺叶,夏季涨水时没入水下吸足水分,春、秋、冬三季浮出水面,成为水鸟和野生植物的伊甸园。它的得名,就形象地暗示了它的妖娆——草鲜嫩得像是抹了香油。

我曾在春秋两季去到那里,从县城出来,开车一个多小时到达圩堤上,然后搭几分钟渡船去洲上。那是个绝无游客的草原,只偶尔有当地渔民借道走过,去草原十几里深处一个叫长山的小岛。

过去,我总以为那十几里长的直径就是这片田野的深度。俯下身细细观察,却发现草原的深度还有另一种测量方式,它沿着苔草、紫云英、早熟禾、鼠曲、小蓟、黎蒿等等许多卑微的姓氏,向这春天的方向不断延伸……

野　洲

一个人在近十年时间里都用脚板和一片野洲保持着亲密联系，这野洲在他心里会成为怎样的存在呢？

许多年前的春天——具体年份记不清了，我在饶河这边的圩堤上望着对岸出神，怎么彼岸花树那么繁密，像披红挂彩要去参加全国圩堤选美比赛似的，这边却只有单调的矮草呢？

诧异一闪而过，就随着河水飘走了——我正走在去约会的路上，脑子里惦念的是远处的城市。

那时我二十出头，在县城工作三年就去了别处。三年里也去过一次对岸，和女朋友一道。往西走得不远就被河沟拦住了。我们歪头关注着彼此的心情和态度，脚下有路或没路就显得一点不重要。回来后也写过一篇有关竹秸林的短文，但其实，写的仍是爱情。那时，再好的地方也不过是爱情的附庸和背景。竹秸林是什么样？文章里并未多记述，后来回想，只记得是一片疯长着野树的荒洲。

再次对河对岸发生兴趣是三十来岁的事，那时我已结婚生女，也利用出差之便在全国各地跑了一大圈，对人的世界的好奇减退，对野地兴趣渐浓。

每年春节回县城小住，应酬的频度和鞭炮的密度让身心焦躁，就想去户外躲清静。每天都有微型而重要的家庭外事活动，远山远水去不了，最合适的距离是饶河对岸。

一、懒汉渡

我居住的中学的坡下是年头久远的渔村馆驿前，村民傍河而居，村西草洲辽阔。古代设有由水路进城的重要驿站。至今仍有许多人家靠养鱼、贩鱼和生产鱼钩、鱼卡为生，几乎家家都建了楼房，也家家都保留着渔船。

与馆驿前隔河相望的对岸原本有个叫角山的行政村，九八年被洪水洗劫后，政府出于安全的考虑，把村民迁到了这边的镇上居住，安置了新住房，发放了生活补助。年轻人自然高兴，就势甩掉了农民身份。老年人却过不惯没有田地、每天还得去菜市场买菜的生活，觉得花这笔冤枉钱像从身上割肉。身体健旺的，每天步行三四里路到馆驿前坐船去对河的旧菜园种菜，朝去暮归，与从前的日子藕断丝连。

可能是为了满足这个群体的需求，馆驿前有个叫耗子（发音如此，字怎么写不知道）的中年人就每天划着桨在河上摆渡。

耗子懒模懒样，转个身要半分钟，说话也不肯完全张开嘴，一根烟斜叼在嘴角，口水把烟身浸湿了半截才唆一口，眼睛也像中午的猫一样半眯着。听他划桨像听催眠曲，上一声和下一声的间隔长得足以容纳一次瞌睡。

遇上轮船和快艇横着冲过来，他也不慌，扶着人字形双桨等在河中央，那神情就像人在斑马线上等红灯。快艇经过时，喇叭状的波浪剧烈地扩展到小半个河面，渡船被波浪颠得忽上忽下，不习惯的人会惊出一声冷汗，看看耗子心又定了，他悠闲地荡着桨保持着木船的平衡，一点都不着急。

他的慵懒是天性所致还是渡客太少纵容出来的呢？他把人送到对岸，要坐在船上等半天才能接到一个回头客，在这边也差不多。他干脆就去离水边不远的人家打一圈麻将，听到渡客"耗子！耗子！"地叫唤，才不紧不慢地顺着水泥斜坡下到水边的船上。过渡的基本都是熟人，也都知道去哪里找耗子。

他泊船的地方也不是什么正经码头，船身四周汇集着装冻鱼的白色塑料泡沫和从上游飘来的枯枝、菜叶之类，不过水质还是不错的，夏季灰绿，冬季深蓝，四季都有人蹲在岸边洗衣、洗菜。

可能是因这劳动太低效吧，他收费也极低，来去各一元钱，比街上的黄包车还便宜。我去对岸时问他钱是现在付还是回来时一起付，他含着烟嘟囔："随便。"

他收钱随便，爽约也随便，有时说好了几点准时返回，跑到水边却不见渡船，船像只狗被拴在对岸的斜坡边，人却久等不出来。这时离朋友或亲戚约的晚饭时间很近了，手机频频响起，我却被一两百米宽的河水隔在城外。

第一次被耗子放鸽子，我在南岸等到天黑都不见他踪影。一个人在圩堤上下四处转悠，幸好在一处菜园里发现一个挎着竹篮摘菜的老妇，在她的指点下，朝东沿着河往上游走了两华里左右，终于在一座废瓦房背后找到另一渡口，过河就到县城最繁华的旧码头东门口，总算避免了露宿荒野的结局。

也是木渡船，划桨的人年过六旬，眼神和手脚却比耗子麻利许多，我把被耗子扔在野地的事告诉他，他表情暧昧地哼一下，轻声一句："队里给我们补贴了钱咯。"

问他角山的村子有多久历史，他答得也含糊："解放前我屋里就在那里。"

不过我家离馆驿前近，到对岸还是坐耗子的船方便，万一他打麻将忘了把我接回来，就去东门口对面坐老人的船，老人风雨无阻，船在人就在。

也向耗子要过电话号码，却基本找不到他，好不容易接通一次，里面一个小女孩不耐烦地大声喊叫："我爸爸去很远的地方喝喜酒了。"

像隔着门缝轰一个讨债的人。

二、野草莓

　　角山村的旧屋全建在堤坝边内侧，有的是颓败的黑瓦房，有的是建了一半的红砖楼，居民搬走后，全变成了灌木和藤蔓的乐园。青草拱破客厅中间的水泥地，从裂缝中冒出来长成一人高，野藤不仅覆满外墙，窗户也全被封锁，原先做作卧室的空间，被黄蜂和蚂蚁筑了巢，人行其间，每走一步都惊心动魄。惊心的是这里的安静，而不是鬼屋之类的联想——四周到处是活泼、旺盛的生命气息呢。

　　不时有白色的鸟影从窗前掠过，跟踪它们的身影望去，堤坝内侧水塘边的矮树上栖满鹭鸟，像一朵朵肥硕的雪白花朵。稍走近些，就能听见"嘎——嘎嘎——嘎"的对话声，草地和树叶上全是斑白的鸟粪。

　　它们不习惯人的脚步，受惊起飞时，空气里喷溅、播散出热烘烘的来自水鸟皮肤的膻味。

　　那道堤坝和饶河平行，过渡后往西走三四华里，与河面呈直角拐向南边无尽绵延，中途绿树密集处有几处破屋。前几年我一直不敢拐弯往南走，耗子和渡客说过，破屋那边住着十几条野狗。

　　我的活动范围一直止步于那个直角。

　　这一段圩堤上除了角山老村，中段还有一个两层楼的电排站，过去可能还作过生产队的办公点，墙上的标语依稀可辨："抓纲治国""一定要实现四个现代化"之类。两个老头住在那边看管鱼塘。堤坝内侧荒地一望无际，只有近处开挖了几口鱼塘。

　　他们养了狗和鸡，狗很温顺，见了生人也不叫一声。鸡很狂野，满天满地地奔跑、低翔，让人怀疑时间久了它们会返祖恢复飞行的能力。楼旁的矮屋可能还养了猪，一听见脚步声就哼哧哼哧地激动不已。

　　我在五月去过那边，堤坝上带刺的草窠里长满覆盆子，像凝结成团的小血泡，有人叫野草莓，我们那儿象形地叫它泡子。抛进嘴里，上下齿轻轻一合，又爽又鲜的汁液就溃了满嘴。采摘时如果不小心用力稍大，就破碎在指尖上。与之相比较，棚里种的草莓就像是塑料做的，又糙又寡。

有年五一节，我和家人特意过渡去那边采泡子，带了小塑料袋，沿着堤坝往前检索。每走几步就是一大丛。因为无人惊扰，草棵一长就是一米多高，泡子一团团一窝窝，低的坠到了地面，高的要踮着脚伸手去够。低处的我们不要，怕被蛇爬过，只挑高的和大的，一两丛就能采满一袋。袋子装不下，就把遮阳伞倒过来装。伞就成了一艘草莓船，我们托举着它小心地踏上归程，在街上引起路人围观，到家时，最底下的一层被压得血肉模糊，像在伞布上涂了一层浓血浆。

电排站附近还有片小内湖，水面波平如镜，蓝天和白云的倒影和它们在天空中的形象一模一样，一丝皱纹都没有。湖滩开阔柔软如少女的腹部，每逢春深，就缀满绛红的紫云英，蹲下去看像花的森林，站起来俯视像织工考究的丝织画，让人不忍踏足，只舍得远远地站着跟它合影。

母亲重病后在老家休养期间，因为体重减了二十多斤，形影单薄，不怎么愿出门见熟人，平日总在家里窝着。

我们不甘心她和春光隔绝。泡子最红的日子，我和爱人、妹妹、女儿强拉着她到对岸玩了一次。在那边遇上熟人的概率为零。

母亲身子虚弱，厚外套外还套了马甲，她无力多走，到了电排站就在门前的藤椅上坐着，左手反转手背撑着腰向远处张望，暮春的阳光被槐树的枝叶筛剪成细碎的光斑洒在她身上，温暖又凉爽。

守鱼塘的老头站在洗衣池边剖草鱼，可能是时间太富裕无处打发，动作迂缓得像制作工艺品。我们很随性地向他打问河这边的情况，母亲偶尔也插几句嘴。老头回答着，随手把鱼的红鳃和灰色的肚肠甩在泥地上，鸡和狗都围过来分食，但并不打斗。头顶枝头上的八哥也叫得激动。

这最家常的上午时光，在我看来就安宁得接近完美了。

湖滩边几丛刺花开得像爆炸，白的黄的簇拥成一团团，缀满锯齿的刺藤蔓把花托举得比人还高。我们轮流站在花前拍照，又拉着母亲过去拍照。她不满意自己病中的形象，可能也不习惯大张旗鼓地跟花合影。游说半天才动身，她斜撑着边缘镂花的遮阳伞，隔开了浓稠、晃眼的阳光，也挡住了一部分花影，但细腻的粉状花香一缕一缕地袭来，什么也挡不住。

我按快门的瞬间，看见母亲浮出了难为情的微笑。

三、野　狗

第二年母亲就闻不见我们这个时空的花香了。我过河基本不在电排站逗留，每次路过就远远地绕开。

其实我也是多情，世事不仅在我家变幻，电排站也换了主人和面貌。一伙搞实验田的外地人租住在那里，门口停了好几辆高大的蓝色和红色的拖拉机头，没变的是住在猪圈旁的狗。

电排站门前的机耕道也修整一新，笔直地铲向沃野，像八零年代宣传画上的景象。

我带着爱人和女儿顺着它走过一次，可能是十一长假吧，天气挺热，女儿累得腿发软也没走到头。路旁除了平地还是平地，有的已翻耕，有的板着脸孔等待翻耕。沿途没什么树林可遮阴，手上还挽着一件件脱下来的衣服，行动也不利索，只好中途返回。

我爱的正是这里的荒芜，每次一过河，心里就轻松安静下来，平日积压在心里的人物和事情都卸在河那边了。

我也很喜欢这种枯燥的行走，既修炼肢体，也修炼心性。在这样的天地里，自己不想说话没任何人会打搅你，在平常这点太难做到了，身边一直有人在说话，自己也常忍不住打开电脑和手机跟世界发生瓜葛。

你在枯燥里行走得久了，神经和血管就渐渐地放松，你在走进田野深处的同时也更深地走进了自己的内心。

春节时我单独去走了一次，一个多小时后被河沟拦住，远处的浅滩上白斑点点，细看在轻微地移动，用望远镜放大看，有的在滑翔着起飞，有的在衣袂飘飘地徐徐降落，是群天鹅和白鹤。

我冲着那边大喊，没有一只理我。

一米七八的身躯在如此阔大的天地里小得可以忽略不计。我的声音传出不远就被空气稀释了。

有年冬天，我决定一人沿着圩堤穿越那个被野狗霸占的地盘。只有顺着堤坝，才可能走得更远。

那些野狗的前辈据说也是家狗。村民迁走后，不少狗却赖在废墟里不肯离开，有的饿死、病死，强悍点的靠吃鸟蛋、田鼠和鱼为生，繁衍的后代野性更足，不仅攻击牛犊，有时见了人也会发起攻击。

但我想，总不能因为怕狗就放弃这片迷人的野地。

我背着双肩包，里面装着相机、饼干、牛肉干、冻米糖、巧克力、矿泉水和一把折叠军刀。手上拎着从地上捡的手肘粗的棍棒，顿时有了迈向景阳冈的豪气。武松连老虎都打得死，我还怕几条野狗不成。

拐过直角后，堤面上蒿草缠脚，连蛇形小路都找不到。一路上窸窸窣窣，走了数百米，望见树影下的破屋时，心跳猛烈敲打耳鼓，握棍棒的手也青筋暴起，随时准备爆发出千钧之力。

我保持着挥棒姿势一步步迫近破屋时，却没惊起一声犬吠，也没可疑的身影突然跃出。在原地站了半天，悬在高空快速舒张和收缩的心脏才缓缓降落。

返程过渡时听耗子说，那些野狗年前被人下药毒死了卖到菜市场去了。

"船舱都装满了哦，算发了一笔财啰。"说到这件一本万利的谋杀案，耗子的眼皮下才射出一丝兴奋的光来。

过了破屋，就基本看不见大树了，连缺枝少叶的苦楝树都没有。走了五六里远，圩堤外侧出现大河沟。

河宽足有七八十米，水很清，豆绿色，但波不平，不兴风也起微浪。却几乎望不见船影，不像饶河，不时就有运沙、运木材的大货轮轰隆、轰隆地驶过。

无船过河，跟着弧形圩堤持续右转，见一绿色的帆布帐篷搭在河边，正想靠近，两只黄土色的干瘦土狗杀到路中间。

我浑身皮肤一紧，收腿站住不动。

狗亦站住，只在原处试探性地提高嗓门。我作下蹲捡石块状，它们掉头就跑，跑个六七米又停下来拖着尾巴歪着脖子吠叫，如是者三。狗的发声由高亢转向含混，最后都有点呜咽的意思，似乎受了什么误解和委屈。

我心里有数了，它们肯定不是丧家的野狗。就丢了棍棒，大步径直前行。狗一直退让，我到达帐篷边时，它们退到河边的一个小沙洲上，我这时才看出来，其中一只还瘸着一条前腿。

如果我逼向沙洲，它们是不是会跳水而逃呢？

那样就太罪过了。唉，在这样的荒野，不伤害我的东西就是我朋友，我丢了几块牛肉干放在地上作见面礼。它们在沙洲上纠结地打着转，等我稍稍离抛食点远些，就摇着尾巴扑了上去。

帐篷没门，门洞两侧却虔敬地贴着红红的春联，里外和四野都没有人。帐篷里煤气罐、煤气灶、床铺和柴油机一应俱全，横梁上还悬挂着几条油油的咸鱼。都积了薄薄的灰尘，水缸旁边的地上都长出了二三十厘米长的青草。

主人怕是回家过年去了，渔网窝成一大团堆在帐篷边上，一只旧木船系在岸边无聊地停着，没有桨，船身一荡一荡的，任由波浪调戏。

河对岸的荒野上有什么呢？我伸长了脖子也望不出多远。

上圩堤返回时，二狗保持距离尾随了我好一阵，我走出几百米时，仍望见它们站在路上目送。

四、遗　址

过年时闷在家里促膝闲聊，谈到河对岸。父亲不屑地说："荒天野地的，有什么看头。到君子里去还差不多。"

外公60年代初曾到鄱阳湖边垦荒，他当时的身份是县直机关农场的场长，带着一伙职工住到了一个名叫君子里的荒洲上，外婆带着我母亲、舅舅等几个子女也住了过去。

舅舅来家里拜年，问及君子里，他说过了河还要走很远，要过两次渡。

我想起上次走到的帐篷处，在那边望见的对岸是不是君子里呢？

我跟舅舅说："下次带我去看看吧。"

舅舅答："除非搞得到船，现在那边没有人家，没船过不去。"

这年头搞车很容易，搞船却很麻烦。我以为这事只是笑谈，没想到父亲说："下次就租条船去看看。我记得你妈妈讲过在君子里住帐篷的事，有一次打风暴，风把帐篷掀翻吹跑了，你太外婆吓得躲到桌子底下。还有一次打雷，把桌子炸得焦黑。你妈妈和你大姨人都吓瘫了。"

母亲去世后，父亲对与她相关的一切遗迹都心向往之，不仅坚持每天去墓地，还动不动就要我开车送他去母亲的老家祥环，他自己的老家倒去得少了。

我以为父亲会等到我下次回县城时一起去，没多久就在电话里得知，他居然同舅舅、舅妈和两对姨妈、姨爹先去了。是在镇政府工作的妹妹帮着租的船，上岸后还遇上了野猪。姨爹、姨妈和舅妈不愿多走路，坐在岸边等，父亲和舅舅找到了当年外公扎帐篷的地方。按他描绘的方位，同我隔河眺望过的那片荒野很相似。

秋天回县城时，我们一家三口也到馆驿前花200块钱租了一条机动船去找君子里，父亲和妹妹一道跟去，他说是带路，却相机、水壶、背包装备齐全，蓄谋已久的样子。

船从竹稿林旁一条与饶河垂直的河沟切入对岸的草洲，深入草洲腹地好七八公里后左拐进入一条大河道，顺着大河一直往东，几公里后，北岸越来越像我步行到过的堤坝尽头，南岸站出一排笔直的杨树，像列队迎宾的仪仗队，颜色深浅不一的金黄叶片在秋阳下金属片一样熠熠闪光，水中的倒影也对称如画，我站在颤动的木船上信手用相机按下快门，不经意间拍下的照片后来被《人民日报》等多家媒体发表。

登南岸路过一些砖石废墟，父亲说："这里就是君子里村旧址。村子也是九八年以后迁走的。"

君子里村自元代起就有人烟。居民都是从馆驿前一带搬去的。之所以得此雅名，据说还和朱元璋有关，朱元璋与陈友谅大战鄱阳湖时，有一次路过君子里进村讨水喝，听到一些茅草屋里传出幼童读书声，颇受震动，想不到如此蛮荒之地竟盛行读书之风，问及村名，村人说野村无名，这个未来的明朝皇帝就封它为君子里。

这个传说是妹妹从一个君子里籍的同事处听来的。我本能地怀疑它的真实性，鄱阳湖边的许多传说都与朱元璋有关，谁知道有几个是真实的呢？不过这个村名确实雅得离谱，不像是乡野村夫想出来的，应当和某个文人高士有关。这似乎说明数百年前君子里所在的这个孤岛常有舟楫路过。

外公开垦的机关农场距君子里村三四华里远。

父亲急着带我们去找外公扎帐篷的旧址，我们却被路上的大片荻花缠住。这可能是我见过的阵容最大的荻花，远远望去，白色的花絮弥漫成一带云烟，更惊艳的是，近景和中景都分布着叶片深红或金黄的梓树，火炬一样似乎要把荒野点燃。随便站在哪个角度取景，都是精彩绝伦的电脑桌面。

我们拖拖拉拉地一边走一边拍照，父亲用一声高过一声的吆喝鞭打我们。穿过一片比人还高的荻花丛时，在其中邂逅一群放养的水牛，足有四五十头，毛色黝黑闪亮，难怪一路上都是它们的粪便和蹄印。它们对我们视若无睹，一大团黑色静默地从荻花中穿过，就像默片时代的电影画面。

过了荻花丛，草洲就野得没边无际了，一直隐没到地平线的怀抱里，地平线的那头，是肉眼望不见的鄱阳湖。途中也纵横着一些沟壑和湖塘，却无法改变地势的平展和天空的高远。

父亲指着一块像蛋糕一样蓬松平整的苔原说："你舅舅上次说，外公一家当年就住在这里，你妈妈平常住在县中宿舍，周末就步行回这里。"他又指着远处："外公带着人在那里种油菜、大豆和芝麻。一涨水就前功尽弃。就算是丰收，种一斤粮的成本比买一斤粮还高。

事实证明，向鄱阳湖要粮是得不偿失，机关农场后来就撤销了，你外公去洗麻厂当了厂长，你妈妈也结束了住帐篷的苦日子。"

遗址上没有任何遗迹。鄱阳湖的水每过一些年就要涨到这里来席卷一次，东西再多也存留不住。

君子里除了轻微的风噪，只有云雀高高低低的鸣叫，嘹亮而单调，像是在播放录音机。它们的身影时隐时现，在空中悬停时翅膀抖动得看不清轮廓，降落地面时灰麻的身子又被相近的草色淹没。

我环着鄱阳湖走了好几圈，没想到最美的草洲居然藏在老家的眼皮底下。站在君子里的土坡上往北眺望，县城的楼顶和玻璃反光白亮亮一片，直线距离应该不超过8公里，手机信号都是满格的。

我像跌入蜜罐的蜜蜂一样爱上了这片野洲，回南昌不到一个月，又特意跑回去看过一次。荻花深处，还有一片树林，梓树、柳树、杨树各尽其美，却无人出没。极像古装片里的手绘布景。

父亲又跟去了，捡了根木棍当手杖，走起路来比我还快，转着转着又往那片蛋糕状的苔原去了。

母亲健在时，父亲从不肯单独跟子女们出门，甚至彼此说话都要通过母亲中转。这是他年轻时过于看重自身权威的后果。母亲离世后，他不得不重新学习跟子女沟通。但他坚持一个人住在学校的宿舍区，怕母亲回家找不到人。妹妹每周去陪他吃一次饭，帮着打扫卫生。我过一两个月回去一次，带他出门散心。他固执地不肯在外过夜，只肯在本县范围内走动。

君子里是我和父亲最能达成共识的出游地。

母亲的突然缺席，不仅葬送了父亲的幸福，也彻底改写了我的心境。像一个演员突然失去最重要的观众，我很难再在日常生活中找到激情。性情变得更内倾，不像过去那么渴望荣誉，比过去更不能忍受人多的地方。生命的不确定性也令我不时陷入焦虑，同时，越来越注重恒久的事物，比如精神信仰，比如田野。尽管田野上的青草每年都是新的一茬生命，但它看上去总是那么青春永驻。

我热爱这种错觉。

春节回家，明知梓树的红叶和荻花的白絮都谢了，还是执意去了一次。反正父亲也支持。只是弄得妹妹挺为难，不好意思总找人租船，担心人家怀疑她哥哥搭错了神经。

君子里也不亏待我，我们在河边挖坑煨红薯时，派出一群白鹤排着队来问候我们。这种情况颇为罕见，候鸟发现人群一般会绕道而行。它们却打着旋一点点从远处靠近，先是听见喧哗，后来就渐渐地飞到我们头顶，盘旋一阵才飞走。

这情景让我觉得，对这片野洲并非单相思，它也很愿意接纳我呢。

五、油菜洲

去君子里，来回都要经过同竹秸林隔沟相望的一片野洲，这野洲虽离城很近，但我从未上去过。它三面环水，近在眼前却很难抵近。

不知是哪一年，洲上搭建了一座长方形的茅草屋，屋后支起了发电的风车，远远地还能望见鸡犬和人影在屋旁活动。

角山村的人都搬到城里了，怎么倒有一户人家住到这个被水围困的孤洲上呢？

去君子里路过这片野洲时，才明白这洲有多深，机动船开足马力都要跑一二十分钟，它的长度则无法目测，一直往西同鄱阳湖边的双港乡相连。

回来时望见了茅屋的正面，门口栽种着高大的杨树，杨树下停着几辆耕作机。妹妹说："那里也是角山管的，村民迁进城后，地就没人种了，都嫌路远麻烦。听说被一个安徽佬承包了，以前种芦苇造纸，现在种作物。"

船在河沟里，视点太低，望不见洲上种的是什么作物。正月住在鄱阳，每天在饶河这边的圩堤上跑步，气温渐高时，发现对岸浮出一抹淡淡的黄线，貌似油菜花的色泽，黄线随着河岸往西延伸，足有几公里长。

春节那次去君子里，我的主要目的地其实是饶河对岸的油菜洲

——我四处打听都问不到它的确切名字，姑且这么叫它吧。

回城时我们让船在油菜洲停了一下，从陡峭的泥岸爬上去，所有人都呆住了——黄线变成黄毯，当然，这比喻一点也不恰当，因为普天下都没这么大的黄毯，规模至少在千亩以上，我们从抛锚地走到茅屋——黄毯的一个斜边，都耗费了近四十分钟。

花开得还不盛，但香气早被性急的蜜蜂们搅动了，随着暖风一波一波地涌来，让人轻微地头晕。鼠曲也长得满堤坝都是，嫩一点的叶片浅绿，老一点的开出米黄的小花，我们那儿叫它水菊子，清明时和米粉兑在一起做水菊粑和饺子，颜色青绿，口感也有植物的清香。

妹妹、弟媳蹲在地畔摘水菊，我端着相机四处侦探。父亲和舅舅被春阳晒得躁热，快步走到茅屋前脱了毛衣歇息。

一些狗围着不速之客转悠，却没有任何敌对的意思，你就是丢片橘子皮它们都围过来抢，一副饥不择食的样子。

茅屋的两个都门开着，一间住人一间放农具和种子，主人却不在。妹妹说："应该是回安徽过年去了。"难怪这些狗饿得如此没志气。

第二天就要回南昌上班了，我叮嘱妹妹，等油菜花全开时电话告诉一声。

元宵前两天，妹妹报信说安徽佬回来了，油菜花海也开了百分之八十。

这时女儿的学习已忙碌起来，周末也要外出补课，每天都要接送。我决定不负责任一回，给自己放一天假，早上回县城，晚上再赶回来。

妹妹带了与安徽佬相熟的同事陪我。

安徽佬从对岸开了铁壳船来接我们，以为是个老粗，跳上岸的却是个西服革履的时髦青年，黑衬衣上绣着暗花，如果不是皮肤有点黑门牙有点龅，几乎可以和帅这个字攀上亲戚啦。

原来这家伙本是安徽池州城里的发型总监，他父亲来这边租抛荒的旱地种芦苇，结果病死他乡。他若不子承父业，前期投入的几十万资金都要打水漂。"在我们那边哪里还有这么肥的闲地？边边角角都种了粮食。这里容易涨水不假，不过，涨水后泥沙垃圾淤积在上面，等于免费施了肥呢。"他咂吧着嘴巴说。

发型师抛下池州人民的头颅不管，留在鄱阳湖边打理草洲的新发型。春天留金黄的油菜头，夏天理浑圆的西瓜头，秋季留花白的芝麻头。头三年基本没收到费，近两年赚了四五十万。

我说这片油菜怕有上千亩吧，他遗憾地摸摸微微隆起的肚子："才一千五百亩呢，本来还想多种的，前面荒地多得很，就是管理不过来，常有水牛泅水到洲上来偷吃。"

他老婆长得更客气，只是不爱作声，提到水牛，瞪圆水汪汪的眼睛说："我们刚来那年，跟本地人不熟，有天晚上一夜就被吃掉了上百亩。现在好多了，我们也交了几个本地朋友。"

茅屋里住的是钱总监的叔叔，他和老婆晚上住县城，白天过河来洲上上班。平常也没多少事，农活请县城附近的农民过渡来做，他俩主要是环洲巡视，防止牛群糟蹋作物。

不用远离街市，每天能呼吸到没有灰霾的空气，钱也不比城里人赚得少，这样的日子真令我羡慕。

"要是我，就把茅屋翻修成瓦房，反正这边地势高不怕涨水。平时就住在洲上，早上和傍晚绕着油菜地跑一圈，既锻炼了身体，也完成了巡逻。一个星期进一次城采购、会朋友。"我说出自己的设想。

钱总监闻听笑得露出大门牙："你是抱新鲜，天天住这里会闷死的。"

我们谈笑时，那七八条狗也围在边上摇尾巴示好，问及来历，居然不是养的，都是从角山老村渡河过来投奔他们的。

"总不能把它们赶回到河里吧，反正这里地盘大，晚上还可以帮着守夜。"他老婆说。

钱总监看我设备齐全，可能把我当记者了，总想陪着我走，我就让父亲陪住他，自己沿着小路跑到菜花深处，用摄像机拍摄洲上的蜂鸣和寂静。

草洲滨水的岸边有条虬曲的黄泥路，在油菜丛中时隐时现，很像小时候在祥环常走的那种。我长久地张望它，看着看着眼睛就多情起来。

我跟随着它，背着相机、摄像机埋头往菜花尽头走。

走了一阵，铅灰的积雨云从四周往油菜洲上空聚拢过来，不一会，雨珠噼里啪啦地砸落到油菜的叶片上，我仍执意往前。

父亲在远处不住地高声喊我，怕淋坏了机器。

他的焦躁像一根缰绳，把我在任性的路上拉回。

我们坐船回到对岸时，春雨已把油菜洲浸润成明黄的一片云雾，像水彩画一样迷濛而失真。

我知道我将很快抽空回到那里。

无论从君子里往南，还是油菜洲往西，都有望不透的纵深。还有多少不为人知的去处隐藏在这片野洲上呢？

野洲的深度和时光的长度一样深深地吸引着我。

而它离县城的距离，又是那么便于我亲近。

绝大多数住在县城的人都没到过河对岸，我拍的那些照片发表后，有人打听拍摄地，我很大方地说出君子里和油菜洲。没人相信它们就在县城对岸，也没什么人准备身临其境验明真伪。

圩堤那边除了野草和灰扑扑的泥土还能有什么呢？大家对身边的事物总这么武断和怠慢。

这也正是它的好处，好得隐蔽，好得清静，好得貌似一点也不好。

我想，在较长的一段时间里，这片乐土将成为我的个人隐私。

这让我对野洲的忠诚更深了一层。对于我，它也越来越像是一种精神的场，既可以盛放记忆，也可以用来倒空记忆。既可以远离许多东西，又不会陷入不知所终的虚无。

油菜结籽，泡子又红，微信上有朋友嚷嚷着邀伴去远方看景。那时我刚驱车三小时回到县城，正从渡船往洲上跳。

我关掉手机，背起相机、干粮和水，闷头向绿色深处寻去。

开门见樟

如果适当夸张一点，再稍稍矫情一点，我似乎可以这样说，春天的清晨，我是被樟树的甜香熏醒的。

在我醒来前的一两个小时，樟的呼吸从阳台外的树梢蒸腾起来，一波波地汇聚拥挤在阳台上，被一面巨大的咖啡色帐幔阻隔着，像水库内的水位越涨越高，随时要冲开帐幔一样。

香情如此紧迫，我醒来的第一个动作不是去卫生间，眼睛还未完全睁开就赤着脚去扯隔开卧室和阳台的的帐幔。哗的一声，樟花亮灿灿的浓香就和晨光一起破空而入，像绝堤后的水瀑，瞬间将人淹没，不用吸气都会呛入口鼻，浸透肺腑后，在体内久久萦回不散。

这是我在这个没物管的小区坚守十年获得的唯一回报，楼前的小樟一年年地长高，从一楼到二楼三楼四楼，头顶快齐平我家阳台。

樟一直生活在周边，我对樟的倚重，却远迟于桃树和李树。我前些年才注意到樟树也会开米黄色的花，近几年才迷上樟的气味和隐秘身世。

外公的老家祥环，村东的路口有三株大樟树，村西的路口也有一株，腰围须三四个成人合抱，没人说得清树龄，至少在百岁之上，可能是建村伊始栽下的。

我对它们印象深刻原因有三：一是作为路标。幼时总以跟着大人走路为苦，枯燥没自由。去祥环的路上，每上一道坡就要抻脖子瞭望，等望见绿油油的色块里蘑菇云般高出的那一簇，就松了口气，接下来的路途有如雀跃。

二是作为休闲地。村中少年，热天可以群聚的地方除了水塘，就是老樟的浓密树影。正午大人都在屋内的竹床上打盹，少年东倒西歪在老樟下的草地上，咔哧啃着刚从菜园里摘来的黄瓜，用狗尾巴草掏耳朵，议论村中美少妇和远山洞穴里的老蛇精。一条水牛被拴在树根上歇昼。樟的根大部分埋在土中，也有老根虬曲着身子挣出泥土，在地面弓成小独木桥，又从另一头扎入土中。中空的部分，正好系棕绳，打的却是活结。牛贪凉，或站或卧，压根没有逃的意愿。牛半阖着眼，刷牙般流着浓稠的白沫反刍早晨在田埂上吃进胃里的草根，身子被牛虻的吸管叮破时，才会睁眼神经质般闪动一下黑亮的牛皮，把蚊蝇从身子上甩开。

三是因为神秘。面对水塘背向菜园的那株，根部有座石神龛，一年四季，龛里的黄土都插着些残香，不知祭拜的是土地公公还是樟树，反正我们从不去那里打闹。立于土崖背靠山林的那株，被各种藤本植物纠缠拖累得身躯佝偻，极像面容阴沉的老婆婆，根部的泥壁被水牛蹭痒磨出一人高的泥洞，白天长期被水牛占着，晚上黑洞洞的挺吓人。从军多年的外公说，那里面藏着个国民党空降来的特务。特务天天躲在里面，那他吃什么呢？我问。吃泥巴。外公做出伸手抓大把泥巴入口的动作。我居然深信不疑，从没敢靠近那株老樟。

祥环附近的村落，村口大多也有老樟，起初我以为是巧合。成年后在南方乡间漫游，发现但凡有些资历的老村，村口基本都有古树，非樟即枫，以江西为例，多数为樟。然后知道一个说法——水口，这是风水学的概念，实指村头水流进出的地方，暗喻财运和村运。古樟一般伫立水口，是守护村庄的风水树。正因为如此，它们能躲过刀砍斧劈，得到世代的保护和敬重，最终与村庄同寿。

有段时间，常陪民俗专家去一些著名的古村看老建筑，研究古戏台、古祠堂和深宅大院。那些建筑雕梁画栋，多是几代人接力完成的，镂花的门楣与窗棂刻录着手工艺术的辉煌和十年磨一剑的匠心。我留恋老宅内时光的慢，却不太爱那些老房子。起初是因为阴气重。不管徽派瓦房还是客家围屋，结构上均不以采光为优先考虑的因素，思谋的重点是风水和防盗，空间昏晦低迷，抑制人的激情。加上久不使用，少了人气和烟火气的浸润，阴沉得像一座座废弃不用的电影布景。后来的不亲切，是发现那些能保留至今的老宅院，基本是官宦富贾的家产，作为文物，他们纪念的是豪门望族的生活情趣，并不能代表广大的平民。

　　平民家的土墙和茅舍无力穿越两三百年的风霜雨雪走到今天。专家在板壁上寻找刻法不一的九十九个寿字，或者查阅黄得发霉的族谱时，我就去村口的大樟树下等待。在樟树婆娑的绿影下眺望白亮的水田和冒烟的土路。或者，蹲下身跟一只躺在树荫里乘凉的土狗交换眼神。在我看来，古樟树比老房子更能代表村庄的精气神。老宅里的木头全是死的，樟树仍然活着。老房子讲述的是村中富人的发家史，老樟则记得每个生于斯，死于斯的村民。如果记性再好点，它应该还想得起每个从身下走过的客商、小货郎、乞丐，当然也记得星夜潜入村落的土匪和小偷。

　　有次去龙虎山一个号称无蚊的村落，考察了很久，果然没一只蚊子。究其缘由，说法各一，后来在村后发现许多樟树和桉树。有人就说，和桉树一样，樟树的香气可以驱蚊驱虫，樟脑丸的主要成分就是从樟树的枝叶中萃取的。大家还想起一桩旧事，当年在江西下放的上海知青，返城时带的最受欢迎的礼物就是樟木箱，不仅防蛀，驱霉隔潮，所放衣物还会散发出好闻的植物香。有的地方还有相关风俗，女孩出生时种下一株樟树，等她出嫁，就把樟树伐倒制成樟木箱子做陪嫁。

　　大约从九零年代开始，南昌的绿化树从法桐变成香樟，二十年过去，许多街道都撑起了绿色穹顶，四季不褪色也不凋败。这就是樟树的优越之处，到了冬天也不脱叶，对灰尘和空气中有害物质的吸附能力也强于法桐。因自身有异香，不易生虫，还省去了喷药养护的工序。唯一烦人的是冬天会落籽，那种乌黑浑圆的樟树籽，汁液饱满，砸在车顶，宛如一颗颗微型水弹，嘭的一声，黑汁四溅，涂在车顶和挡风玻璃上，干结后清洗颇为费劲。落在地上的，貌似打翻了几箩筐的黑豆，一眼望不到边，脚踏上去，噗嗤噗嗤地响，浓香就喷散出来，比樟叶、樟花香十倍，味道潮潮的沙沙的，浓烈程度快赶上刚锯开的樟木的横断面，隔着几米远就能看见香味在空气中散逸的弧线。刚学会走路的孩童把它们当气球踩，哪里樟树籽多往哪里走，用此起彼伏的爆裂声宣示着脚力和成长。乌鸫和斑鸠也特别爱吃樟树籽，在树影中低低地掠来掠去，三个一群两个一伙地抢食，人走到面前，歪头翻眼，瞥见你手里没带气枪就浑然不顾，真有种鸟为食亡的忘我。

城里的樟树大多是半路出家的，加上种植密度大，很难形成如伞如盖的气度。我只在省政府大院和郊外的农大及核研究所见过成片的樟树，几十株整齐地排列，遮天蔽日，雨不太大时穿行其下，都不怎么会湿身。阵容过于庞大和整齐，造成了营养上的互相掣肘，谁也很难高出一头，最大的胸径也不足一米。为了争抢阳光，一个个踮着脚尖往天空奔蹿，发育得瘦长笔直，无姿色也无风度。这让我时常想起乡间的野生老樟。每次在户外周游，都特别留意它们的身影。

这些年顺道或专程拜会过许多老樟，少则数百岁，多则千多岁。印象深的有几处。

离南昌最近的一株是安义罗田古樟，直径三米多，树龄有一千二百年，相传是罗田村始祖黄克昌所栽。位置在古时安义到南昌必经的驿道旁。黄始祖逃难至此，在山坡上搭棚暂住，夜间梦见金狮入土，天亮后受梦的启示，从金狮入土处挖出宝贝三百斤，便栽下此树做纪念。村落里没有可信的编年史，宗谱连女系都可忽略，更不会为一棵树写传。这种传说，不知是哪一代人的附会。反正没人活得过那棵树，也就没人说得清它的身世。

人逾百岁成仙，树活千岁成神。古樟的枝桠上挂满了写着各种心愿的红绸带，低处用手系，高处的，是绑了石子甩上去的。微风拂来，庞大的树冠便发出沙沙的下雨般的声响，树叶通了电般飞快地抖动，红绸带也吉祥地飘展开来。有的游客双手合十，闭目绕树走三圈，口中念念有词，像草原上的人祭拜敖包。

最老的一株是婺源甲路乡的古樟，地处严田村，树龄一千五百年，腰围需十多人合抱，树冠冠幅达3亩，旁有溪涧古桥，是展现江南古村落水口文化的著名景点，也是最适合摄影构图的一处古樟树。

树下有可供食宿的仿古庭院。远望无人干涉，走近须买门票。古樟的身份牌上写着：宋高宗赵构被金兵追杀时曾匿于树冠逃过一劫，后下旨封之为神树。当然，类似的情节在别处的名树履历里也时常看见，故事的主角要么是倒霉的朱元璋，要么是更倒霉的宋高宗。

　　面积最大的一片野生古樟林在泰和县的麻州，麻州位于泰和县城南面的塘洲镇朱家村赣江边，又称金滩古林，占地一百多亩，约有古樟五百余株，树龄大多在四五百年以上。此处我先后去过多次，它的特异处不仅在于规模大，绿境幽深，更妙的是，随处可见巨树倒伏在林间小路上，被雷劈倒，或者寿限已到自然死亡，有着别处樟林罕有的原始性状和蛮荒感。可惜被开发商盯上后，最终也沦落为喧闹的景点。

　　暮春去永修县找桃林，有意走了一条傍河的小路。河千米宽，一两米深，既无舟楫，也无人挖沙，只有水鸟和软风在水面盘旋，名字自然无处打听。路亦无站牌和公里数之类标示，相向会车都困难，只谄媚地参照着河的身段曲意迎奉，串起一座又一座鸡鸭比人影更多的村庄。河流在正午的阳光下挺出肚皮，晾晒着浅白的沙滩。微风拂过，清浅的碧色水面上尽是细密的晶亮波纹，有时像鲫鱼的鳞片，有时像搓衣板上的横纹。

　　想找一处阴凉停车观赏河的惬意，恰好前面的路旁有棵老樟，两三百岁的模样，树冠却大，撑起大片的阴凉。把车停在荫中，门窗俱开，散热散废气。樟树洞里住着八哥，男八哥和女八哥正为即将出生的头窝八哥翻飞忙碌，嘎嘎叫个不休。樟树是八哥的首选楼盘。居住在樟树上的八哥不仅强壮，而且聪明，嗓门大，学人语也快。在花鸟市场，樟树八哥幼崽的售价远高于在屋檐下筑巢的八哥。

　　背对樟树的村落只两三户人家，最近的那家离樟树只五六米，樟的身影一半投在河床，一半荫庇着这户人家。庭院不仅临江，还有老樟做依靠，不知是多好的风水。站在树下吃苹果吹凉风看河面的十几分钟里，我对这户人家嫉妒不已。心中暗自揣想，他挥霍了多少这样的十几分钟而浑然不觉啊。

　　那时对樟又有了新的想法。并不一定要多大多老，与那些已仙名远播的景点樟相比，这种村前屋后的无名老樟似乎更亲切更能撩起乡愁。它太像祥环的那几株樟，不仅涵养着村庄的风水，也教化着一代代的村人对山林保持亲情和敬畏。

近日去赣湘两省交界处的铜鼓县探寻尚未开发的天然温泉，在三都镇东浒村外遇见一株九百多岁的老樟，树龄比严田的那株小，体型却相当，树下草坪外的菜地都遮满浓荫。此树地处村前的开阔地，隔路相望的是一处砖色暗褐的老祠堂，身后的几处屋舍也是客家风格的黄泥土楼。视野中没有电线杆、洋楼等时代感明确的东西。当然更没有游客，沙石路上走过的都是本地农人，荷着锄，抽着旱烟，和古樟一样不慌不忙。如果不是偶有骑着红色电动车的村姑驮着塑料水桶经过，我真可以假定置身的就是数百年前的某个朝代。

因要留时间去山里的温泉，只在树下逗留了半个下午。从不同的方向拍照，古樟是完全不同的风貌。不拍照，坐在地上听树叶演奏的交响曲也挺有意思，两个多小时，它一次也不重复自己的旋律。还绕着树荫的边缘走了很多圈，弧线长得像个田径场的跑道，没有三百米也有两百米。更多的时间，我盯着它的躯干出神。

老樟树干粗大得可以在其上搭建树屋，从底下往上看，几乎望不到尽头。让人想起电影《阿凡达》中潘多拉星球里的巨树。它的树冠由多少树叶组成呢？怕是堪比地上的沙子和天上的星星吧。无论哪个时刻枝叶都在轻轻摇响，不是这边有风就是那边有风。即便外面的空气凝滞不动，它也会摇动枝桠兀自生风。难怪村里人给它立了个小神龛，逢年过节都来祭拜。

我不太懂风水，但体悟到了樟树涵养水源净化环境的神力，更感动于老樟的长寿和深邃。这年头，人们只热衷靠科技制造惊喜，不珍惜自然本身的奇迹。我们身边的房子、车子、日用品、园林，也包括时尚、制度，一切都是速成的，易碎的。历经劫难百年不变已属神奇，能屹立千年仍福佑一方就算不朽了吧。

在浓荫相伴的山间公路上蜿蜒而行时，我和小朋友有段对话。

我感叹，那树从宋朝、元朝、明朝、清朝、民国一直活到现在，不知见过多少美好和不美好的事。有多少人与事在它的注视下兴起又衰亡。

小朋友说，你真的相信树也有记忆和思维？

我说，一种可以活过千年的生物，是不能以人的局限去妄度的。如果放弃以人为中心和标准观测万物的立场，树肯定有自己的记忆和语言，只是，我们无法像转换电脑文件格式那样，用一个芯片把它翻译过来。

其实，我一点也不奢望翻译老樟的语言，世界之美，本不在于制式的统一和通用，甚至也不在于沟通，更多源于多元和各尽其美的和谐。在比海浪还动荡不居的尘世，人的许多痛苦都源于短暂和不确信，有些能见证我们的前世和来生的树神守护在侧，我们对不朽和永恒的信仰至少会多一份坚实的鼓励。

住在闹市的人最爱做的规划是，退休之后，回到乡下去如何如何。三十岁时我也这么说过，后来发现大家都爱这么表白，就发现这话背后的心态挺复杂。真诚和现实与否不说，等大家都退休回到乡下去，哪里还存在你预想中的乡村呢？你能搬到老樟的荫蔽下安享晚年吗？我的做法是，与其把宝压在不可知的未来，不如每月去乡间走一两遭，享用一天算一天，享用一处算一处。

每次从野外归来我都要颓败和失落很久，趴在电脑前翻来覆去地审视用相机记录的阳光下透明的绿。

我对每天的生活有很多不满意。好在早晨这一截时光还算不错，至少和大多数住在城里人相比是如此。

我虽不能开门见山，至少也做到了开门见樟。

我想，过几年可能会更满意，因为楼下的小樟正越长越高，越长越靠近我的内心。

桃影幢幢

桃在中国人的日常生活植根太深，覆影太广。我们谈及桃时，所指可能并不是一回事，桃色、桃子、桃红、桃符，桃字之后随便安个路牌，都可能指向完全不同的天地。

我们敬重热爱梅花、菊花的人，对于爱李花、梨花、栀子花、油菜花、映山红的人也颇多理解，就算你声称爱玫瑰花，也只是让人觉出浪漫的褒义而无色情的贬义。

如果你声称热爱桃花，则可能惹来善意的讥笑。似乎，你是个好色之徒，时刻渴望桃花大运。

"桃花运"一词源自于紫薇斗数。紫薇斗数是中国传统命理学的重要支派，它以人出生的年、月、日、时确定十二宫的位置，将结合各宫的星群与《周易》卦爻相结合，就可以预测人的命运。如果大运和流年行运到"沐浴"的阶段就叫"行桃花运"。如果在八字里出现子午卯酉，那就叫"桃花入命"。

当然桃花运还有"好桃花"和"烂桃花"之分。

为何叫桃花运而不叫李花运呢？是否同诗经中那首著名的《周南·桃夭》有关？桃之夭夭，灼灼其华。之子于归，宜其室家。桃之夭夭，有蕡其实。之子于归，宜其家室。桃之夭夭，其叶蓁蓁。之子于归，宜其家人。

诗经里惯用比兴手法，这首名为桃夭的古歌，礼赞的其实是新嫁娘。

那么《诗经》为何用桃来暗喻婚嫁，而不是别的花？是因其光彩灼灼像新娘的脸色还是因其花繁果丰生殖力旺盛呢？我想不清这个问题，抒情性的诗文也不会对此做说明性的交代。

倒是有些乡村俚语，把女性的阴部称作桃子，这里是否隐含了什么被正统典籍有意隐去的线索呢？

我自小熟知的桃花的口碑，基本和桃花运与桃色新闻相关，那时常听大人彼此用桃花运开玩笑，被说的人，一般又羞又兴奋，脸上浮出桃瓣的色泽，他追着对方打，拳是松软的，眼是轻佻的，和平日的生气完全不是一种性状。

只有当事情被定性为桃色新闻，在正式会议和报刊上通报，问题才会变得严重。桃花运本身并无道德倾向，桃色新闻则有浓烈的道德色彩。许多年代都是如此，一则桃色的新闻足以致当事人于死地，因此常被弄权者巧妙利用。

孩子们滚爬于桃色新闻盛行的土地，不过在自身有能力制造此类新闻前，可暂不理会这些。

我垂涎的是桃的果而非色。

江南的丘陵地带，多生长水分不多的毛桃，就算红透了，也不似水蜜桃那么丰腴多汁，但在七八十年代的赣东北乡间，树上的果实也只毛桃有点分量，虽然瘦硬，好歹比青枣和酸李多几层肉。我家在乡村没有房子，也就没有属于自家的桃树。那时基本也没有物流和水果市场，又羞于去人家院里偷，想吃口桃并不容易。有桃的人家收桃时送几个过来尝鲜，用端茶的搪瓷托盘托着，分到每个孩子手里顶多一两个罢了，基本是一年等一回的稀罕事。

我尝试过自己种。春天撅着屁股去人家的褐皮老桃树下找桃苗，刚从桃核的裂缝中绽出嫩芽的那种。雨后的桃林下生机勃发，枯叶一层层地腐烂，蚯蚓一扭一扭带出湿壤深处的土腥。不断有叶片上的积水冰凉地跌落脖颈，也顾不上抬手去抹，发现青绿的桃苗就跪下去，用食指把根部一拳大的泥团整体挖出，怕伤了它的核和根。

一棵苗离一树桃路途实在太远了，比唐僧的西行之路还惊险。沿途的任何一点闪失都会导致前功尽弃。我从未吃到自己种的桃，也没见证一棵苗长大成树。或许，我每次当作桃苗捧回家的只是一根杂草。

我陷入对桃的妄想。以各种构图，在水彩画里画硕果累累的桃园，并在园中画一条绿影遮岸的清澈溪流。假想整个夏天都泡在园子里，热时在溪中凫水，累了就躺在树上啃桃。那时还没读过《桃花源记》，显然是从《西游记》里的蟠桃园中获得的灵感，在一片桃园里闲居是十余岁时最高的理想。

多年后读到"千门万户瞳瞳日，总把新桃换旧符"（王安石《元日》）等有关桃符的诗文，才明白桃不仅产果，桃木可还能制作桃符挂在门上驱邪。

《山海经》及其后的汉代诸书皆有类似记载：桃都山有棵大桃树，枝干盘曲三千里。树下有二神，一曰神荼，一曰郁垒。二神能捉鬼，故一直被民间供奉。南朝梁宗懔《荆楚岁时记》说：用桃木板做门，叫做仙木，画两位神贴在上面，左扇门上叫神荼，右扇门上叫郁垒，俗称门神。流传至今的对联，正是这种信仰的下游产品。

古人认为桃树系五木之精华，比桑、榆、槐、柳更具神性。道士用桃木做镇妖剑，寻常人家也悬桃木剑、供桃木小人辟邪纳福。此风俗在国内渐渐式微，在客居东南亚的华人圈仍有沿袭。

我依稀记得，老家一带的农村是不允许砍斫桃树的，就算自然枯死，也不会锯作柴火。有的村落更神秘，不许女孩攀爬桃树，晾晒衣物都不行。

这真是有意思的事，神性与色情，一个庄敬，一个荤腥，如此相殊的信念竟然共存于一株植物身上。

也不知祖先是靠何种智慧把冰炭安置于一炉。反正桃树是受益了，不管华北还是江南，房前屋后种得到处都是，加上对气候和土质适应力强，数量远胜于梨与李之流，也深刻影响着中国人的生存与审美。

自古至今，没吃过桃子的似乎算不上中国人，没赞颂过桃花的几乎算不上中国文人。只不过，不同的人在桃影中觅得的是不同春色。

吴融看见的是融春的火焰：满树和娇烂漫红，万枝丹彩灼春融。

何当结作千年实,将示人间造化工(《桃花》)。

苏轼听见的是季节的脚步:竹外桃花三两枝,春江水暖鸭先知。蒌蒿满地芦芽短,正是河豚欲上时(《惠崇春江晓景》)。

周朴关注的是落英缤纷的伤感:桃花春色暖先开,明媚谁人不看来。可惜狂风吹落后,殷红片片点莓苔(《桃花》)。

崔护则被城南庄的一株桃灼伤了心肺:去年今日此门中,人面桃花相映红。人面不知何处去,桃花依旧笑春风。(《题城南庄》)。

陶渊明更绝,用《桃花源记》中那"夹岸数百步"的桃花林编织了一个流传千古的乌托邦。

乡间许多爱俏又没什么文化的父母,爱把女儿的名字取作桃花:王桃花、李桃花、张桃花……我读小学时,一个班就有好几朵桃花,有的还同姓。老师为了区分,依据年龄和体形大小,分别唤作大桃花、小桃花,乍一听很可笑,大家均习以为常,无人在此称呼中挖掘笑点。

我在桃花的陪伴下长大成人,却几乎不把这些土得掉渣的美放在心上。还没见过玫瑰,就爱上了她的隐喻,没闻过郁金香,就迷上了她的芬芳。

三十岁后,逐渐厌倦了这些从翻译体文字里生长出来的名花,对于桃花的热情,仍不明朗和确定,追踪油菜花数年之后,记忆里的某些身影才渐次复苏。

多年看油菜花的经验之一:并非一望无际才最动人,曾在婺源江岭拍到有桃花点染的油菜田,桃的粉红把油菜花的金黄映衬得格外鲜亮,有种桃花源里可耕田的境界,颇能唤起人对田园生活的好感,似乎一下就回到了童年的某处村头或田埂。后来每年去江岭,都特地去拜会那树桃花。

大面积的桃花,在银幕上的北方古道边见过,黄土地上红压压的一片,像塬上蔓延开来的野火,荒凉又温暖,撩拨出许多思古之幽情。

亲见的最美一片在鹰潭龙虎山旁的一座山庄里。我 2009 年 3 月在那边住过几天,竹篱内一群桃花逾墙而出,开得正闹,嘤嘤喻喻,每树都是如此，不知是蜜蜂在闹还是花蕊在闹。不是故意混淆视听作如是说，蜜蜂在花瓣里进进出出，无喇叭形的花瓣做扩音器蜜蜂的振翅声断不会那么响亮。连续观察了几天我发现，桃花在阴雨天是静物，如果白云把天空擦蓝，春阳把空气烤热，花蕊和花瓣就都变成了活物，蕊呕吐般地吐蜜，瓣招摇地伸展，惹得那些蜂呀蝶呀听着摇滚般全都疯了起来。

此后的春季，多次起念带家人去龙虎山看那些桃花，但电话打过去，山庄经营不善关闭了，问及那片桃花，留守人员却无印象，答曰：园子里什么花都有，有冇桃花真没注意过。我瞬间一愣，难道我复述的是个梦境？

江岭的那株桃树近年也未再见。2010年之后，婺源每到油菜开花时节都堵车，江岭的农家旅社也订不到房。

我发动散居全省的线人四处搜捕桃园，最终在南昌县和永修县各发现一处，每处面积均在百亩以上，花也开得稠密，可树干均矮小如橘，花瓣或殷红或浓艳，不是淡淡的水红色。

查证后才知这些都是挂果率很高的新品种，不是我从小习见的毛桃树。园中还修了凉亭和水泥观景台，路旁插着或红或蓝的旗帜做路标，更令我我兴味索然，跟费半天劲找到一批赝品没什么两样。

两千多年来书写桃花的那些诗文，最爽心的一句是"竹外桃花三两枝"，因这画面展现了桃与人类生存环境的关系。荒野的桃林虽有惊心之美，不过还是房前屋后的那些更让人感到妥帖亲热。说到底，与枣和李一样，桃是家树不是野树，乡村人看它有如看檐下的鸡鸭，是一种淡淡的浓情。

最动人魂魄的桃花诗自然是崔护的，因它融入了蚀骨铭心的爱情。人面桃花，这并列词组也确实爽口而颇具画面的质感，像是起了毛边的双人合照的名字。后世的许多叙事文艺作品也都由这合照滥觞而来。

不少人对于桃的记忆与情感，都像崔护，有着独一份的初体验，这直接影响了我们审视桃的角度与心境。

属于我的那株桃生长于1980年左右鄱阳柘港中学教工宿舍前。

三四米高，枝叶茂密有浓荫。我房间的窗户正对着它的婆娑之影，早晨一睁眼就看见花枝的投影在黑亮的玻璃上晃来晃去。

那是我家最艰难的离散阶段。爸爸在外地读大学，弟弟妹妹寄养在县城的外婆家，我跟着妈妈在柘港读小学，房间窄小昏暗，春夏的周末，妈妈常让我去树荫里写作业画画。我迄今仍记得那张圆面的小餐桌，是爸爸恢复高考前做漆匠时亲手打制的，漆着赭红的老漆，妈妈搬桌面，我搬四方形的底座，在桃树下组装好做书桌用。

桃花开得正盛时，常有粉红的小瓣随着微风飘坠到桌面，我屈肘用小臂把它们横扫出桌面，继续画有玻璃罩的煤油灯、解放牌卡车和最新的想象物。有时瓣落在头上，还有类似被鸟屎命中的不快。其时我十岁左右，只爱果不爱任何花。任凭头顶着娇艳的春天，也毫不在意。根本想不到三十年后，我时常会在夤夜和白日梦里心口发痛地想起那株桃树下的时光。

后来多次故地重游，不仅人面不知何处去，桃树也早无踪影，连当年的宿舍也片瓦不存。一千多人的中学几无眼熟的面孔。似乎，我记住的并不是这一世的事。

正是那株毛桃，奠定了我对桃的感情，不是同一品种，再美我也不爱。就算同为毛桃，躯干太矮我亦不爱。满足了这两条，如果站得离房舍太远我仍不爱。

前两年春天去妈妈的老家祥环，在村后的一户人家门前发现一株桃，状貌接近1980年的那株，体型略小一轮。我端着相机对着满树花朵狂拍，还跻身花丛跟它合影，惹得门内的老木匠停下手中的锯探头观望，躺在晒场上睡觉的狗也凑过来看新鲜。大概，这个村庄的人，不会有谁如此挚爱桃花并不惧谄媚地展露出来。

这两年每临花期都会去那株树下拍一些照片。

屋主和妈妈年龄相仿，算得上故交，也熟知我出生时难产的情形，因她同年也生养了一个儿子。我和家人每次在树下出现，她都热情邀我们进屋喝茶，我们从未进去。

上次她回屋里对一老者很客观地陈述一个事实，被我听到。她说：这是某某的孩……某某死了。某某指的是我妈妈。妈妈离世三年多了，我仍然不愿听人把她和那个字确凿地联系在一起。仿佛一个欺世盗名的人被人当众戳穿，我望着满树灼灼的红焰，眼泪辣辣地涌了上来。

明年的春天去哪里约会桃花呢？我一点谱都没了。

桃花季之外的时节，我也常去古代诗文、画册里寻找桃花的影迹。撇开个人经历与偏爱，我想，桃的盛世既不是现在，也不是80年代，而是桃符风行的上古与中古时期。

现世有关桃的最美画面是那时随处可见的家常景象：

村头的茅舍边，一树桃花开得正旺。春阳燥热让人卸了冬袄。男人在远处驱牛犁田，家中只剩新婚少妇，空气中除了蜜蜂的低鸣并无其他声响，似乎随时要发生什么不测的事。但她并不惧怕，搬了小凳坐在桃荫下专注地绣花。鬼过来闻见了桃神的阳亢之气，转身逃了。秀才路过瞥见的是少妇脸上的桃花烧，也绕道走了。

只有软风不时抵近调戏，一阵花瓣雨晃悠悠洒下，慌乱的针尖在在葱指上挑出一星红亮的水珠，颜色在白锦上泅开，有点像头顶的花朵。

油菜花的 N 种美貌

春节期间率先绽放的油菜花给人的观感总是特别的。

那时郊外实在没什么可喜的色彩。山野自然还绿着，江西多的是不落叶的常绿乔木和灌木，也不乏寒不改色的草本植物，只是这些颜色经过一冬的熬炼，难免有些沉闷和灰败，有种强撑着的无力和无趣。

这时若是爆出点异样的色彩，就是田野上的花边新闻了，比如说腊梅。只是腊梅的炸点太小，星星点点，不凑近看还以为是新出的黄叶芽。更现实的是，腊梅基本是人工种植在公园里的，野外基本没有。

田野要屏住呼吸，静待油菜花来解放。

有年暖冬，在年前就见到了它的侦察兵，埋伏在郊外的红壤之上，像用喷雾器喷洒出的黄色粉末。正月，先遣队来了，在山坳里这边一块，那边一簇，四处圈占着阵地，以待大部队的到来。

这个时候的油菜花，无法以规模取胜，但确实是田野里最新最亮的色彩，给人的心理暗示也是明确的——春天已经破土而出，你必须激动起来。

今年也是如此，正月在鄱阳过年时，它们已经黄成了一小块一小块了。

正月初二（1月24号）去祥环乡下转了一天，回程离县城还有二十多华里时，察觉油菜花开的同时，也发现了雪花在开。

那时我们都穿着棉衣，手在空气中暴露久了都会冻僵。

油菜花开在鄱田公路右侧二百米外的一处独立农舍外，农舍是老式的旧瓦房，离最近的村落都有三四华里远，屋后站着光溜溜的泡桐树。屋子前、后、右三块油菜地加起来也才一亩多，但点点嫩黄已暂露头角，被无数绿色的手臂托举着相互簇拥、集合成片；雪花开在空中，薄薄的，时隐时现，时紧时慢，被风搅拌得在油菜地上方舞成一层浅白的雾。其时，农舍的主人正带着衣着鲜艳的小孩蹲在院中的压水井边洗菜，两条小黄狗望着天空茫然出神。

正月里最后一场雪和第一片油菜花就这样斗气般竞相绽放，我停车观赏了足足二十多分钟，新生的浅黄最终挫败了强弩之末的粉白，雪花纷纷凋落在油菜绿色的叶片之上，失去形状，融化成水，顺着根茎渗入土中，沦为胜者的养分。

这是我第一次看见油菜花傲雪绽放，风采一点不逊于被人类讴歌了数千年的寒梅。

天晴之后，又在郊外发现几块急性子的油菜地，大家还是青涩的绿秧子，它们已经身姿袅娜地招蜂惹蝶了。

年前刚换了个单反相机，我急切地想用广角拍出辽阔的花海，无奈没有哪一片可以绵延两亩之上，东一块西一块，怎么拍都会露出杂树、屋角或灰褐色的田埂，像电影里的穿帮镜头，要用花把画面填满，必须把镜头拉成中景，画面里就全是油菜拥挤、平庸的躯干，不敢捎上一点天空。

后来就死心了，把周老师请到花丛去，拍搔首弄姿的特写。

一开始特写的主体是周老师的脸，花只是背景，有的还被虚化成朦胧的一团。

周老师很得意，因为油菜丛中的光线清澈而柔软，把她本来就很白的脸衬得更粉嫩了，取的又大多是逆光角度，可以放松地释放眼睑的肌肉，充分展示她眼大的优点。更让她满意的是，摄影师耐心奇佳，每一个姿势和表情都会反复校正，不厌其烦地拍上个十来张，腰一弯就是两三个小时，中午饭都顾不上吃。

她并不知道是沾了油菜花的光，在别处拍照片，我哪有此等耐心。

此时的油菜香味还比较清淡，也少有蜜蜂、蝴蝶和瓢虫光顾，不过花丛中的光泽是我深深着迷的。你若是俯下身低下头来，就会发现油菜地也可以变成一片秩序井然的大森林，每一排油菜杆间都有广阔的道路，覆满油菜的阴影和前夜被风雨打落的花瓣、茎叶。不过这道路绝对干净平整，四通八达。尤其神妙的是，在正午阳光的照彻下，每一根茎，每一片叶，每一朵花，仿佛全是人工制作的，一通电就通体明亮了。

那种弥散着圣意的光泽，却不是人间能有的，我只在教堂的玻璃和佛经的教义上见过它。

渐渐地，我偷换了特写的主体，让周老师不断变换披肩的颜色以配合油菜地里的色系。注意到花冠打在叶片上的投影后，我灵感乍现，让周老师合上大眼睛，仰起脸直面阳光，以庄敬的姿势，用鼻子去捕捉花瓣里的粉状呼吸。周老师以为我在拍她，其实我是瞄上了花冠摇曳的影子。她的脸充当的是我停靠和捕捉光影的晒台。

一朵花和擎举着它的柔嫩花枝在微风中弱弱地晃动，蚯蚓般细长的身影在周老师脸上左右移动。我按动快门，一口气拍了八九张。后来在电脑上放大，效果比想象的还好。其中一张帽徽状的花冠印在额头上，花枝虬曲婉约地贯穿在鼻梁、面颊和下巴上，画面堪称惊艳。

这是我第一次从暗影的角度记录油菜花的美貌。

后来在通往鄱阳湖湿地公园的天鹅大道一侧发现一个只有四五户人家的小村落，小村被栗色的浑圆丘陵环抱，一条黄泥小径从村口逸出，顺着两个山包间的凹地爬往山那边的村庄，这一路大概有三华里远，一边高耸着两米左右的巴茅，一边静卧着半米高的油菜，山腰上则守护着层层叠叠的马尾松。

我在这片凹地呆了一个上午，只遇上一个两个赶着牛的行人，整个村落酷似一幅无人的彩绘山水画，只有几只斑鸠藏在栎树丛中东一下西一下地啄破寂静。

这里的油菜花品种和别处并无不同，不过环境色把它反衬得格外鲜亮，像是被赭红的巴茅叶和墨绿的松林捧在了手掌心上，娇嫩如翡翠。

整个春天，我先后三次来到这里，拍照，或躺在油菜地畔晒太阳，一待就是大半天。要上厕所也不去村边的公厕，直接往茂密的油菜丛里钻。

2月14日回南昌时，在德昌高速入口附近瞥见一处圩堤，滨水的斜面种满了油菜。油菜花自坝顶一直蔓生到水边，蹲在那俯身欣赏自己投在水塘中的影子。

这是我见过的最自恋的油菜地，我停下来拍照，可惜是阴雨天，花朵的色彩湿重黯淡，天空也是灰灰的没有精神。

就憧憬着它在晴天的样子，2月19日天一放晴，就从南昌跑过来验证了。太阳一出整个画面都被提亮了，天空瓦蓝，水面豆绿，油菜花开得热烈欢腾，风一挑逗，就做出朝水面俯冲奔跑的架势，不过身体始终固守在堤坝上，只让影子冒险下水复制自己，远远看去，分毫不差，像是上下各有一道对称的堤坝。

这圩堤有好几华里长，没头没脑地往远处的田野伸展着，坝面也开满油菜花，只在中间留出一线黄泥路，供行人通过。不过你即便侧着身子，也要沾染一身的花瓣和黄色花粉，衣服像染了色，拍都拍不净。只好退下来看它顾影自怜。

3月初花朵快谢时，忍不住又去看过一次。因为夜间在电脑上回味这一处油菜，总会想起笛子名曲《姑苏行》和《苏州河畔》，这曲子我20岁时在磁带上听过极好的版本，音调是明媚、空透、艳丽的，甚至还有局部的欢快，带给你的却是江南水乡特有的清愁，眯着眼在阳光下流泪的那种情绪。

三月间还在江西其他地区探访过一些油菜花，大同小异，姿色不过尔尔，就一门心思等着着4月去婺源江岭，这是每年春末的保留节目。

江岭是山区，油菜的花期比山外迟半个多月。那里的油菜全种在梯田上，在地势的诱导下发育出非同凡俗的美貌。

梯田上不光有黄色的油菜花，也参差套种着碎白的萝卜花，茎叶也是绿色的，外形和油菜差不多，我一度以为是油菜的新品种。田埂上还零星地开着些水红的桃花、雪白的梨花。这些色块高低错落地分布，拍照片时常能拍出脚踩桃花头顶油菜的画面，不仅色彩丰富，构图也称得上奇特。

梯田的另一个优势是可以俯瞰，能全景式地观察油菜花顺着山势从山顶一层一层下凡到人间的过程。山脚的村庄，被汪洋般的金黄色围困成若干个小岛，又像是火山熔浆凝固后的景象，有着弧线好看的条状波纹。孤岛们一点也不慌乱，安静、悠然地吐纳着乳白的炊烟。

江岭最大的缺憾是游客太多，天南海北来此看油菜花的人几乎像油菜花一样多，花丛间到处是端着大炮筒的猎艳者，大家不管怎么取景，都有可能沦为彼此的猎物。唯一可以提纯画面的办法是，住到山顶上，然后，比所有人都起得更早。

这其实也不太现实，因为太阳还没起床时，勤劳的摄影家们就摸黑上山持枪守候了。

清晨在江岭拍下的油菜花海，温润而静谧，空气是冷色的宝石蓝，越远蓝得越清新。我一直以为，这就是油菜花美的顶峰。

也听说过广西和云南的油菜花海，据传在平原上铺开，和江岭的梯田花海大异其趣。只是路途太远了，那边的花期一般在过年前后，正是家事缠身的时节，很难抽空过去。

我以为要等许多年才有机会见识平原上的花海。3月17日，偶然在一位朋友的微博上获悉江西新余有片万亩油菜花。

鄱阳湖平原上的田地地势虽平，但被星罗棋布的大小丘陵和村落所分割，形不成一望无际的壮阔景象。平原上的油菜地，我见过的最大面积也不过百亩左右，说新余万有亩一片的油菜地不怎么敢信，打电话咨询朋友，答曰：说万亩可能夸张，最大的一片一千亩多亩应该是有的。

千亩也足以汇成壮观的花海！

还是有些怀疑，第二天即出发去验证。高速、省道、乡道一口气跑了两个多小时，到达那个叫作新溪的小镇，沿途压根就没有油菜地，只零星几株孤独地散落在农家的屋舍旁，还不知道是不是模样相似的其他菜花。

以为找错了地方，颓然到仅见的一家小餐馆吃炒粉，听见邻桌三个骑摩托车的中年男女在谈论油菜花和写博客的技巧，一问，果然是从新余市赶来看油菜花的，说油菜在镇后的河边。

立马出发去寻，弃车登上七八米高的巨型圩堤，眼球登时被撑得快要爆裂，上千亩浓艳的金黄色气势恢宏地静泊在河湾的一片巨大平原上。一条小路从堤坝撒着欢没入花海，但肉眼怎么也望不到花和路的尽头。

更可喜的是，天空偶尔抛落几滴水珠，作出要下雨的样子，把仅有的十来个赏花者都吓跑了。结果，这一千多亩的油菜花里只剩下我们三个人影。

沿着那条把花海一分为二的小路往前，花香一波一波地涌来，浓得不像是气体，液体一般有着形状和厚度，你似乎必须用手划行，才能顺利前行。

蜜蜂的阵势也大得吓人，像沼泽地的蚊蝇在花海上空队形密集地起降，嗡嗡嗡声波强劲得像马达。所幸它们对人毫无兴趣，彼此相安无事，蜂采蜜，人采景。

17毫米的广角镜头终于可以随意施展，怎么拍取景器里都是满眼的花色，没有电线杆和树木需要规避。

给周老师和小范留影时，一律取的是远景，让人渺小地淹没在广阔的花丛中，人自然没有特写时那么出挑。周老师毫无怨言，毕竟，她也是平生第一次见到这么多油菜花，阵势强大得让人忘记自我愣神失语。

不少名贵花卉都是以少为贵，油菜花不同，美艳程度同面积大小成正比。

只可惜没带一束五彩气球来，如果放长了线，让小范牵着在花海里行走，人家一定惊为是梦中景象了，而且，是心无杂念的儿童的梦中才可能出现的美景。

后来照片都懒得拍了，觉得浪费时间。就那样空着手安闲地随意走动，四处打望。

从中午一直留恋到傍晚，天空时而敞开时而合拢，只漏下几十道细密的金线。一大片积雨云尾随着黄昏漂移过来时,我们才穿越花海往回赶。

我外表平静,内心奔突,最后突然发狂,不断地腾空嚎叫作飞翔状。

周老师帮我留下影像,因是仰拍,身体离花丛似乎有一米多高,人不像是自下向上跃起,倒像是背着伞包从空中坠落的。

这是我此生第一张离地照,也是第一张舒展四肢并放肆地笑出皱纹来的照片。

追赶草原

早听说呼伦贝尔是中国最美的大草原，也清楚它正以每年2%的速度退化。这使得我对它的首次朝觐就变成了一次日月兼程的告别。

在草原最丰美的六月，我从遥远的南方赶来，乘飞机、火车到达传说诞生的区域，又换上汽车，循着它撤退的路线一路寻找，一路追赶。

没有谁告诉我草原的确切边界，西出齐齐哈尔进入阿荣旗境内，就东一处西一处发现它的巨大脚印，或铺展在蓝天下，或镶嵌在林地间。

铺在蓝天下的，不少成为旱地，种着大豆、马铃薯和玉米，傍着河的居然变身为水田，养着身段娇娆的水稻。因为面积太大，此地人的土地计量单位用的是垧，一垧约有15亩。

林地间的草原因樟子松和榛子丛的反衬，显得格外平整鲜绿，似乎每天都用割草机修剪过，用湿纸巾擦拭过。

其实，修剪它们的只有牛羊的牙齿，擦拭它们的是食草动物的口水。

令我想不到的是，这其中还有鹅。

在阿荣旗和牙克石的山间草原上，都见过列队行进的大白鹅，微型羊群一般在草浪中或隐或现。

西出牙克石，林地隐退，耕地也渐渐减少。我们顺着草原的尾巴逐步接近了它的身躯。

像是合拢的巨扇渐次展开,我需要换一种心胸去适应它的浩大和旷远。

牙克石、海拉尔、满洲里,连接这三座草原城市的国道横穿呼伦贝尔草原。我们的终点虽是满洲里,为了多看点草原,就放弃了便捷的直线,到海拉尔之后,下国道往西南绕道新巴尔虎左旗和右旗,在新巴尔虎右旗休整一晚再经呼伦湖去满洲里。

新巴尔虎左旗、右旗和北边的陈巴尔虎旗把呼伦贝尔草原的躯干一分为三,虽然只是坐车穿行左、右两旗,没有骑马进入更深的腹地,一路上也时时有惊喜跃出。

当柏油路窄到仅够会车的程度时,视野里就完全是草原而不再有山丘和树林,汽车几十分钟才遇上一辆。这里真成了青草和牛羊的故乡,草漫天漫地地撒着欢,虽然也只比脚踝高不了太多,却青葱密集,不现土色。人眼看过去每棵都长得差不多,牛羊的舌头却能分辨出它们的科属:碱草、针茅、苜蓿、冰草……细细算起来,这一带仅可食的牧草就有120多种,有些还出口到日本等国。

羊群和牛马仗着畜多势众,没怎么把我们的汽车当一回事,不时慢悠悠地横穿公路,你按喇叭也不着急。

喇叭再催它们就扔些粪蛋在路面上,宣示主权一样。

相对于绵羊,马的族群似乎没那么大,至少没有想象中那么多。

同行的蒙古族作家说,他小的时候,草原上到处是成百上千规模的马群,跑起来像浮云翻滚,很是壮观。现在马的用途和市场都远不及过去,数量就自然下降了。

午宴设在新左旗草原的一个巨型蒙古包里,需要下省道再走十几分钟的土路。可能是靠近河流的缘故,这一带的羊和马都特别多,羊真像随地抛洒的白珍珠,马也是这边一伙,那边一群、枣红色、栗色、白色、青色、黑色,一匹匹毛色鲜亮、鬃毛纷披,和我在南方景区见过的供人照相的马迥然不同,那些道具马因水土不服和长期囚禁,一个个目光呆滞、皮毛枯涩,即便身材高大也全无骏马的气质。

草原上的马不仅不佩戴鞍辔,也不必时时受制于人,哪里草嫩就往哪里走,饱暖之后还可以思点淫欲,随便找个异性耳鬓厮磨一番,或者吃饱了撑得忽地狂奔一圈。只要不偷越国境跑到外蒙古去，牧马人都不会多瞧它一眼。

我被车窗困得性急，车到蒙古包前一停，趁大家找洗手间和相互寒暄，端起相机就往最近的一处河湾跑，去给那边一个带着马驹的马群照全家福。

午餐上的羊肉特别鲜美，透着牧草的清香，奶茶也比城区的地道，可我的心思不在餐桌上，等主人献过蓝哈达，一首接一首的祝酒歌震天动地响起，我胡乱啃了几块羊排，然后趁乱离席，再次跑到河湾，观看那群正吃午餐的马。

它们换了餐桌，不过仍紧挨着河流。小马驹们欢快地甩着还未成形的尾鬃，在母马的脖颈和胯下亲昵地蹭来蹭去。

马们并不怕我，也不让我过分靠近。越过它们的脊背可以看见，远处的河湾还有好几个马群和一些离群戏水的单身汉。河水在正午的阳光下玻璃一般闪亮耀眼，有些马立在高处想心思，肚腹之下露出蓝天，恬静得像是剪纸。

如果是自驾游，我一定会在这里夜宿蒙古包。虽然夜晚的草原蚊虫肆虐，但我可以逼真地想见，这片河湾在更柔和的月光的打磨下会美成什么样子，把一身的热血献给蚊子也值得。

这天的行程本来包括参观诺门罕战争遗址的，我对这场战争关注过很多年，它对二战时日本国的战略规划有决定性的影响。此役日军战败后，由北进苏联改为南下太平洋，苏联得以避免被德日东西夹击的危险。据说至今还能在遗址附近挖出当年的枪弹，这对于我这种伪军事迷也是极具诱惑的。

车到遗址的拱形大门前，突然雷电大作，切断了纪念馆的供电。参观被临时取消。我没看清遗址的地形和几十公里外的外蒙古，却意外地见识了草原上的雨。

草原上最缺的就是雨，在干旱的夏季，一个月能下一次，草就会应声疯长。

太阳还挂在云层背后，闪电就迫不及待在乌云身上抽打出金色的裂痕，雨就从这些纵贯天幕的裂缝中喷溅下来。水线密而急，却不像江南的雨那样缠绵有粘性，天空只晦暗了十几分钟就放亮了，雨像来自人工控制的洒水机，阀门一关，尽然收去。草皮和泥土都存不住一滴水，地上像是暗藏了无数饥渴的小嘴巴。

空中却留下了痕迹，一道足有几十公里长的彩虹浮现天际，清晰完整得如同动画片里的手绘风景。我对于彩虹的记忆还保留在童年，江南的天空低矮逼仄，彩虹开出的颜料铺也没这么大方。现在空气中的杂质太多，彩虹基本变成了童话书上的传说。

下午的路途中还偶遇一场露天摔跤比赛。不是表演给游客看的演出，是附近蒙古牧民的一次例行聚会，他们开着汽车、骑着摩托或马聚集到一起。上午已赛过了射箭和骑马，摔跤是最后一个项目。

比赛者和围观者都是土著蒙古人，男子壮硕，女子敦厚，脸上一律挂着酡红的笑。比赛并不热烈，也没有咋咋呼呼的裁判，三四对人同时登场，散漫而随性地进行，输赢自知。是较量也是游戏，剔除了功利和过多的虚荣，更像无意张扬的日常生活方式，自然而源远流长。

我停下来远远地观看，欣赏比赛的勇士，也欣赏坐在马扎上围观的老者和孩童，他们的衣饰、坐姿和表情，携带着草原深处的某种迷人气息。

新巴尔虎右旗政府所在的小城也像草原一样干净空阔，街上见不到多少行人，因为人口密度小，也可能是因为，像其他温带地区的人一样，大家似乎更习惯没事待在室内。

因为居民以蒙古族为主体，每个单位的牌子都由蒙汉双语书写。

我求教过一位当地政府官员，蒙语是不是象形文字？他肯定地回答说不是，是按音节结构的。

可蒙文在我眼里都像是一些竖着排列的羊，每个字之间的差别仅仅在于，有的羊腿数量多一点，有的羊腿少一点。

不知是羊看多了留下了幻觉，还是蒙语的发明者在考虑发音的同时潜意识里也有象形的动机，羊的形象在他思维中打下的烙印毕竟比我更深。

城里酒店的外形和内部设施和别处并无二致，连抽水马桶和淋浴室都是全国通用的格局，门一关就以为身在南方了。

第二天去拜访新巴尔虎右旗一户经典牧户。

现今的牧民早已结束流浪式的游牧生活，平常居住在村镇的房子里，放牧季节再到草原上搭建蒙古包短暂居住。

我们选择的这户，有三顶蒙古包、一座盛放饲料和杂物的小瓦房，还有一辆运水的勒勒车。

汽车偏离省道、乡道，开了很长一段草原沙石路才到达。沿途电线杆、电线、风车等切割视线的障碍物越来越少，最后，彻底消失。

车上的呼伦贝尔作家喊道：地平线，你们看，地平线！

地平线是早期文艺青年们酷爱的自身就具有抒情意味的名词，类似的词还有月光等，不过，这些词的对应物在现实中已基本消失或被遮蔽。

在碎片状的江南很难看到完整的地平线，在地广人稀的北方也不容易，因为人工建筑和设施无所不在。

汽车在草原上奔跑了近两天，我们才看见第一条纯正完美的地平线，这条分隔着天空和草地的细线，少说也有几十里长，因为渺远，也因为激动，在视觉中它像遭遇共鸣的琴弦一样微微颤动，令人不忍移开目光。

我记不清这户牧民的名字，但记牢了那对穿着蓝色和红色蒙古袍的年轻夫妇的模样。他们脸上保留着阳光和风的吻痕，让我猜不出真实年龄。我们也听不懂他们的语言，却品咂出了那鲜得让人咂舌的羊汤中盛放的热情。

蒙古族作家说，草原深处至今还保留着这样的传统，不管是否认识，进了蒙古包就是尊贵的客人，主人都要宰羊款待，如果天气不好，还要留你住宿歇息。

蒙古包后边有一座黑黢黢的小山丘，走近一看，发现是干牛粪堆起的。这是主人家煮羊汤和奶茶的燃料。懂行的人说，除了锅里的羊肉要纯正，锅下的燃料也会影响羊汤的味道。

大多数人都去围观远处牛圈里刚出生的两只小牛犊。

我的注意力一直被一群风一样奔来驰去的马牵引着。

真的像风一样，自由而飘逸，想往哪里跑就往哪里跑，想跑多快就跑多快，一切取决于马自己的情绪。那身姿和气度，就算是奥运会上身价百万的赛马也难以企及。

　　只有回到草原，马才能活出马的尊严和魅力吧。

　　据说，呼伦贝尔有3000多条纵横交错的河流和500多个大小不一的湖泊，正是它们滋养了草原上一亿四千万亩的绿色，也正是它们，迟滞了草原衰退的脚步。

　　河流一路上见不过不少，印象最深的是伊敏河，不仅因它流经了海拉尔市，还因为它是唯一由南向北流的河。湖泊印象最深的自然是呼伦湖。

　　呼伦贝尔的得名是因为新巴尔虎右旗东北的呼伦湖和东南的贝尔湖。呼伦湖在蒙语中是水獭的意思，几百里外的贝尔则是雄水獭。

　　这次的印象深刻是由于失望而不是欣喜。

　　车开到了湖跟前，我仍感受不到湖水的温润气息，下车察看湖面，除了浩渺无边和我家乡的鄱阳湖有几分相似，其他均有较大差距。

　　一是湖边湿地面积太少，植被品种太单调，连芦苇丛都很少看到，湖水就像是直接盛放在沙地之上，缺乏完善的生态保护；二是水质不够好，水色灰白寡淡。呼伦湖也盛产鲤、鲫和鲶鱼，个头也不小，吃到嘴里却有股泥腥味。

　　这样说难免有挑剔之嫌，不过一个在鄱阳湖边长大的鄱阳人，挑剔别处的湖也情有可原，鄱阳湖不仅是中国最大的淡水湖，生态也是最好的。

　　呼伦湖有记载的最大面积也才2339平方公里，在内蒙古排第一、全国排第五。它眼下的蓄水量只有高峰期的一半左右，每年还在以50厘米左右的幅度下降。

　　它早已不是风华正茂、盛产水獭的那个呼伦湖。

　　这片湖泊自远古时期就有人类活动，元朝灭亡后，北元残余政权正是凭借着呼伦湖的庇护，在明朝大军的追剿下又延续了几十年。

　　它最美的时候是什么样子？或许比鄱阳湖还要俊秀几十倍？我无

从想象。或许，那些先后主宰过呼伦贝尔草原的鲜卑人、契丹人、女真人和成吉思汗时代的蒙古人见识过吧。他们的文明在这一带孕育，在这一带成熟。最后，剽悍的蒙古马喝饱了呼伦湖的水，驮着主人冲出草原，在中国历史上弄出惊世骇俗的动静。

在呼伦贝尔草原的两天一夜中，我始终在提醒自己提防某种文艺青年式的期待与感伤。

不要期望草原上到处是蒙古包和风吹草低见牛羊的诗意，因为这样的时代业已远去，和其他地区的人民一样，内蒙古人民也热爱洋房和汽车，没必要为了维持游客眼中的诗意而困守在年平均气温零度的草原上。路途中，我看到过骑马的牧羊人，也遇到过骑着摩托的牧马人。说到底，摩托车的速度和舒适度都比马更胜一等。

也不要为某些风俗和天性的失传而遗憾，当整个地球都将被同化成一个村落，一个民族不可能为了固守淳朴而牺牲生存的利益。车上闲谈时听说一个故事：早些年，蒙古牧民搭乘汉人的汽车后，一般都会邀请对方去圈里抓走一只羊，这是牧民表达谢意的礼节，但他们发现对方捞走的不是一只而是两只、三只羊，并以此为牟利的手段时，这样的礼节就渐渐式微了。

甚至，看到采矿等开发行为加速了草原的生态恶化，我都不屑于表达廉价的愤怒。人类千百年来的恶行已导致地球大环境的崩溃，草原早已无法独善其身。我们就是天天植草种树，也没法挽留记忆中的天堂，顶多，让它走得稍慢一些。

这或许就是唯生产力论的现代文明社会必须承受的代价，或者说，文明本就是个伪命题，为了摆脱野蛮而陷入另一种野蛮。

我允许自己表达的伤感只有一种：我来到呼伦贝尔还是太晚了些。

我赶上了草原渐远的背影，还有许多许多的人，连它的背影都没有机会望见。

看不清的森林

算得上侥幸，在此之前，我未贸然用森林这个词指认过任何山林。和大兴安岭相比，任何树多的地方都只能称作小树林了。

在江南一些大山里，没路的地带常会被称为原始森林。这种虚夸的滑稽感同北方人把人工挖的水库称为湖是一样的。

江南的山林再茂密——有的还居住着几百上千岁的古树，也还是不符合我对原生性森林的期望。它们不仅容纳不下猛兽的食物链，要困住一个人都不那么容易。你如果体力足够好，心理素质足够强，认准任何一个方向，不用两三天就能走出树木的牢笼。

真正的大森林似乎不是这样的。我通过地理书和文艺作品对它们已有想象。

还在黑龙江境内时，就开始打听：哪里是大兴安岭？有人对着窗外的山林说这就是；火车开了三个多小时问同样的问题，答案仍悬挂在窗外，不真实的程度就如同刻舟求剑。后来在内蒙境内坐汽车旅行，头一天人家说窗外就是大兴安岭，两天后答案仍旧如此，回答者的表情淡然而不屑，像是敷衍智力待开发的儿童。

这种情况过去从未有过。你到了一座山面前，可是三四天也没弄清楚它的具体方位，哪里都是它，哪里都看不见整体的它。

像是盲人面对那只无法用手指概括的大象，也像一个想看清水的模样的人陷入到汪洋里。

我以为是视野不够开阔，到处寻找制高点。

第一个点在阿荣旗库伦沟林场场部。

夜间赶到林场场部住宿时,什么也看不见,只是感觉气温低了很多,必须加上厚外套。这边维度高,清晨三点多天就亮了,近五点时出门,发现林场所在的小村镇果然是斜卧在一条巨大的山沟里的,场部对面,有一座相对高度一百多米的高岗。

上山的土路松软黝黑,像用犁铧耕过。北方的黑土都是如此,掺杂着植物的腐殖质,肥沃而易于耕作,对于攀爬却并不方便,脚踩下去绵绵的触不到支撑点。好在山并不高,十来分钟就到了顶。

顶上野草欢畅,白桦和黑桦这里一丛,那边一棵。都只有手臂粗细,没多少姿色。漂亮的是对面山地上的云杉、兴安落叶松和樟子松,苏绣般立体而整齐地集合,一直从斜坡排列到草地上。山地和集镇之间的空阔草地泊满清晨的阳光,像是镀了金。几匹早起的牛马散落河边,制造着静谧中唯一的动感。

和南方经验不同的是,这里的山脉没有明显的主峰,也望不到边际。山林无穷尽地延展,隐入天际的晨雾。每座峰模样相仿又彼此衔接,似乎是摁着鼠标复制出来的。

我以为这个点还不够高,就对阿荣旗境内最高的图博勒峰充满了期待。

图博勒峰海拔约一千二百米,在大兴安岭地区也算是高峰了。

车子把我们送到山脚,当地人说,徒步登顶要一个多小时,建议我们坐防火运兵车,也就是漆成红色的越野吉普车。

这些年我攀爬过中原和南方许多险峻的名山,海拔多在两千米左右,且总能在团队中取得第一个登顶的殊荣,以此求证自己的年轻。一个多小时对于小腿肌肉的耐力来说简直是小菜一碟。

出发后还发现,山上虽无水泥路和石阶,也没有一处让你腿颤的陡坡。这峰本来就不险,不似南方的一些山,海拔也谈不上多高,却是平地起高楼的架势,笔直地耸入云端,道路也就像天梯一般贴在峭壁上,你必须拽着两侧的铁链头顶人家的屁股往上攀援。

通往图博勒峰的环山土路宽阔平缓,绸带一样缠绕着山体抒情地上飘。

两侧没有宾馆村舍，更无寺庙、牌楼、墓碑等古迹，有的只是密不透风的树林和绣着白云的湛蓝天空。

我不时停下来给睁眼瞪着我的白桦树拍照，脚下有着闲庭信步的悠闲。

麻烦出现在后半程。起初以为是蜜蜂，嗡嗡地在身前身后打转，很快就发现不是。蜜蜂是怕人的，手一挥就逃了。它们不怕，赶走了又来，落下来就叮，哪怕是隔着T恤也能叮透，又痒又疼瞬间红肿一片。

我摘下头顶的帽子，上下左右翻飞着扑打，没打着它们，倒是把脸和脖颈拍肿了。我急得直出汗，浓稠的汗味把它们刺激得更加亢奋。围殴者越来越多，还有股奋不顾身的顽强，怎么驱赶也无济于事。就奋力前跑，在有大风的山口尚能喘息一两秒钟，风一弱，它们又蜂拥而上，显然不再是前面那群，感觉漫山遍野都是它们的伏兵。

在我几近崩溃疑心是否会被那蜜蜂大的毒苍蝇叮死时，下山接人的司机擦身而过时鼓励说：前面就是山顶啦。

和其他人会合后才知，差点把我逼疯的毒苍蝇就是牛虻，当地人叫瞎蠓，能叮穿牛皮吸下面的血。这东西只有一个月的寿命，遇到热血的动物就疯狂进攻。他们说：你走得太急了，应该喷上蚊不叮再出发的。

山顶风大，牛虻较少，顶上还有一座钢结构的防火瞭望塔，七八米高，登上塔顶，能望出几十公里远。

在这样的高度，我也看不清大兴安岭的样子。四周都是墨绿平缓的山脉，被密集的针叶林覆盖着，绿屏风般一层一层地往远处铺展，屋宇般巨大的云团拖拽着更庞大的阴影在林地和谷地上方缓慢移动，给晴热的林区带来短暂的阴凉。在六七层屏风之外，视线变得模糊，那模糊处是什么样子，无从知晓。眼下这上百平方公里的庞大山野，也只是大兴安岭的九牛一毛。我们总不能通过一根毛去推断一头牛的样子。

以前也在影视剧和摄影作品中见识过大兴安岭，没想到它的辽阔和无限仍远在我的理解力之外。

如果不借助现代交通工具，你就是走上一个月也未必能穿出树林的迷魂阵。难怪北方人总是说：在森林里迷路，就等同于死亡。

从阿荣旗到牙克石，要横越大兴安岭。方向是明确的，自东向西，可是翻越的过程并不清晰，不知何处是山的起点，何处又是终点，因为哪里都是山，哪里的植被都差不太多。只有中间点是明确的。车子抵达大兴安岭穿山公路的最高点时，把大家放下来远眺拍照片。

这个最高点，视野还不如图博勒峰，除了山峰能望见的还是山峰，只是多了条铁路和一些身躯伟岸的风力发电设备。想和远山合影，又被近处的树木遮挡了景深。同行的人也纷纷表达诧异：大兴安岭怎么一点也不高？一点也不峻？车子粗气也不喘一口就上来了。

或许，真正大的山是不会在声势上恐吓你的，它的道路是平缓的，胸怀是敞开的，欢迎每一种生物的加盟。但是，你不可能看透它穷尽它，正所谓大象无形。

此后的行程我完全放弃了看清森林全貌的打算，决心低下头来，谦虚地做个以偏概全的盲人，摸到什么就是什么。

毕竟，我不是宇航员，可以从太空的高度俯瞰。

心态务实之后，果然有了更细腻的收获。

车子擦着山麓疾驰时，发现有鹿状棕黄色的动物在同色的荒草丛中一跳一跳地奔蹿。后座的内蒙籍导演叫：狍子！

狍子是知名度很高的鹿科动物，猎枪响处，别的动物都亡命散去，只有狍子停住望着枪响处探寻究竟，结果被原地射出的第二弹毙命。人类因此管智商有问题的同类叫傻狍子。

不过在我看来，让狍子丢掉性命的不是笨，而是好奇心。

后座说：六月是狍子哺育的季节，它之所以一发现车子就猛跑是想把我们引开以保护幼崽。

他的说法对我的论断是有力的佐证，有如此心计的动物怎么会是傻子呢？

接下来望见鹰在空中盘旋——我这样称呼自然有偷懒的嫌疑，因为鹰的种类很多，有的叫鹫，有的叫鸢、鹞、鵟，还有的叫雕。我分不大清楚，只觉得它们的毛色差别很大，这边最多的是麻色的，在森林和草地上方驾驭着气流玩滑翔，时而飘升时而俯冲，自得而骄傲。

车子经过一道溪流时，注意到水中央翘立着一块黑湿的岩石，不过只一秒钟，我察觉到了岩石的异样，一只鹰踞于石上探头喝水，它收拢的羽翼灰黑几乎和岩石一个颜色。

到牙克石后还目睹一只鹞追猎一只山雀，山雀小巧灵活，几个小幅度的急停急拐就把转弯半径更大的鹞给甩掉了。

牙克石在蒙语中就是有森林的地方，位于大兴安岭中脊中段的西坡。城郊的凤凰山之夜，让我对森林的晨昏有了更切肤的体验。

作为大兴安岭的一部分，凤凰山有着九百米的海拔，一些红、蓝屋顶的别墅散落在林间谷地，成为旅行者的家园。

刚下车，就见三只驯鹿在别墅门前的斜坡上吃草，你走近去，它们翻眼瞟你一下，继续埋头吃草，等你的脚步干扰到呼吸的节奏，才歪着身子后撤，却也算不上惊恐，一副主人面对不速之客的镇定与大度。正处在换毛时节，它们身上的绒毛厚一块浅一块，像是被人乱铰过的头发，形象有点落魄。

餐桌上的蔬菜也大多取自山林，有香菇、木耳、柳蒿芽和各种各样的蕨类，我一面品尝那些略微有些麻舌头的野菜一边想：这些就是大兴安岭的细小神经吧。

入住的凤凰山庄十九号别墅建在平缓的草坡上，身后是草岗，对面是桦树林，不远处还有一片银光闪闪的人工湖，是德国一家汽车公司开挖的，夏天休闲养鱼，秋、冬春三季结冰后做测试汽车的场地。这里年均气温只有零摄氏度，每年有五个月的结冰期。

晚饭后准备沿着公路去湖边散步，才出屋子便遭到蚊群的围攻，喷洒蚊不叮都无济于事，疯狂程度不亚于图博勒山的牛虻。大家自嘲：这里本来是蚊虫的领地，主人不让出门，就乖乖回屋看电视吧。

能在室外坚持下来的，都穿着厚厚的外套，戴着严实的帽子，并用围巾遮挡住几乎整张脸，只露出眼睛和鼻孔，宇航员一样动作笨拙地挪动着步子。

别墅是木制结构，墙壁却是玻璃的，这种材质让我躺在床上就能望见山峦和星空，不过由于玻璃是固定和密封的，白天储存的热气散不出去，我到了半夜仍热得无法入睡。

就每隔几十分钟去走廊上吹吹凉风。室外夜间的气温只有十几度，凉爽如南方的秋夜。

这时我验证了一个重要发现。从傍晚开始，对面的树林里就有一只鸟在执着地鸣唱。当然，也许它白天就已开始，不过白天的鸟鸣太嘈杂，别的不说，布谷鸟洪亮而有回声效果的啼声就盖过了它。到了夜间，这只鸟的歌声渐渐从天籁中脱颖而出。那音质，像是用纱巾反复擦拭过的铜口哨，清脆、圆润、婉转而富有韵律，是人的发声器官怎么也模仿不出的，有点像画眉，又比画眉的声音更响亮更笃定更有种绝决的信念感。

不可思议的是，我分别于晚七点、八点、九点、十点、十二点时去走廊抽查，它都在片刻不歇地用功。凌晨四点多我出门时，它仍在不知疲倦地卖弄歌喉。

早餐时向当地人讨教鸟的名称，可惜大家睡得早，也可能见怪不怪，谁也没注意到。我无法模拟鸟鸣以供鉴别，只好按照一句随口的提示，把这位不眠的歌者锁定为夜莺。雄性夜莺在求偶季节是会彻夜歌唱以吸引异性的。

清晨我沾着满裤脚露水攀上了别墅后的山坡，这次我没指望通过远眺发现什么，望了望远处毛茸茸的朝阳和湖面，就俯下身来拍摄那些细小的美：金莲花、白芍药花、野罂粟、小蓟，还有许多花是在南方从未见过的，它们静默而自由的绽放，耽搁了我一早上的时光。

别墅对面的桦树林不是没打过主意，昨天刚到时就得过警告，一个人不要走太远，这一带有常有伤人的猛兽出没。

桦树林和公路之间还隔着一片野蒿没膝、陷阱密布的沼泽地，只有牛马这种大型动物能轻松涉过。在阿荣旗也曾进入过一片阔大的白桦林，不过正如本地人的坦承，我们一路望见的树林，基本都是过伐林，不是真正原生的森林。我探望过的那片白桦林，树干基本只有人的小腿粗细。过伐林里的其他树种，也大多处于青春期，长势喜人，却不足以震撼人心，不像南方的古樟和银杏，胸径可达数米，需七八十来个人合抱。

据说，大兴安岭的深处，也有长成树精的巨树，只是一般人无缘见到，等你有机会见到，估计也出不来林子了。

在阿荣旗和牙克石前后住了三四天，印象最深的一句俗语是"棒打狍子瓢舀鱼，野鸡飞到饭锅里"，是用夸张的手法显摆大兴安岭的动物资源：用木棒就能打到狍子，用水瓢就能舀到鱼，最贱的还是野鸡，都不用去抓，它们一不小心就会主动飞到锅里来。

一些鄂温克族老人说：现在猎物少了许多，小时候确实有过这种富足，再笨的猎户也不会空手回家的。

回到南方后，我急切地通过电脑和地图查找大兴安岭的资料，其中最具概括性的一段描述是：大兴安岭北起黑龙江畔，南至西拉木伦河上游谷地，东北——西南走向，全长一千二百多公里，宽二百至三百公里。

长度和宽度都足以让任何一个穿越者感到绝望。

不过在地图上，它就像一条被拉长斜放的蚕，西边是辽阔的内蒙古高原，东边是同样辽阔的松辽平原。

这是我第一次看到这座森林的全貌。

雪峰下

从成都到平武，峡谷的长度令人绝望，深度则让人恐惧。

对于山川，我算是有点见识，汽车连开五六个小时都望不到头的峡谷，还是第一次遇见。两岸的山不仅处处高耸入云，还有种地老天荒的架势。不仅不让人聚居，也拒绝你攀爬。那些绝壁上的植被，基本是风和鸟类帮着播种的，灌木搂抱着乔木，藤本植物又纠缠着灌木，就算是猴子也不能从容悠游吧。

河流比路面还低七八米，但声势喧腾，河床满是高低不平的巨石，水流不时被撞击成碎沫，收捡残肢拼凑成形后继续踉跄前行，没走两步又是粉身碎骨。名字记不住，反正是涪江水系的支流，每走到一个大分岔口，就会改名更姓变成另一条河。

山腰上凿出的道路弯来绕去，弯拐得不算太急，但右上方不时惊现泥石流的遗迹和隐患，许多大石头坐姿极不舒服地埋伏在松软的斜坡上，随时都有可能失去耐心排山倒海冲下来一样。

这时才明白2008年汶川大震时不理解的一个问题，为什么泥石流一发生峡谷里的城镇就会与世隔绝，直升机都不敢贸然闯入。

离北川很近的平武县城也是坐落在这样的深山峡谷里。县城的地势相对平缓些，不过也有着深山小镇的冷清，晚上九点不到街衢已阒无人迹，就算是白天也形不成熙熙攘攘之势。阳光从山垭口经过漫长的距离艰难地照射下来，落到地面已热力消散，只剩下光。街道一块暗一块亮，人和狗都喜欢站在光柱里发呆。

能站在平地上发呆就算是城里人，平武的十多万人口大多散布在大山的腋窝里和脊背上。

见缝插针一样做房子，虎口夺食般种粮食。房子和旱地的倾斜动辄超过四十五度，让我总担心，当地人的日子是否很容易失去重心。

到成都接我的羌人六的家在峡谷内的河边，他说，2008年5月12日那天，河对岸的山峰烟尘滚滚，河流因此改道，河这边却没有多大损失。后来知晓，青川地震断裂带正好从对岸穿过，位于这个地震带上的南坝镇损失惨重。

平武县城的损失也不算太严重，那天下午，阿贝尔的妻子刚离开家去单位不久，他就感觉到地面剧烈颠簸起来，像有体积惊人的怪兽在地底奔腾。他逃到屋外，却不知怎么逃出去的，事后对那个瞬间完全失忆，只记得当时脚上剩下一只鞋子。看看对岸女儿的学校教学楼没倒，妻子单位的办公楼也安在，他很快就镇定起来，拿着相机去记录大地的伤口。他是把绝大多数时间和心力都献给了文字的写作者，对这片土地爱得比一般人更深彻更隐痛。

阿贝尔在平武生活了四十多年，记忆中每年都有一两次小地震，因为这个，平武的房子都还是有一定抗震级别的。他说，对于地震和它的孪生兄弟泥石流，当地人其实没外人想象的那么害怕。

同成都平原以及我老家的鄱阳湖平原相比，峡谷里的土地堪称不宜人居。事实上这一带秦汉时就被纳入行政管理，此地虽缺少水田和平畴，但森林资源丰富，金矿、锰矿也储量不菲，这些，足以吸引人在险境中坚韧地活下去。

可能是习惯了，对于生存空间的逼仄倾斜，当地人的感受完全不像外来者想象的那么强烈，所谓一方水土养一方人吧，也许，把这些习惯了走山路，在陡峭的斜坡上耕种的人迁移到平原湖沼间，他们反而会有脚下打飘的失重感吧。

虎牙乡有近半居民是藏族人，他们和汉人通婚杂居，栖居在海拔两千米左右的山脊上。屋子基本是二层木楼。因地势的阻隔，房子和房子离得很远，高低错落，极少有两户人家挨在一起的，和邻居打个招呼要对着山上或山下使劲喊。

每家房前屋后都种着玉米、土豆、萝卜和其他一些家常蔬菜，门前大多有水泥砌的晒场。

我探访过的一家，男人是藏族，女人是汉族。我没记住丈夫的藏名，那张棱角分明黑红刚毅的脸至今仍在眼前晃动，他儿子也一样，浑身透着藏人特有的朴拙的剽悍。

阁楼上储存着半楼的玉米棒子，晒场上摊晒着七八只硕大的南瓜和一地剥下的玉米粒，说是准备给猪吃的。猪卧在一堆干枯的驼色玉米杆叶中，就像人睡在松软的席梦思上，舒服得睁不开眼，嘴里有一搭没一搭地嚼着玉米。

在我居住的南昌，一根煮熟的玉米棒子要卖两三块钱呢，在这里却是喂猪食，这更加印证了前面的判断，所谓生存环境的优劣，从来都是相对而非绝对的。

最具联想空间的设施在地上，四条矮脚长凳围着一口和地面齐平的大铁锅，锅的上方吊着吊罐，吊罐盛着水或煮着豆角；锅里烧着硬柴和炭火，灰烬中则煨着土豆和青稞做的馍。冬天这里是全家的中心，来了客人也往这边请，一边吃东西唠嗑，一边观赏火光在每个人脸上的诡异舞蹈。

白马藏族乡离县城比虎牙乡更远，路也更窄更陡更险，一百公里左右的路途汽车要吭哧三四个小时。

两边山上的植被更茂密，到处是被寒霜漂染过的枫树、黄栌、槭树、栎树，金闪闪红灿灿的，这里一团那里一簇由里向外喷溅开来，丰富着青山的色彩。

一直牵动我目光的，是远山之巅的一片粉白，一问，居然真的是积雪！季节还是深秋，这边的山上就有了厚厚的积雪，这是我在江西和其他丘陵地带没法见到的。

同行者说，深涧里的水，就是从那些雪峰上奔流下来的。

途中的一个水库，水面碧绿得像是一块硕大无朋的翡翠，纯度高得让你不忍在岸边迈步扬起灰尘，似乎一星点的尘土都会玷污了它。

朝着雪峰进发，海拔越来越高，人烟越来越少，牦牛、马匹、黄羊星星点点地散落在山坡，半天才挪一次脚以证明那不是一幅悬挂的画,但始终见不到放牧者。它们的主人是定居在雪峰下的白马藏人,他们养牛羊比种庄稼还省心,平常就丢在山上放任自流,每过一两个月上山过过数,总数大抵相当就行,需要使用和出售再来山上牵。这里没有盗贼,牛羊马群一般只会增加不会减少,增加的是新出生的小犊子。

道路的尽头是海拔三千米左右的王朗自然保护区,和九寨沟一山之隔。这里属于全球生物多样性核心地区之一的喜马拉雅——横断山区,保留了完整的自然生态系统,其原始性、多样性、稀有性举世罕见。国家一级保护动物除野生大熊猫外还有金丝猴、扭角羚等七种。植被以冷杉、云杉、红杉为主,当然还有必不可少的箭竹。杉木中紫果云杉最多,平均树龄四百年左右,每一株都有着刺破青天的伟岸气度。

早在1965年,此处便成立了中国第一个野生大熊猫保护区,因此人工破坏较少。

雪峰下的森林有种真正原始的气息。地表和树干上到处蓬勃着绿苔,苔藓又厚又长,长势好得像是已经失控。地表松软潮湿,覆盖着腐土和植物的尸体,有些地方还保留有有蹄类动物的脚印和粪便。保护区的动植物基本可以颐享天年,再长再粗的树木倒伏在地后也没人管,成为小动物们的天然桥梁。有的浸泡在水里,一半已沤烂,一半还在给木耳提供产床和养份。

森林里的水洼或绿或蓝,美得像颜料染的,只是凉得扎手,里面也鲜见鱼类。

这里已接近雪峰脚下,但山那么高,又有箭簇般的云杉林护卫着,越往前越感觉不可企及。就站在山脚仰头观望,不时有风搅动山洼的涸雪,扬起一层白色烟雾,和天上的白云混淆在一起,让你分不清哪里是云哪里才是雪雾。

气候也瞬息万变,刚才还天晴,突然就飘起雪花。一成不变的是雪峰的庄严,无论从哪个角度看,它们都那样洁白肃穆,让你忍不住想到那个宗教徒爱用的词——圣洁。一些雪山常被人当做神山来尊崇,恐怕也是出于这种情结。

人类若是每天和这样的雪峰相对，内心也会变得纯净简单吧。

白马人不信佛教而信奉苯教，他们把每个寨子后面的山供作神山，视万物皆有灵，不随便冒犯。他们居住的杉板房也体现着人和自然的和谐，房子依山而建，屋顶呈"人"字形，上盖岩石做成的瓦片，房子的主体用材是木料，上面彩绘着颜色鲜艳的动植物图案。房子共三层，下层圈养鸡、牛、羊、猪等禽畜，中层住人，上层堆放粮食。

和祖先一样，白马人迄今仍以农耕、畜牧、采集为生，农作物有青稞、玉米、荞麦、洋芋、豌豆、燕麦等，火麻是重要的经济作物，可织布做衣。他们的日常生活离不开歌舞，人人都会围着篝火跳舞，人人都是原生态歌手。嘎尼早兄妹三人的白马组合前几年还获得过全国歌唱比赛的亚军，弟弟和妹妹被总后歌舞团特招进京，嘎尼早已婚，就留在山寨做旅游公司的董事长。

晚上吃烤全羊喝白马寨自酿的蜂蜜酒时，见识了嘎尼早和其他山寨女歌手的歌声，是最适合银铃这个比喻的音色，尖细而嘹亮，穿透性极强，适合在高山峡谷间传播。

因为坐得近，也因为嘎尼早的成名与南昌有关，还到江西很多城市演出过，交流就比较随意，得以看到她更家常的一面。她脸型和五官很像欧洲古典美女，性格却是白马式的豪放。言及在外地演出遇到骚扰时的对策，她大度而自信：如果是语言骚扰，他黄我就比他还黄，让他自愧不如；如果他借故勾肩搭背，我就用更大的力量夹住他的肩膀让他知难而退。

她这个所谓董事长，其实什么都做，唱歌、做饭、扫地、端茶，和城市里的公司领导完全是两个概念。

因为嘎尼早，我并不怎么担心旅游开发会破坏这个民族的天性。他们对于本民族的文化和血统有种内在而自然的尊崇，即便那些已在都市工作生活多年的白马人，也不容易被其他文化同化。

白马有个素质全面的汉子，出山后一路打拼，现在已是某地级市的最高领导，他女儿并未在山寨生活过一天，在城市出生长大，学识和事业都有着很高的起点，认识和交往的年轻人基本都是汉人，到了谈婚论嫁时，多英俊多优秀的汉族青年都吸引不了她，似乎是听到了血脉里某种神秘回声的指引，最后认识并爱上了一个仍生活在寨子里的白马小伙子。

这个正在上演的公主与灰小伙的爱情震动着每个听到它的人，由此你就不难理解，一个全国总共才一万人口、平武境内三千多人口的小民族，何以在雪峰下的贫瘠峡谷繁衍数千年而不亡，在民族融合的浪潮中淘洗数百回而不衰。他们虽没有文字，至今仍沿用着祖先传下来的语言，他们和外界交往时用普通话，回到家里仍说白马话，从大人到娃娃全都如此。

据费孝通等一些专家考证，白马藏人其实并非藏族，追根溯源，是发源于甘、川、陕交界处的古老氐族的的后裔，司马迁在《史记》里就有相关记载。撇开历史上一些约定俗成的种族划分，他们应当算得上中国的第五十七个民族，而非藏族的一支。

仅就服饰而言，他们也与藏族不同，服饰以白、黑、花三种袍裙为主。不论男女，头上都戴一顶圆顶、荷叶边由羊毛压模后制成的白色毡帽，并在帽檐插上一支或几支白色雄鸡的尾羽。白马人喜欢佩戴贝壳做的小饰物，女性胸前还挂着白玉般的鱼骨牌。嘎尼早说，骨牌是防止胸部走光的，不知是真的还是笑谈。

不解的是，一个山地民族，为何如此钟情海边的贝类？是缺什么就爱什么的补偿式审美，还是他们远古的祖先，保留了对大海的模糊记忆？说到底，喜马拉雅山系原本就是大海的领地。

雪峰下的秘密还有很多，平武宣传部的冯部长是位女性，闲谈中她提到一个女性都比较敏感的话题，被我旁听到：上一次县里搞的健康调查发现，白马的女性基本没有得妇科病的，后来听说，她们从小就服一种祖传的草药，从山上采的，至于草药的具体名称和配方，外人无从细究。

白马寨的昼夜温差有十多度，客房也相对简陋。晚上没睡好觉，离开的那天早晨起得特别早，到摇曳着野棉花的河边散步。一匹未成年的半大马驹从晨雾中踱出，甩着尾巴吃草，我想走近去拍照，它斜睨一眼，后退几步，我停住，它也停住，继续吃草。这时才意识到，它其实是匹不亲人的放养马。

显然没家养马那么漂亮，鬃毛和尾巴都粘黏成条索状，皮毛也不甚光亮，让我想起城市里的流浪汉。

在漂亮和自由之间，马更喜欢那种呢？

我正以人的自以为是胡思乱想着，那马可能是听到了同伴的呼唤，恢恢一叫，得得得向远处的树林奔去，转瞬没了踪影。

其时，山腰的秋叶已被朝阳点燃，山巅之上，千年的积雪依然是一派高远的神秘。

云　上

　　到金沙索道下站已临近 16 点。此时游客大多下撤，爬到"巨蟒出山"和"神女峰"时，景区像清了场，只寥寥数人在山的暗影中用相机争抢光线，证实我们没走错地方。

　　此处是三清山的经典景区，南北两处索道站都是朝着这个方向修的，金沙索道上站距此 1000 多米，垂直距离却不足百米。山下的人潮一涌上来，首先攻陷的就是这两处要地。2008 年来此，都不找不到空挡拍张片，怎么取舍都会挂上一些不相干的四肢和半边脑袋。

　　这也证明，李华要我们下午上山的建议是对的。

　　小范同学说：神女怎么不像女神啊，像个贤惠的大妈。

　　还真有道理，不过她不了解的是，神女峰被命名的 80 年代初期，贤惠才是神女的首要特征，发型也以学生头居多，留披肩发的就有些小资了，留披肩发又不贤惠的，基本是女流氓。

　　巨蟒足有 128 米高，拔地而起突兀地耸峙着，脖颈处直径才 7 米，其上的裂纹努了几十万年的劲，也没能砍下巨蟒的头颅。巨蟒的比喻其实也不准确，仰头挺身的姿势更像一条蓄势待击的眼镜蛇。不过取名眼镜蛇峰也不合适，考虑了形似却无法兼顾声势。

　　这孤绝的擎天之柱最骇人的还是声势，尤其是置身正下方时，总担心它会突然崩塌把人砸成肉酱。

　　随意地拍了些照片，山谷的空气呈现透明的淡蓝色，山峰一波一波地像水纹渐次展开，层次感极好。

取道东海岸去三清宫。沿途望见远处的山峰尚身披夕照，我们追着阳光而去，却一直走在阴影里。

外甥小洪是第一次爬高山，我们特意绕道鄱阳接他，解救他于作业和无聊当中。一上山他像只挣脱了绳索的宠物狗，一路欢奔在前，不时在拐弯处造成失踪假象。我那副硕大的俄罗斯望远镜被他挂在胸前，神气而滑稽，不过他一次也没用它望过远，只顾埋头和栈道比赛着耐心。

小范近年变得不好运动，每次带她出游都像是欠了她的，需央求佐以美食相诱。她每隔十分钟就催问一次还有多远。我每次都说还有很远很远。

她绝望了，说愿出一块钱让我背她走。早些年我常免费让她骑大马，出一块钱说明她已经尊重我的劳动了。我假装没听见快步前行。她追上来讨了两块钱从下山的挑夫手里买根木手杖，又残兵败将一般拉在后面拖后腿。因为心不在焉，被横在道上的松树干撞了脑门，叫嚷着奔跑上来找我控诉，表情不知是哭是笑。此后留下的照片中，她额头拱起像个可笑的小包公。

暮色一寸一寸地下沉，像无边的网渐渐收拢，我们要在它扎紧口袋前赶到三清宫，否则天一黑，栈道上将寸步难行。

最后半个小时有点像急行军，18点半赶到三清宫时，满背都是汗，夜风一吹，浑身寒战。

三清宫海拔1500多米，是三清山道教古建筑的露天博物馆，相传东晋年间葛洪与李尚书就结庐炼丹于此，现在存遗址多为明代所留。此地三面环山，藏风聚水，宫前有大片平地可供游客休整。

李华从一条竹叶婆娑的小道出来迎我，还是西服革履，模样和四年前没有变化，笑容也仍是温温的稳稳的，有种久居仙山的人才有的散淡。

去三清福地管理站的路上，看见近百名驴友在三清宫前的空地上搭帐篷。

为了保护生态申报世界自然遗产，2007年前三清山拆除了早期兴建的旅馆，游客要在山上过夜只有自带帐篷。

一起晚餐的还有央视"远方的家"节目组的三男一女四个年轻人。同他们一起喝了点劲酒。本来是要喝白酒的，李华搜遍了管理站也找不出一瓶。这样也好，怎么开怀畅饮也只是微醺，每个人都可以尽情表演豪爽。

晚上室外寒凉，小范他们进房休息。李华借了把手电带我去看驴友。

他们帐篷基本支好，围坐在草地上喝啤酒吃方便面和干粮。

问几个从台州来的洗漱怎么解决。一盘腿坐着的姑娘自嘲般地说：刷牙用口香糖，洗脸用湿纸巾。

我听了心生羡慕。

早就想自带帐篷去山野露宿，可是带着小范娘俩支帐篷总担心不安全，成群结队又嫌闹，自己单独出门又怕被怀疑居心叵测。计划遂一直在计划中生动着。

真恨单身那会儿不懂自助旅行，否则早背着帐篷走天下了。

山道黑得方位尽失。李华的脚熟悉地形，不时对着黑暗处介绍，这里是明代失踪皇帝建文帝的墓；那里是风雷塔……我其实什么也看不清。

最后到了一处岩石峰顶上，发现满天都是穷人的钻石，一眨一眨的竞相向凡间抛媚眼。心里顿时软了下来，想柔声歌唱，也想大声骂人。

不过我和李华还没有熟到这程度，2008年夏天他组织三清山笔会时我们第一次见面，后来只在江西宾馆大堂匆匆邂逅一次。四年间说过的话也不超过10句吧。

我们打望头顶繁密的星空和山下寥落的灯火，聊了几句媒体策划方面的事就下来了。

管理站客房还不如80年代的乡镇招待所，十余间房只有一个公共卫生间，还没热水器。房间床铺很窄，桌上摆的电视机始终黑着脸，生气了一样不让你看任何节目，屋角的地板有啮齿类小动物啃出的豁口。

被子很潮，所以床上都铺了电热毯。

睡到半夜，上面的被子越来越湿重，下面的垫子越来越滚烫。

小范背上湿淋淋的，酣睡得像只蒸熟的红薯。

我习惯了睡很大的床和被子，稍有约束就没法安睡。晚上静听见老鼠在墙壁的夹层里一惊一乍地奔跑，恍惚回到1991年的油墩街中学。

迷迷糊糊只合眼了两个来小时，最后，老鼠的蹄声变成画眉的鸣叫，抛物线一样柔滑起伏。窗外至少有五六只画眉在树丛里跳跃吧，五六根声线缠绕在一起，把窗外的天幕一点点掀起。

天光奶汁一样稠稠地漏进窗来。

5点一过就起来了。背着相机带上门，在小洪的房门口轻声问了两句：去看日出啵？没有回应，就径自出门了。

昨晚临睡前随口问了句谁要看日出，小范自然懒得搭理，小洪说：我去。他平常按时上学都做不到，我以为他是信口开河，所以早上的问询也是象征性的。

结果我出门不久，小洪就挂着望远镜挂着拐杖跟了出来，一副出远门的架势，其实看日出的风雷塔就在管理站后不远。

远远的，望见不少人在山顶迎着霞光指点和拍照。

登顶方知，正是昨夜仰望星空的所在。

几对年轻的情侣裹着睡袋和毯子在那里留影，调情，做朝阳浴。还有一对中年夫妻（或者露水情人）在用卡片机拍手托太阳。

我们读书时有文艺病的男生总爱给女生拍这种相片。我没玩过，不过这旧情调令人感慨。这回是女的跪在岩石上给男的拍，一遍不行再来一遍，用北方话耐心地校正姿势，紧绷的腰际露出炫目的白。最后男的冻得受不了，裹着毯子先撤下去了。

此时已是5点40多，我来得还是晚了一点，太阳已跃出云海融化成白炽光球了。拍了几张照片，效果都不好。就静静地观察远处的山岚如何一点一点被朝阳唤醒，渐渐地看出点东山魁夷般的幽雅和安谧了。

回管理站时，驴友们也纷纷从双人和单人帐篷钻了出来，整理姿容和垃圾，嘴里呼出体内热热的浊气。这时才发现不远处就有很大的公厕，不仅可以上厕所，还能接水洗漱。

想起台州姑娘的话，觉得有点受嘲弄。野生动物在被圈养的同类面前，总会有些智力上的优越感吧。

早饭时阳光柔软通透，地面沙石晶亮，植物的叶片勾画出耀眼的毛边。大家一人端一只碗，或站或蹲，站在阳光下稀里嗦啰地呷稀饭或面条，活似一帮晒太阳的北方老汉。

饭毕在三清宫门前给小洪、小范同美女主持合影留念。小范学了些英文歌，去年还在一迄今未播出的儿童剧中演过女一号，难免以明星自许。真正想合影的是小洪，不过临了却扭怩数番，我让小范陪同他才僵直地站了过去，合照后又超越自我般地欢呼雀跃。

之后大家一起朝西海岸走。摄制组沿途架设机器拍东西，很快被我们甩掉。前面半个多小时栈道空寂像是专门为我们铺设的，9点之后游客前赴后继登山，被导游用杏黄旗指挥着，紧贴着悬崖迎面蜂拥而来。

我们变成单行道上逆行的车辆，被顺行的队伍挤压到栈道外侧，每前行一步都免不了和人摩肩擦踵。

搭建在峭壁上的栈道是三清山观景的主要通道，它环山迂回前行，东西海岸共有十多公里长，平均海拔1600米，把一些在深闺里藏了亿万年的奇峰异石拉近展示在眼前。栈道对生态有一定破坏，不过没有栈道，大量景点不管是在山脚还是坐飞机，什么也看不清。

西海岸视野较东海岸更开阔，山形和植被也很丰富，更能凸显沧海变险峰的神奇。植被星散地覆盖在灰白的花岗岩体上，自下而上是常绿与落叶阔叶混交林、针阔叶混交林、针叶林和灌木，远近高低处处成画，香榧、南方铁杉、南方红豆杉、华东黄杉不时可见。

我总担心小范和小洪被人流挤出栈道，见远处的人凌空蹈步迤逦蠕行在万丈深渊之上，不禁有些恐高，基本不敢低头下视。

这一路河山虽好，却无心细细打量，也找不到空位站稳拍照。周末到任何景区都难免有赶集之感，能按计划进退就算是顺利了。

在日上平台吃过午饭，就匆匆赶往索道站下山了。一路拍下的照片似乎还不如昨日。

缆车里小洪对"狐狸啃鸡"和"猴王献宝"念念不忘，表扬我说：跟舅舅出门真没白来。意思是我需再接再厉。小范则抱怨："玉女开怀"太让人无语了。

"玉女开怀"其实就是一对乳房状巨石，女导游们非要对游客强调：婴儿看了高兴，女人看了害羞，男人看了向往，当官的男人必须小心。别说小范，这样的说辞我都觉得别扭。不知中国女性为何如此容易悦纳男权话语的恶俗。

上次来三清山西海岸，有两处印象深刻，一是高不见顶、酷似仙界的玉京峰，二是云海中悬浮的只露着树冠的松树。

居然一路上寻不见。

松树后来在玉台附近发现了，只是树后没有云海，松树确凿无误地扎根在岩石边上，身影同远处的山峰重叠，失去了无根的悬浮感和背景虚化的神秘感。

玉京峰是回家后在电脑上找到的。三清山因玉京、玉虚、玉华"三峰峻拔、如三清列坐其巅"而名，玉京峰是最高峰，海拔1819.9米。把2008年的照片和这次的对照，发现它其实就在"之"字形交会的栈道上方，因无云雾遮顶，看上去反倒没那么高不可攀了。

有些人来过三清山四五次，每次都是云山雾罩，结果什么也看不见，就总结教训说：一定要等天气好再上山。

去年拟带小范来见识一番，短信问李华天气，知道这边有云雾就取消了计划。

此番监视了一个多星期的天气预报，等到了最可靠的晴天才决定过来。结果矫枉过正了，晴朗无云时，视线虽更清楚，有些东西却看不见了。

看来适量的云还是必不可少的，就像上次，是雨后的晴天，有乱云飞渡同时空气透明度也很高。

缺少云雾的三清山就像个一览无余的胴体，还不如披点纱挂点丝更能撩拨想象。所谓的美，一半得落在实处，一半还得靠错觉来营造。实体再美也有限，只有虚空才可能孕育无限。

忽然想到日上这个名字，那个半山腰上的平台为什么叫日上呢？

在那里也看不见日出啊，在太阳之上不就是在火上烤吗？叫云上或许更好些吧。

我们都喜欢在云中看山，我们也都愿意去云上胡思乱想。

皖南以南

　　皖南仿佛是一个黑白而非彩色之词，有着青瓦幽静的色泽和屋檐高挑着午夜残月的身段。这个印象是这个词本身辐射出来的，还是《菊豆》等电影用一些阴森的故事和光影调和出来的？一些去过歙县和黟县的美院毕业生也用他们的写生本增强着我的向往。

　　大约有十来年了吧，我在酝酿着一次旅行，就像一些更有雄心的人把西藏这个词当作甜点不时地舔食一口，以防止从猴子堕落成人的悲剧继续在身体里蔓延。许多次，我几乎已经出发，对于出生在赣东北的人，去皖南比去赣南其实要近许多倍，但每次响应者都临阵脱逃了，把我抛弃在自我怀疑中：我是不是像许多人把西藏当作勋章一样把去皖南也当成了一种文化仪式？后来的一个春天的晚上，我曾躺在火车的卧铺上亲历皖南的夜色。从南京到南昌，暮色在黄山一带赶上了火车。毛驴、白墙、翘檐、低矮的天空、弧形的灯光，皖南被切割成碎片在窗外飘舞，和我家乡附近的一些县份容貌相似，一脉相承。另一些词开始蠢蠢欲动。

　　首先是婺源。婺源原本就是皖南的一块肉，是蒋介石为了"剿共"的需要硬割到江西来的。1990年左右，婺源籍的师专同学和我谈到他们的家乡，并没有多少家里埋着宝贝的自信。印象里，婺源同学大多沉默，脸上残留着深山日落式的羞怯。有去过婺源县城的同学惊叹：到了90年代，雨天的街头仍漂浮着斗笠！但那里的姑娘大多漂亮，白皮肤小圆脸，身材不高却浑圆丰腴。对于后一个说法我在化学系婺源籍系花身上得到了印证，她仿佛是从陶瓷绘画里走出来的，有种区别于普通女生的清隽内敛的美。在那个以恋爱为职业的年龄，我们男生赋予自己的责任是绝不让一朵花无辜地开放。我对她观赏已久却忘了举步向前。到了90年代末，突然被告之婺源成了中国最美的乡村。以前并不太把这样的说法当回事，有一年客居广东，看到广州的报纸杂志上到处是去婺源看油菜花看小桥流水人家的叫嚣，心里俨然有邻家出了大明星而不知的震动。

2002年国庆长假在鄱阳小住，与爱人、两个朋友及他们的娇妻一起，开一辆面包警车经景德镇去婺源。没有具体目标，沿漆黑油亮的柏油路信马由缰地走。入婺源境不多远，就被扑面而来的青翠山林粉墙黛瓦绊住车轮。妻子们不断地要求停车拍照。在一个叫做栎树林的小村，遇到一位好心好事的老人，主动提出只要十五元的低酬劳便带我们去十几里外的长溪，那是婺源西北隅赋春镇的一个普通山村。走的是没法会车的旧山路，去长溪的过程是绿色渐次浓酽、溪水渐次斑斓的过程，因此也是惊呼被串成葫芦串的过程，几乎每一分钟都有发现：千岁的银杏百岁的樟、腰围十余米将三角形红叶举在空中燃烧的古枫、披满青藤的人字形凉亭、腐烂在野地里的南瓜和野果子、流水下恪守秘密的礁石和餐鲦鱼突然跃起刺伤人眼的银白肚皮……这些是不少乡村曾经有过如今却已成追忆的景致；在婺源，时间似乎是采用了止步不前的方式为我们珍藏了对于原始山林的浪漫怀想。

长溪算不上旅游景点，但我们在那里耗费了大半天并淡释了去别处看看的冲动。徽派的土库老宅、墙角下一小块种着小葱的菜地、坐在石阶上晒太阳的棕色小狗和脸蛋酡红的小孩、跨溪而过的高脚木板桥、通往皖南的古石桥、古栈道，所有徽派文化的遗韵都能在那里找到注脚。村里随便哪个角落都能触发留影的念头，以至我们摄影师的数码相机的内存在午饭前就用完了。

由于不久前刚去过浮梁县瑶里镇，而那里的地理风貌和长溪惊人的相似，因此当我一年之后描述长溪时，发现部分记忆已被瑶里覆盖了，也可以说，我可能是参照瑶里来回想长溪的。对于长溪最特别的印象，是我们在一户农家吃到的火烤鱼。这是个没有菜场和餐馆的村落,向导安排我们在一户农家吃中饭,只需付工本费。女主人把当地的特产火烤鱼也端了出来,山涧冷水里长大的餐鲦鱼用文火煨烤,味道鲜嫩难当;还有就是离开时听到的锯木厂的声音,那是山里唯一的噪音,听起来居然那么亲切顺耳。我从上了盘山道的车内朝下张望,锯木厂在村后十月的阳光里飞溅着木屑的黄金和声音的蜂群,森林用长锯剖开腹腔掏出松脂的浓香。

浮梁是皖南的另一个姊妹,大多数人对于这个地名的认识一直停留在"商人重利轻别离,前月浮梁买茶去"这句古老的怨词上。我也一度以为这是个极其遥远愿望难以企及的地方。然而一下子就走近了,在2003年的深秋季节。由于是以作家采风团的名义来的,当地政府配了导游轮班陪同。只剩一座五品县衙和宋时红塔的浮梁古县城遗址、出产高岭土的高岭村、星散山林间的古瓷窑、鹅湖镇上《闪闪的红星》的外景地……从浮梁城一直看到和皖南休宁一山之隔的瑶里古镇。当然,重心还是瑶里。

到了瑶里才知它和长溪是隔着山并列着的,长溪在东,瑶里在西,都有一脉清浅的长溪被芭茅簇拥着从皖南迤逦而来。瑶里是副处级的市辖镇,行政规格比长溪村高了几大截,由于已有大量外资浇注,旅游设施已初具雏形,在我们入住的酒店(相当于城里的招待所,有热水器却无法24小时提供热水)一侧,甚至还有美容按摩厅,到了凌晨还睁着粉红的眼,只是不会像城里的店那样听到男人的脚步就从红纱帘下伸出只红酥手来逗引你兜里的钱。

除了比长溪大些现代些,我说不出瑶里与它的其他不同,就像有人说,婺源在文化生态上和歙县、黟县也没多大不同一样。挺新鲜的是导游关于晚上不要单个儿外出的警告,说是四处的山林里不仅有豺和云豹,前几年还发现过华南虎。在瑶里的两天,除了每天餐桌上已做成菜肴的野猪,我们没见到其他野兽,但警告还是生了效。半夜在酒店三楼临山的公共厕所里蹲着,总觉得黑黢黢的山影里有绿光瞄准了自己,钻石一样眨动眼睛的星星似乎也在酝酿阴谋,蹲下不到两分钟就想提前撤退。除了跟着导游在挂了红灯笼的小巷和镇外的古瓷厂转悠,我们真没有进行任何个人探险。如同众多城里来的人,大家列着队在本地人的日常生活里走进走出，好奇地观察人家碗里的早餐是苦槠粑还是红薯稀饭，看到比自己年长两倍以上的木头房子就要走进去摸一摸，把房子主人晾在一边，仿佛那房子不是用来居住而是用来参观的。不小心被地上的瓦片割破脚，顾不上疼痛，先要研究瓦片是宋朝还是明朝的，对于旅游者，被宋朝割伤脚也算是一种福分。

第一个夜晚，二十多个作家和随行记者挤在溪边的几户人家门前的木条长凳上戏仿村民大会，结果开了一场荤段子报告会。我挑一个外荤内素的以说明那个夜晚的氛围：一只兔子强奸了一只狼后逃到一个报刊亭附近，戴起眼镜架起腿假装看报，狼追来后问有没有看见一只兔子跑过，看报的兔子反问：是不是强奸了狼的那只？狼一听羞愧不已，拍着大腿哀叹：怎么这么快就见报了！这样的段子在城里的饭局上似乎司空见惯，流淌在古徽州黑白的夜色中却有了特别清新的效果。偶尔有看门狗擅离职守坐到讲叙者面前轻吠，我们立即把这个段子评为精品，因为狗都发笑了。

在皖南以南，只有两个夜晚。第二天晚上是值得冒着邂逅云豹的危险去野外过了。在临近安徽的一块盆地里，花五十元买一位老乡的柴火开了一场篝火晚会。那是一块分娩后体质空虚只缀着些稻茬的稻田。11月2日晚，一块衰老的稻田注入了一伙作家的激情。这几乎是一个省的散文最精华的部分，其中有一个副厅级文联副主席、一个省作协副主席。七个女作家被一个抛来抛去的红薯分配到了十余个男作家身边，所有人又被这个红薯的滚动轨迹决定着秩序表演唱歌、跳舞、讲段子。像十八岁时那样，大家轻易就被篝火烤沸了血液。这个夜晚因此具备了火的气质和重返青春的假象。最动人的节目是男作家方阵和女作家方阵的集体对歌，从《敖包相会》途经几十首民歌、校园歌曲、童谣，直唱到一首意味深长的《明天你是否依然爱我》。最出人意料的节目是那个卖柴老乡毛遂自荐的一首革命歌曲独唱，他唱完歌说自己不仅能唱，还拍过好几部电影，今天演红军甲，明天又变成了匪兵乙，每天包吃饭还净挣十五元。这样的花絮似乎也是皖南以南的特产。

第二天清晨，一些人不约而同地去稻田凭吊那个夜晚的美好，尽管残存的炭火仍在延续某种情绪;但夜色与人群散尽,一切都像没有发生过。皖南附近的早晨又被乳白的炊烟和亘古的安宁抱在怀里,用鸟鸣与牛哞驱遣喧闹,用露水拭去外来者的脚印。

当汽车朝着城市的方向启动,当波浪似的群山在窗外向着北方奔涌,皖南又龟缩进玄秘的黑白中,仿佛除了那些幽暗的电影我从来也不知道它的底细;仿佛,我连皖南以南也不曾真的接近过。

野风景

旅游可能是这个时代最具悖论特征的产业,它的使命是不择手段(吹嘘、改造、杜撰传说和伪民俗)让神造的风景出名以吸引人的践踏,但风景一旦承担了过高的期望值并被人的意志践踏后,必将失去神性和野性的本质。这是我不怎么喜欢名山大川这个词以及常规旅游的原因。就像许多人偏爱野甲鱼、野草莓、野老婆(现在雅称情人、小蜜、二奶),我对野风景保留着关于山水的最后向往。野——风景:在野的没有名气的风景,野生的没有人工雕琢的风景,深藏在荒野当中人迹罕至的风景。这些解释都适用于我派生出的这个词组。而广丰县与福建交界处的铜钹山,可以为这样的解释提供论据。

近几年,我书桌的上方长年挂着巨大的江西交通旅游图,我不时地用彩色铅笔在上面圈圈点点(如同 1949 年解放军的一个师级指挥员),指挥自己以"走遍江西"的雄心寻访了许多尚未发生"人污染"的野风景。在那些可爱的野山野水中,铜钹山是唯一重复去过三次的地方。

最初的一次是 2000 年春天,被《上饶日报》一帮朋友约去开副刊笔会。我从南昌专程赶到上饶,说是去广丰的一个乡。从地图上看,从上饶去广丰任何一个角落都用不了两小时;可是车子在路上摇晃了三个多小时都没到,而且路越走越高,越走越险,有时从窗口望下去就是无尽的深渊,人在车上就如同在飞机上。峡谷对岸悬挂着没有道路的村庄(船是村里人的远方),水汽和云在村庄下方卡通画似的蠕动。这些都超出了我对广丰地貌的想象。后来他们说，铜钹山是武夷山的一部分，属丹霞地貌。

那次旅行是不断收获惊喜的过程，乡政府所在的岭底镇是惊喜的核心部分。车子穿街而过，我看见发散着松香的劈柴，劈柴在家家户户门前堆砌起山区气氛；看见70年代风格的小门市部，光线幽暗，门口聚集着动作迟缓的人和窝在地上的狗，小孩脸上有两坨山里红，对陌生人保持羞涩的探索热情。傍晚，整个小镇被炊烟和流岚温柔拂拭，宛若古装戏布景上的情景。黑亮的山泉在鹅卵石上清脆地奔跑，制造着山乡唯一的噪音。一切极符合我青春期对流浪途中某个无名小镇的无尽设想。

深夜，开会的人在房间打牌聊天，有两男两女走在通往夜色深处的小路上。其中的一位女编辑开完这个会就去了英国，并且在那里找到了第二次婚姻；另一个女孩我早已忘了名字，只记得年龄很小，当时也正经历着爱情烦恼。我们行走在长满蛙声的冷水田，说着些风花雪月的话，乳白的雾就在脚边萦绕。好像还有不大透明的月光，这使得这个夜晚在随后的追忆中呈现出不可复制的伤感情调。

后来人家告诉我，那次看到的还不是真正的铜钹山，它最精华的部分在数里外的七星湖。这样，在2003年的秋天，我和省里一批小说家住进湖湾里那些竹楼和木屋——一个略事改建的林场总部。那也是个没有道路的地方，必须坐快艇和竹排进出，手机只有在水边某个不固定的点上才有微弱的信号。

我们分成三伙坐在木屋前的露天空地上吃晚饭，用的是木桌和长条凳，仿佛在乡下喝结婚喜酒。湖在暮色里潮潮地呼吸；空地下方的菜地里，南瓜的腹腔内正酿造糖分，红辣椒在墨绿的暗影里打瞌睡；而昆虫的乐队开始免费为晚宴伴奏。八仙桌上的人乘兴用大瓷碗喝山里的谷酒，不时抬头观察暗下来的天空和四周桶壁般陡峭黢黑的山影。对面的山腰偶尔有亮点游动，乡里人说是运日用品进山的摩托车。后来蜡烛点起来了，喝酒和不喝酒的人脸都红红的，像做了什么甜蜜的亏心事。我以前很讨厌有人说"星星是穷人的钻石"，"星星眨眼睛"之类的话，觉得特矫情。可当蜡烛熄灭，星空升上来，铜铙山的星星确实像钻石，清澈，明亮，而且会一闪一闪，令人回想起童年，令人意识到自己在修辞学上的世故。

那个秋天我对铜铙山的印象集中在夜晚。我和某举止优雅的男散文家合居在橘林深处的一栋小木屋里，我们散发出气味吸引来几个年轻的美女作家。结果，那些在湖边漫步的人，躺在吊床上假寐的人，在屋檐下争论小说的人，都像闻到了诱饵一样从黑暗中游了过来，集聚在我们家门口。有的坐台阶，有的勾着脚俯身坐在木屋前的木栅栏上（香烟从一些鼻孔冒出），如同一伙正筹划抢银行的美国西部牛仔。大家有一搭没一搭地说着话，有时就静默地裸露在月光下。风在橘叶下跑来跑去，把秋天的安宁和浓香和盘托出。最后，一个专门写小小说的作家用方言唱起了他都昌老家的民间小调，我们起初不停地哄笑，后来都沉默起来并且有点感动的意思了。或许大家都发现了，歌声里的俗和野与铜铙山的气息是相投的。

我因故提前离会，错过了爬九仙山的活动，却无意中把惊喜留给了2004年的4月。这次开的是全省的散文笔会。我再次从南昌辗转数百里进入铜铙山，照样又住在湖湾里，坐快艇和竹排进出，吃熏肉和农家饭。但在铜铙山，一个人不会重复自己的足迹，九仙山就是我对铜铙山的新发现。

我平时习惯于对导游讲的关于山水的传说持怀疑和嘲笑态度，但九仙山征服我的首先是它的传说（不过这是有历史记载的真实事件）：明末清初，一伙抗清义士在两兄弟带领下在山顶平原筑堡垒建营寨，与清廷的官兵分庭抗礼达七年之久——一部没有出名的梁山英雄传。这个传说的神奇之处有二：一、九仙山是柱状耸立在平地上的，海拔虽不是太高，但几乎无路可攀。至今都弄不懂，起义军是如何把建古堡的材料及战略物资运上去的。据说，清军最后攻破山寨时，发现那里储藏的粮食够九千人马吃好几年的；二、义军头领将全部金银财宝藏在悬崖中段的一处山洞里。迄今为止，没有人能成功盗取里面的宝物，那么当时他们是怎么放进去的？我觉得这个山洞和与之相关的神秘事件可以入选电视上那个著名的探索频道。

我们爬到能够仰望藏宝洞的地方，身上已经被热汗湿透了。向导说：看来你们脚力不济登不了岭；并且前面的路非常陡，对女作家来讲有很大的风险。一伙人昂着头在那儿锻炼了一阵颈部肌肉就撤了，藏宝洞仍像猜了数百年的谜骄傲地悬在只有飞鸟能到达的高处。

九仙山山脚散落着几户人家，四周没有电线杆，从外观看这个小村很像古代的村庄，人很少，燕子和水田很多，在水田里插秧的人，低头就能看清自己晃动的脸。那两天陡然来寒潮降了温，穿了厚外套仍要打喷嚏。但我们在村头碰到的一个老人却打着赤脚，他刚从水田里耘过草上来，鹭鸶般叉腿站在我们这些异乡人的注视里。问他的年龄，他的像古代话的方言令我们不得要领。他身边一个老太太（大家都以为是他老伴）口齿要清楚些，打着手势告诉我们老头七十多了。大家唏嘘，又请教她的年龄。她身材瘦小，但腰板挺直，满嘴的白牙。她的回答让我们又发现了铜钹山的新景点。她说她九十二了，是老头的母亲。

去原始森林的路上，在一个村里逗留吃农家饭，之前在村委会的办公楼休息。在报社做记者时我跑过许多村委会，最偏远最穷困的都见过，但没有见过这样的。楼主要是木质结构，但墙是用竹片编织成的，糊满黄泥。墙面保留着一些二十多年前的标语。楼内晨昏难分，空洞无物，整个楼似乎不是用来办公而是用于怀旧的，怀70年代或更早的五六十年代的旧。我们围坐在会议室一张奇长的木桌周围，桌面空荡目光也空荡，如果头上垂下一只聚光灯，我们都会变成凡·高笔下那些等待分食土豆的欧洲老农。

人在奇异的时空感觉里，脑袋也会分泌出奇异的念头。一伙没有土豆可分的人，开始分食爱情。十个男作家和十个女作家用生产队分配土豆的方式抽签速配成对，男作家有义务帮跟自己配对的女作家背旅行包，遇到危险路段负责搀扶；至于权益，大家似乎都有悟性很高的默契。这个创意显然受到了湖南卫视那个媒婆节目的启发，它让我们这些来山里看风景的人也变成了山里人眼里的风景，他们躲在门外吃吃笑着，不时派一两只土狗进来打探消息。游戏的另一个结果是，大家从土楼出来后全都失去了自己的名字。我们变成了男一号女一号，男二号女二号，男八号女八号……有的号码努力抑止笑意浮出面颊；有的号码半真半假地皱着眉；有的号码说，我抽到的不是这个号；有的号码对与之对应的号码说：人家都献了野花，我，我就叫您一声亲爱的妈吧（对无奈的年龄反差表现出的绅士幽默）。这是所有笔会中情节最具野性的章节。就像无法用笔写完铜钹山，在此我没办法写出这个游戏十分之一的精妙。

　　第三次离开铜钹山时，乡里的党委书记毛小东说：值得看的地方还有很多，我们会逐步开发出来，欢迎下次再来。并布置大家一人写一篇关于铜钹山的作文，让铜钹山通过和文学联姻而出名。我对热爱山水和文字的毛书记颇有好感，也有意对自己行走在铜钹山的日子做个总结。可是我不知道，出名和开发最后会给铜钹山带来什么？

　　我记得离开九仙山时，那个九十二岁的老太太正在回答第二批访客的咨询。有意思的是，即使人家在问路，她也自豪地回答：我今年九十二岁了！一如我在婺源民居里见到的乡民，很知道怎样在游客的镜头前摆设动作，把经过修改和过滤的日常生活当作风景表演给游客观赏。从这个意义上说，我看到的老太太和第二批客人看到的是不一样的。属于我的九仙山是野生的，他们看到的，或许已经不是了。

旅行速记薄

1. 凤　凰

  凤凰是那种经得起商业开发的地方，清静时有清静的淳朴，繁华时有繁华的温暖。

  十年前就觉得凤凰已经很不安静了，十年后再到凤凰，居然没想象中那么失望，甚至，似乎还有点更喜欢它了。

  到处都是酒吧，到处都是天南海北的年轻人，但没有拥挤浮躁的感觉。

  年轻人在酒吧里过着一种生活，当地人在酒吧后过着另一种生活，大家的神经都是放松的，放得比沱江水还松，放得比端午小长假还松。

  一个夜晚泡了两家酒吧，一个人分别和两支乐队合作了两首歌。

  灯确实是红的，酒确实是绿的，人确实是有些醉的。

  朦朦胧胧间就想通了，一座城和一个人一样，最精髓的部分并非面貌，而是性情。

  面貌与时俱进没有大碍，能否守住性情和底色才是关键。

  沈从文记忆中的凤凰不止有古朴的风情，也曾是浪游者云集的码头。

或许，十年后的凤凰比十年前的更接近最真实的那个。

2、佛的理想

很多年了吧，大家都习惯了这样一种姿态：

把现实看得很重，把精神看得很轻。

把自我放得很大，把大众缩得很小。

至少，宁愿相信污浊，也不肯相信清纯；宁可表达世故，也不敢轻言理想。

在天门山看植物，看比植物还茂密的游客，猝然望见一座寺庙的额头上巨大的四个字：普度众生。

高贵的金色，在初夏绿树的映衬下格外夺目。

似乎，不是人间能有的色彩。

停下来仰视它，久久地，忽然，热泪盈眶。

我不怕被嘲笑。我承认，那个瞬间，我被佛的理想深深感动了。

3. 北方姑娘

从壶口瀑布到延安，汽车大多时间在黄土高原上盘旋。

尽管十年前曾坐火车见识过一次陕北，不过铁路大抵还算平直，不像公路，顺着高原的皱褶蜿蜒前进，视野也比铁路沿线惊险许多。

窗外不时掠过万丈深渊，似乎车正行进在某座高山之巅，路的另一侧，却是开阔的荒原，只是不时被巨壑割裂，两岸的人可以面对面地说话，要想拉拉手，却得绕行一二十里地。

荒地、梨园、麦地、苹果园，景致轮番演变，七八十来里才会穿插进一孔废弃的土窑洞，壁画一样悬挂在土坡上，院门歪着，从院门内爬出来的小路也歪斜着。

时间已届晚上七点多，天色仍旧很亮，只是有薄薄的雾霭升起，把眼前的一切涂抹得更加荒凉。

想起了一些陕北民歌，想起了老电影《人生》，也想起了许多未竟的心愿。

我对邻座说：江南人口过于稠密，村庄紧挨村庄，景色也过于明媚，所以，人的情感也相对清浅。只有在地老天荒的境地长大的人，才更易相信刻骨铭心的情感。

邻座是标准的江南女子，并且，我们尚未来得及成为朋友。当我告诉她我就是基于这个原因而一直偏爱北方姑娘时，她没有反驳我，只是，宽厚地笑了笑。

为此，我后来回忆陕北高原的暮色时，也同时想起了她的微笑。

4、过华清池

我看见的华清池，像是废弃千年的厕所。

简陋，而且，颜色灰秃得近乎脏。

但是，导游和池边的文字牌非要告诉我，这是杨贵妃的浴池，那是唐明皇的浴池，最小的那个，是御厨们的沐浴处。

我把头别过去张望郁郁苍苍的骊山。

不是不相信她的话，我是无法相信自己的眼睛。

凡是人造的东西，也很容易被人毁灭。

时间已在这里做了一千多年的手脚，所以，眼见的不一定可以当真。

和大多数人文古迹相比，我更信赖的是自然界的物证。

尤其是山。宫殿容易坍塌，故道常被掩埋，甚至河流，也经常改道，只有体积厚重的山，经得住人和风雨的损耗。

植被也许不如当年浓密，气候也许不如当年温和，但我想，我所看见的骊山，和唐明皇眼里的相差应该不大，和周幽王点烽火取悦褒姒的那座骊山相差也不会太大。

在大家低头研究华清池时，我仰着头把骊山看了个够。

5、郝堡村的夜色

爬华山前的傍晚，我转悠到山脚的郝堡村，蹲在村外的一条小路边观察夜色怎么升起。

有人说，城市的夜色是从天上降落，乡村的夜色是从地上升起的。

这话多少有故弄玄虚的意思，但我知道说这话的人想表达什么。

我并不反感这样的修辞，甚至，愿意顺着它的意境在一个完全陌生的村外蹲守一个多小时。

很显然，最终也没有弄清田野的夜色到底是降落还是升起的。

不过，我看见了几对郝堡的中年夫妻相跟着散步，两个单薄的少年并排轰着摩托照亮了灰白的沙子路。

晚上七点多钟，我还听见了布谷鸟清脆空洞的鸣叫。

在一片小麦地旁边，竟然看见了一片特别熟悉的作物，向路人核实，那确实是结了籽的油菜，只是，在北方，它的花期比南方推迟了三个月左右。

这些，都是以前没有想到的。

离开华山后，我发现记忆最深的不是华山的险峻。

我一直惦念着郝堡村外的夜色。

月光汹涌

月光——汹涌？

没错，在我看来，平静只是月亮的外表，它的目光从来都是暗波汹涌的，尤其是满月，尤其是仲秋的满月。

这首先源自身体的记忆。早年许多重要的夜晚，似乎都与月亮有关。童年夜晚的露天集体游戏，少年时一个人在书桌前对着月光学习感伤，成年后在异乡月下的荒野骑车独行……七零年代出生的中国人，内心的发育更多是在月光照耀下进行的，有过乡村经历的人对此可能会有更深刻的体验。

满月升上邻居的屋脊，血管里的血就像听到某种神秘的召唤，哗哗地涌动并呼喊起来。

这种少年时的幻觉，后来得到了科学的印证，由于天体间的引力作用，月亮不仅会引发大海涨潮，也会影响人的情绪，因为人体有百分之七十是水分，我们的身体其实是微型的大海。

所以，要批评一个敏感的人喜欢风花雪月是没道理的，感月伤怀不过是顺应宇宙的某种潜规则罢了。

所以，让一年中月亮最圆的八月十五成为节日是十分自然的事。月亮在这个夜晚衍生许多激情汹涌的风俗也毫不奇怪。

小时候听外公讲，元末义军把起事的号令藏在饼子里，然后分发各处，并说这就是吃月饼的由来。我老家鄱阳还有在八月十五日夜烧宝塔的习俗，据传最初也是起义军互相联络的一种方式，类似于点烽火。

看来，农历八月的月圆夜确实是人的血温最高的夜晚，不管这种温度是用于仇恨、游戏、爱情或者思念。

满月之所以能成就一个节日，还有个重要原因，相对于变幻无定的尘世，月亮是个超越时空的绝对化存在。一千年前和一千年后的人看见的是同一个月亮，一千里外和一千里内的人头顶着的也是同一个月亮。在月球这个科学却扼杀浪漫的概念出现前，月亮曾是中国人的精神信物。

通过书写月亮的诗文与古人沟通。通过对同一个月亮的祭拜，与远在他乡的亲友沟通。农耕社会没有高效的交通，更无电话这种共时性的通讯手段，分别与永别常常只有一字之隔。在一封家书能抵万两黄金的幽暗岁月，月亮的信物功能被世俗社会放大为信念，最后又在满月的浑圆外形之中巧妙地嵌入团圆的寓意，最终把这信念放大为一种流传千年的精神信仰。

中秋节最初与暴力相关的烙印，被团圆的心愿反复洗刷，最后软化为温情款款的民俗。

我对中秋节的印象，大多保留在少年之前的记忆里，作为恃宠而骄的宝贝和外婆外公在一起，作为时时需要敲打的问题少年小心翼翼地和父母在一起。吃从来不是我的关键词。但童年时吃过的一种大而简陋的芝麻饼让我挂念至今，可惜现在的超市都不屑卖这种粗陋的食品。

青春期之后的八月十五夜印迹模糊，一是因为那个时期血管里潮涌的方向过度多变，另一个重要原因是，在整个国家都逐步城市化的过程中，对于月亮，我们陷入了集体性的失忆症。

十年前我就写过这样的感慨：城市里或许也有月亮，但绝对没有月光。因为城市里的霓虹比满月的光芒汹涌十倍，以至于浸泡出"光污染"这样的新名词。

有许多年了吧，月圆夜我只能对月亮采取怀想的态度。怀念水面像碎银一样雀跃闪光的河码头，怀念旧居门前能借着月光准确投篮的球场，怀念月亮地里一袭萤光暗闪的裙裾。

我现在居住的城市，只有商场和新闻媒体才热衷过中秋节，民间的习俗也已简化到吃月饼一项。一个标准的月亮节，却不再和月亮有任何关联。

国家既然可以延长中秋节的假期，为何不想办法让月光重新回到大地？比如，在八月十五这一夜，让城市停止公共照明一分钟。

我知道，只要一分钟，美好的月光和许多更美好的情感就会重新汹涌而来。

南方水塘

在夏天的高楼上，我无法避免对南方水塘的回忆与想像。在我家乡广大的田畴，在 7 月热烈的阳光下，它们明晃晃的存在维持了万顷碧浪的波动，湿漉漉的光芒透过作物和一个少年的成长期到达他郁热枯燥的卧室。

我首先看到的是紧贴水面轻轻颤动的浮萍，和高出这些绿色小金币一头的慈姑，它们葫芦一般丰满瓷实的身体挤挤挨挨地占据了小半个塘面。然后是绿得更深一些、一丛丛刺出水面的菖蒲，一两只红色或绿色的蜻蜓在它们剑锋似的顶端尝试着降落。水很清，晴朗的蓝天和它怀抱里的白云一块一块地倒映其上，但是一阵微风或一只喋水的鱼嘴常使天空皱缬，数秒钟后再恢复。

现在一个少年跟随着他的外公来到塘边。这个上午他们扛着钓杆跑了十几个这种不到 100 平米的小水塘，他们惊喜地发现这口塘边长着一些叶片浓密的高大灌木，无数藤蔓把它们缠在了一起，远看像一群紧挨着的人。他们摘下发烫的草帽，坐在灌木丛下的草地上喝军用水壶里的糖水，一人吃了两个煮鸡蛋。然后外公到对面多草的塘角去钓乌鱼，少年用小钓杆一抖一抖勾引塘沿菖蒲丛里的青蛙。

我初中以前的暑假，几乎都在乡下度过，在柘港的祥环村。即使外公外婆不回去，我也会跟着妈妈去那里住些日子。在那里养八哥，钓青蛙，在水塘里洗澡。祥环是个 100 户左右的小村子，但它拥有的田野是宽阔无边的。许多水塘像做工不规范的镜子镶嵌在绿色的底盘上。它们是南方的肾，是夏天的液态空调。

祥环村前500米处有一个大水塘，可能早年有枫树看守，取名枫树塘坝，四季蓄水充沛，而且水质清澈，塘边铺满麻石脚踏，是全村人浣衣洗被的好去处。就是在那里，我学会游泳，夏天的每个傍晚，它成为我和一些童年好友们的游泳池和澡堂。和枫树塘坝比邻有一口深潭，水面比枫树塘坝低两三米，水深足有四五米，即使是最厉害的潜泳高手，也没摸到过水底。有人说晚上曾见猴状水鬼蹲在潭边乘凉，一听见人的脚步就纵身没入水中。我没亲眼见过水鬼，倒是目睹过一条一米多长的巨鲶舞动长须在潭中巡游，浑身布满黄褐的老年斑。

不仅是傍晚，有时上午我们也会偷到水塘中去洗澡。在阳气实足的阳光下，有胆大的建议到深潭里练跳水。我也跟着跳过几次，从水面到水底，水温层层下降，最深处有如进了冰箱。即使在大旱的年份，我的脚也没够着过潭底的泥沙；不过所幸的是，我熟悉的那拨孩子中，也没有被水鬼拽住脚不肯放回来的。

整个夏天，我都泡在枫树塘坝和其他水塘里，或在水塘边钓青蛙石鸡做晚餐的主打菜。不过更令我想入非非的是水塘里的生活。水塘里动植物生态的复杂性对我具有谜一样的魅力。除了水面的植物，水底还有菱角、藕，它们是那个年龄不可抵挡的诱惑。塘水一般只有一两米深，水下的鱼类却难以琢磨：鲫鱼、鲤鱼、鲶鱼、黄鳝、乌鱼、甲鱼……一口小水塘里的鱼类到底有多少种我至今都说不清，它们按食性不同分布在不同的水深，和那些水生植物共同组成一个自给自足的世界。有些小塘冬天会干涸见底，没有一丝生命存在过的痕迹，春天的几场雨水之后，它又变成了让人浮想连篇的神秘园。

我当时是严重的厌学症患者，我并不知道庄子，但我很神往地想，作为一尾鱼活在隐藏了无穷奥秘的塘水里，肯定比烦恼无穷的人类更快乐，因为它们自由、单纯，活着就是为了游戏——至少在遇到我外公的鱼钩之前是如此。

除了枫树塘坝，我最熟悉的一口水塘横在从柘港到祥环的半路上，它不属于祥环，也没人告诉过我它的名字。一座由数条巨型麻石搭建的平顶桥把水塘切为两半。每次从县城回祥环，走到这里我都要歇一站。这里离柘港和祥环都只有一华里多，过了桥上一个坡，就望见祥环的屋场了。水塘四周除了几座墓碑风化的老坟全是稻田。放暑假时，稻子把田野刷成了金黄一片。我站在麻石桥上，吹着从水田底部孕育出来的凉风，心里特别舒展。这时我注意到稻田上方的天空特别的蓝，红蜻蜓在浮萍和石菖蒲间划着漂亮的弧线。我蹲下来，土蛙和昆虫的吟唱从水面漫至脚踝。

还有一口水塘我很熟悉却从未走近过。从1991年秋天到1993年初夏，我在油墩街工作。每次坐车回县城，大概在湖滨乡地段，能远远地望见一口椭圆形的水塘，面积不算大，吸引我的是岸边两株树冠茂密的老树，榆还是栳？看上去已在那沉默地站了上百年。树阴浓浓地覆盖着水面，就像撑了几把大遮阳伞。这是我见过的周边植被最好的水塘，我想，无论是坐在树下钓鱼或者午睡，都是美妙无比的事。从县城到油墩街时，车子靠着路的东侧开，只有回县城靠西侧开时，我才能清楚地看见这口水塘。以至后来，每次看见它时，情感里又增添了回城的愉悦，它也无意中成了某种心情的象征。

每次坐车在省内旅行时，我总是习惯于用眼睛搜索和比较路边水塘的大小及水质，没有什么景致比一口清秀而深沉的南方水塘更令我感到神秘和熨帖。当我乘火车从北方的平原归来，发现那里水塘稀少，并且大多灰秃无物时，我闻到了"南方"这个词在炎炎赤日下蒸发出的阵阵绿色植物的腥气，它和"水塘"这两个字所包裹的水汽交融在一起，顺着记忆蔓延到我的肌肤上。它使我虽然被困在一座著名的火炉城市里，却仍能享用到数百里外那些绿色的清凉和静谧。

我所挚爱的自然

这个已不存疑问了,从他人的诧异和怀疑中我更深切地领悟到,我确实是个爱自然的人。至少,近十年来是这个样子。不止爱,而且挚爱,而且,与日俱增。

问题是,自然之前通常有个"大"字,大自然如此阔大而丰赡,我爱的到底是它的哪些部位?

那些被开发成风景区,游客比野生动物还多的地方肯定不是自然中的上品,这点,即便常去此类场所作游客状的人也基本会赞同。被人的贪欲和弱智的想象力粗暴篡改的自然,不堕落成下品已属幸运。

自然是神造的,人的那些小算计怎么抵得过神通广大呢?

是不是越自然的自然我就越爱呢?人迹罕至,或绝无人迹。比如国境线上的无名雪峰、希什金画笔下的原始森林。这些无疑是我所向往的,这样的自然,劈头撞见,对眼睛和心脏均会有强烈的震撼。

它们纯粹是神的作品。我爱它们,但很难上升为挚爱。

你有可能挚爱高高在上遥不可及的神吗?

在我眼里,那些既尊重了神的意志,又不乏人间烟火气的自然才是上品。乡野、田野、山乡、田园……这些都是我惯用的指涉自然的词,平时最爱出没和流连的也正是这些寻常景致。

它离城与村的里程,开车不要超过半天,步行两天两夜之内,以不吃不喝也能徒步回来的生理极限为底线。需要用生命去冒险的自然,爱起来就不会特别的自然吧。

除了那些原生而内敛的山林湖汊，庄稼地也是自然中的精品。这是我愿意着重强调的。北方的麦地、玉米地、向日葵地，南方的油菜地、水稻田、棉花地、甘蔗地、荞麦地，它们顺从地面的弧度熨帖地铺展在旷野上，在阳光和雨水的轮番鞭策下向农历深处有序地涌去。

我深深迷醉于这种人与神默契合作的自然。包括村舍外一圈碧绿的菜园、一树粉嫩的桃花，一口清秀的水塘。我常在油菜地畔或收割后的稻田里一坐就是大半天。在那里想事，或者什么事也不想。

尤其在自己的家乡。融入了乡情和亲情的自然，也会融入过量的糖与盐分，很容易让人热泪盈眶。好几年了吧，我潜水一般沉浸在老家周边的田野中，几乎谢绝了对更广阔天地的想往。

道路显然不是自然中最为自然的细节，但原野上忸怩起伏的红泥小路，就像一根退役的琴弦，松弛，却暗藏着抒情的张力。

还不懂得自然之道的童年，我就感受到了乡间土路的可爱。徐行其上，你能享受被庄稼列队欢迎的幻觉，听见鸟和昆虫给呼吸的伴奏，闻到一阵浓过一阵的植物的甜香。

更重要的，以一个孩童的智力我都能明白，乡野上的任何一条路，它既通往乱花迷眼的远处，也通你心里最重要的家。

从鄱阳到鄱阳湖

同鄱阳湖最具血缘关系的地名是鄱阳。

不过知道鄱阳湖的人多,知道鄱阳的人少。那些既熟知鄱阳湖也听说过鄱阳县的人,也大多会搞错二者之间的辈分,以为鄱阳县因鄱阳湖而得名。

这没什么好奇怪的,就连许多鄱阳人,也会想当然地把鄱阳湖想象成鄱阳县的母亲、祖母或太祖母。鄱阳湖实在是太大了,面积大名气也大,在庞大的事物面前,人们会情不自禁地自我矮化以便舒服地依偎在大事物的怀抱里。

我虽从小就抗拒在简历里使用"出生于美丽的鄱阳湖畔"之类的修辞,真正弄清楚鄱阳湖和鄱阳的辈分关系,也不过是近十年内的事。

2000年之后,对乡土文化兴趣渐浓,也就自然而然地廓清了许多模糊的认识。年少时只知鄱阳曾是州府所在地,下辖过鄱阳县、余干县、乐平县、德兴县、浮梁县、安仁县、万年县。没想到的是,它还是秦始皇统一中国后在全国首批设立的县之一。当时江西有两个县,其中一个就是番邑。这是公元前221年的事,设县两百年后,又成立了鄱阳郡,相当于现在的省辖市。

那时,现在被称为鄱阳湖的大泽尚在湖北境内,名称是彭蠡湖。东汉末年,长江不断改道南侵,水道自黄梅县向南迫近九江郡和鄱阳郡。公元600年左右,彭蠡湖随着洪水进一步向南迁移扩张,淹没鄡阳县和海昏两座县城，最终靠近了鄱阳郡。从那时起，彭蠡湖改名为鄱阳湖。

粗粗一算，鄱阳县比鄱阳湖年长了八百多岁。

鄱阳湖因鄱阳县而得名，鄱阳县也因鄱阳湖的滋养而更加富饶，并因此一度更名为饶州。

鄱阳曾是中国海上丝绸之路的起点。景德镇的瓷器经昌江运到鄱阳，在鄱阳港装大船起运，穿鄱阳湖、入长江，然后在吴淞口出海；另一条线路是穿鄱阳湖入赣江，再翻梅岭从广州出海。鼎盛时期，全国各州府在鄱阳设立的办事处达七十二家。

鄱阳湖肥沃的冲积平原成为鄱阳人的天赐粮仓，而烟波浩渺的鄱阳湖水域，为鄱阳人提供了取之不竭的渔业资源。鱼米之乡的美誉因之流传。在工业革命到来之前的漫长农耕年代，鄱阳在鄱阳湖的庇护和浸润下，俨然是渴也渴不到、饿也饿不到的温柔富贵乡。

民国之后，公路和铁路兴起，水运交通枢纽鄱阳的区位优势渐失，经济发展速度逐渐落后于周边一些地区。鄱阳的行政级别也从州府降为县。不过鄱阳湖对鄱阳的影响，至今无法消散。

直到上世纪八十年代，鄱阳人出门主要还是坐船。到南昌、九江、景德镇、鹰潭等地均有专线客轮，一天一班，甚至一天分早中晚数班。2008年，从鄱阳到南昌的客轮和快艇才宣告停运，让位给了高速大巴。直到现在，鄱阳县仍有专业渔村十八个、兼业渔村七十个，数万人口靠捕鱼、水面养殖及相关产业为生。

那些渗透到鄱阳人的精神和血液里的影响，则无处不在。

"江湖气"这个词如何得来不得而知，可以想见，原始内涵的主导成分应当不是后来被无限放大的贬义，对于许多地方的居民，江湖就是他们赖以生存的场，是性格发育的环境色。就像鄱阳人，没有一点江湖气，是没法同环绕身侧的江与湖和谐相处的。

渔民多少是要有点剽悍的，他要同风浪斗，还要抢水面和别处的渔民斗，这些仅靠知书达理是办不到的。历史上那些连绵不绝的械斗事件就不去挖掘了。《鄱阳县志》记载，1938年6月27日，一架日军飞机因故迫降在鄱阳湖边，飞行员小笠原被鄱阳车门村渔民发现并生擒。目睹过现场的老人回忆，为首的渔民叫范甘矮子，个子矮小，可是身材高大、头有谷箩大的小笠原却被这位小个子渔民的目光威慑得浑身发抖连枪都不敢去摸。

除了剽悍，江湖气的另一个表征应当是漂荡意识。渔民外出作业，少则几天，多则数月甚至半年。家的概念与羁绊就不像山区人那么明晰。甚至，由于长期的动荡迁徙，许多渔村的宗族谱系都缺乏一以贯之的明晰脉络，不少人只知道近祖而不知远祖。鄱阳人的足迹与影响遍及鄱阳湖周边地区，最后以码头的形式固定下来。至今，鄱阳人称一个人在某个领域里取得地位，用的比喻仍是"打出了码头"。码头是江湖意识的最高形式，也是它的终结。毕竟，江与湖都不能和大海相比，鄱阳人爱闯荡敢闯荡，但自古以来，愿舍弃江湖码头四海为家的，却寥若晨星。

鄱阳湖属于季节性湖泊，"枯水一线，洪水一片"。人在湖边安居，很难确切拿捏与湖亲近的分寸，远了不能充分享受濒水的便利，近了难免被水戏弄。鄱阳湖每隔一些年就要趁着夏汛跑到村和镇里来做一次不速之客，把人逼到楼上或山上住个把月。它带来的礼物是学龄孩童们的解放，以及当街用脸盆舀鱼的便宜事，退去之后，则留下污泥与病菌。

我私自揣想，或许是基于这个原因，鄱阳尽管不缺少历史，却很难保留自己的历史。鄱阳人没法像北方人那样把城墙修成千年大计，也没耐心像徽州人把房子建成观赏价值极高的工艺品。鄱阳现存的古建筑只剩一座宋塔和一座文庙。

可能是习惯了与泥腥与鱼腥相伴，鄱阳人对卫生的讲究远不像近邻婺源人。有次陪外地朋友在一渔村参观。路边晒满了干鱼虾，且有苍蝇作采花状四处飞舞。朋友翕动鼻翼说："空气好臭。"我纠正说："不是臭，是香，没有鱼腥味哪是鄱阳！"我尚算不上典型的鄱阳人，只是在县城高门码头住了一二十年就变得香臭不分了，可见鄱阳湖对鄱阳人的感官系统之改造有多厉害。

大约有百分之九十九的鄱阳人还在用"水嘴"一词指代吹牛这一行为；大约百分之四十的鄱阳人会哼唱饶河（鄱阳湖的一条支流

调；大约百分之十的县城青年集体斗殴时还会使用鱼镖这一特色武器……

按照史书的记载，鄱阳湖最迫近鄱阳城的时期应当在隋唐年间，此后，又随着水面的位移与萎缩渐渐远离。

现今从县城到鄱阳湖有两条路可走，水路是下饶河坐船经双港、聂家、莲湖，在莲湖的龙口入湖，快艇的船程约五十分钟；旱路经四十里街、高家岭、珠湖、白沙洲，在车门村抵达湖边，车程也在五十分钟左右。

自从水路客运停运后，普通鄱阳人已很少有机会进入鄱阳湖。旱路这条线，目的地主要是圩堤内的内鄱阳湖，供观光客使用。这些观光客，大多是来看湿地和候鸟的外乡人，也有一些从未见过鄱阳湖真颜的鄱阳县人。

这些吃美国汉堡、看日本动画片长大的新一代鄱阳人，并不认为鄱阳湖和自己有多大干系，也不屑于像前辈一样在履历里写上"出生于美丽的鄱阳湖畔"，以暗示某种自以为是的地域优越感。他们在鄱阳湖周边出生，长大，很快又挣脱了它，成为北方人，南方人，甚至，超越江湖意识成为海外人。

鄱阳湖对于他们，不过是家族记忆式的历史，或者一种若有如无的现实。

他们以为自己已超越它，或者，总有一天会彻底超越它。

不过依据我的经验，你越是感觉不到的存在，对你的影响越是久远。

一千多年的浸淫，足以改造一个种群的基因与情志。

总有一天，他们会从自己的血管里听见遥远的来自鄱阳湖的涛声。

无城之城

吴城是一座时间的废墟。

最初知道它，是因为有人把它视作鄱阳湖上看候鸟的最佳去处。

吴城气候温湿，浅滩辽阔，水肥草美。丰富的昆虫、鱼虾、螺蚌，吸引了大量珍禽来此越冬。早在1988年，吴城就成立了国家级鄱阳湖自然保护区。虽然鄱阳也有类似吴城甚至环境更优的候鸟栖息地，但正式挂牌被为外界所知，却晚了一二十年。

"去吴城看候鸟！"每到冬季，南昌的报纸上总会打出这样的口号招揽游客。

我没找旅行社，坐客车到永修，然后，在县城和其他游客拼了一辆的士，往那座叫吴城的古城赶。

出了县城才发现，吴城其实是远在鄱阳湖边的一个三面环湖的半岛，枯水期与陆地洲滩相连，涨水时节则沦为孤岛。涨水期吴城的孤独有多深？我恍惚记得，的士离开县城后足足开了四五十分钟才进入吴城地界，一路上基本没有村落，到处是草洲、水汊与一片片簇拥在一起的芦苇。机耕道在荒滩上蜿蜒，如同通往流放地的弗拉基米尔路，让人冲动得不停地下车拍照。

那天是2008年11月22日，北方的候鸟还没有大规模地转场，除了一只身影高大的鹤（比白鹭大数倍）和几只野鸭，没看见多少鸟类。那只鹤在离公路五百米左右的草洲上踮着脚昂着头高贵地踱着步，起飞时翅膀的厚重感类似于美国的B25重型轰炸机。

候鸟不多，注意力就转向人的居所。

来前已通过传闻和资料对吴城有一些了解。

吴城地处鄱阳湖西岸，是赣江入鄱阳湖的咽喉地带，早在秦汉时期就已初具城镇雏形，一千五百年前，吴城的芦潭是海昏县（江西最早的十八个古县之一）的县治所在地。东吴名将太史慈曾在此升堂断案。南朝宋元嘉二年（公元425年），随着鄱阳湖的前身彭蠡湖的大肆南侵，海昏县城沉入水下，居民和商业中心迁往对岸的吴城。吴城顺势崛起。

北宋之后，宋王朝的疆土和政治、经济、文化重心移置长江以南，吴城的水运枢纽地位愈显重要，城镇规模和经济地位都上升到新的高度。

到了明清时期，吴城商业达到鼎盛时期，经济功能比省城南昌还要强大。吴城商业以转运贸易为主，"吴城濒江而瞰湖，上百八十里至南昌，下百八十里至湖口，凡商船之由南昌而下，由湖口而上，道路所经无大埠头，吴城适当其冲。货之由广东来江者，至樟树而会集，由吴城而出口；货之由湘、鄂、皖、吴入江者，至吴城而趸存，至樟树而分销"。

经吴城周转的货物品种繁复。江西本地产品主要有木材、纸张、茶叶、苎麻等，尤以木材为最。赣南山区所产木材顺赣江下至吴城，赣西北义宁州、武宁、靖安等县所产则由修河入吴城。大批木排在吴城集结后重扎为大排，然后经鄱阳湖出长江，远销江浙。

当时，吴城镇占地相当于现今一个五十万人口的中等城市，东西长四五里，南北宽约两华里，镇内常住人口七万余，流动人口两万多，形成了"六坊八码头，九垅十八巷"的社区格局。

各地的水客和商人为了寄寓、交流和储存货物，先后在吴城兴建同乡会馆。最盛时全镇会馆达四十八座之多。较著名的有：全楚会馆（湖南、湖北）、山西会馆、广东会馆、浙宁会馆、福建会馆、徽州会馆、麻城会馆、吉安会馆、抚州会馆、武宁会馆、奉新会馆、都昌会馆、龙南会馆、建昌会馆、江西会馆（万寿宫）。据说，全楚会馆纵深七进，内有水池、假山、花园和接官亭，前门在樊家垅街，后门延伸到黄土水运码头。大门前还有一对威武的石狮,气派非凡。

吴城的交通地位,还可以在一些诗文中找到印证。

1101年,苏东坡自海南放逐归来,曾泊舟吴城,写下《顺济庙石奴记》为证。文天祥被俘被押解北归时,路过吴城,留下"龙行人鬼处,神在天地间"的豪情(《吴城山》)。明代才子解缙曾到望湖亭凭吊朱元璋与陈友谅的那场鄱湖大战,写道:"一自英雄争战后,两川鸥鸟自忘机"(《望湖亭》)。

我所看见的吴城,除吉安会馆、湖南会馆、荷兰教堂、中山公园等遗址,已难觅繁华的证据。全城人口只剩一万出头,除了镇政府的招待所,一家像样的旅社都没有,外地来的摄影家,多半在鄱阳湖自然保护区简陋的观鸟者宿舍休息。

曾是店铺林立、歌妓满街的望湖亭脚下,不仅没有街衢,连一片残瓦都看不见,只余空荡荡一大片风吹草低现牛背的绿色草洲。

当地人说,吴城是毁于1939年日军飞机的轰炸,城内百分之七十的建筑物在那场战火中灰飞烟灭。其实,1917年和1937年南浔铁路、浙赣铁路先后建成通车后,吴城就失去了昔日交通枢纽的地位,经济地位已开始滑坡。这样的命运逆转,同鄱阳、樟树、河口等其他许多水运名埠如出一辙

寻找吉安会馆时,顺着小巷在城里绕了半圈。镇上的房舍低矮者居多,有的还支着这个时代罕见的鱼骨天线。同样罕见的还有桶匠店、裁缝店,以及戴着口罩梆梆梆挥舞着木槌弹棉花的棉花匠。和许多内地小镇一样,年轻人大多外出打工,一些头发花白的老年人带着孩童坐在屋檐下晒太阳、择菜、缝被子。他们家的腊肉、香肠也散乱地晾晒在木质的墙壁上,油汪汪地昭示着时间的静止和小日子的自足。

听她们聊天的口音,有的是本地的,有的则有点吴言侬语的感觉,随口打听,还真是无锡一带的人,祖上很早就搬来这里经商。民国之后,外地客商的后裔陆续迁回原籍,也有不少习惯了吴城水土的,把他乡当故乡长住下来,只偶尔在舌尖的翻转中泄露着恍然若梦的身世。

民居寥落，居民稀疏，冬天的阳光软软淡淡地涂抹在旧砖墙和青石地板上，也投下高低错落的块状暗影。吴城就像一座地道的无城之城，只有失落与传说在半空中缓慢地萦绕。

吴城往事中，有两桩有着脂粉的气息。

第一桩和陈友谅的娄妃有关。陈友谅和朱元璋大战鄱阳湖时，曾屯兵吴城一带。每次出征前，陈友谅都和最宠爱的娄妃约定，如果战胜则一切正常，战败就倒挂帅旗而归。战争初期，陈友谅处于上风逢战必胜，有一次陈友谅获胜而归，却令部下倒挂帅旗，以测试娄妃的反应。在望湖亭上眺望的娄妃看见倒挂的帅旗，以为陈友谅出事了，当即跳水自沉以示忠贞。为纪念娄妃，陈友谅将望湖亭改名为望夫亭。

这桩旧事，太像中国古代那些演绎成分太多的民间传说，因过度传奇而削弱了情感冲击力。

另一桩与吴城人相关的悲剧，则因年代较近，史料确凿，至今仍冲撞着许多人的神经。

这个故事的主角叫章亚若。

章亚若1913年出生于吴城，父母均属吴城的名门望族。父章贡涛十六岁中秀才，后毕业于北京政法大学，曾任江西遂川县县长。在父母的引导下，章亚若四五岁时就开始学习诗词、书法、女红，六岁起跟随在南昌做律师的父亲读小学。她学习、歌舞、烹饪、裁剪样样出色，十二三岁时就能帮着母亲操持日常家务。就读于南昌女中时，已是闻名一方的才女。

南昌被日军攻陷后，章亚若来到赣南，几经周折，担任了时任赣州行署专员的蒋经国的助理秘书，并逐渐与之产生地下恋情。1941年夏天，章亚若怀孕，但她和蒋经国的关系未能得到蒋家的支持。

蒋经国那时已有家室，且正处在政途升迁的关键时期，他的长辈和幕僚均认为，不能因为一个婚外女人而自毁前程。

章亚若因此被蒋经国秘密安排到桂林待产。1942年1月，章亚若一胎生下章孝严、章孝慈（后更名为蒋孝严、蒋孝慈）兄弟俩。产前产后，蒋经国常从赣州赶来桂林与章亚若母子欢聚。

1942年8月14日下午，章亚若应约去广西民政厅长家参加晚宴，深夜回家后上吐下泻，第二天被送去广西省立医院治疗。知情者回忆说，医师将一针剂注射进章亚若的左手血管，几分钟后章亚若突然大声尖叫："哎呀！不好了，我眼前一片漆黑……"然后就昏迷过去，不久便被宣布不治身亡。

对于章亚若的死因，至今没有定论，总的说来，谋杀论多于病死论，因为一个单身女子和已有妻室的"太子"发生恋情，结局大多不会好看。但谋杀究竟是怎么发生的，则分歧巨大，有人说是蒋经国的下属为显示愚忠自作主张，有人说是蒋介石授意。令人心里略感温暖的是，没有任何证据和怀疑指向这个故事的另一主角蒋经国。

在赣州蒋经国故居参观时，听当地人说，蒋经国闻知章亚若死讯时，从办公室回家时哭了一路。

故居的墙壁上多是蒋经国的照片，也有章亚若的若干影像资料。圆脸、大眼睛，像我在永修和吴城一带见过的许多湖城美女。我想，如果那时也有选秀活动，章亚若该是标准的吴城形象大使了。

这一发现让有关吴城的失落多了一个锋利的伤口。

锋利而香艳，这样的感伤，在鄱阳湖的其他区域是很难寻觅的。

一个多月后，再去吴城。这次有常来湖区拍鸟的摄影家开车带路，很容易就看见了传说中的候鸟。

在吴城郊外的湿地，白鹤、白头鹤、大鸨、白鹳、黑鹳和天鹅浮了一湖，数量无从计数，隔着两三华里就听见此起彼伏的喧闹声，像是几万个商贩在情绪激昂地讨价还价。用望远镜和相机镜头，能看清天鹅弯曲的脖颈和白鹤高尖细的长喙，以及它们觅食和打情骂俏的动作。不过人只能站在七八百米外远观，稍一接近，鸟们的警戒线就呈波浪状后撤，你进一米，它们就退一米；你退一米，它们就进一米；你若不顾鞋子被沼泽淹没的危险执意逼近，它们就会呼啸而起，让天空瞬间绽满无数白色的花朵。

来吴城的外地人，基本是奔着这些候鸟来的。

摄影家和少量游客，还在湖边看见两个身材高大的加拿大学者，他们在湖边搭建了候鸟观测站，整个冬天就住在这里。

那时就强烈地感觉到,眼下的吴城不再属于客商,也并不属于长住吴城的人,它的主人其实是这些美丽且身价昂贵的候鸟。

有了这种想象,关于无城和红颜薄命的伤感就多少得到了弥补与安慰。

去百慕大

鄱阳湖最具神秘色彩的水域不在鄱阳县境，在都昌县落星山一带。

老爷庙水域，稍稍关注过鄱阳湖的人都会听说这个地方。许多年来，它被外界称为鄱阳湖上的百慕大。和大西洋的百慕大一样，老爷庙也在北纬32度线上，也不断出现船舶神秘失踪事件。都昌县船督站的资料证实，仅20世纪60年代以来，已有近两百艘船在老爷庙水域沉没，且多打捞不到残骸和尸体。

"20世纪六零年代初，从松门山出发的一艘渔船北去老爷庙，船行不远，即在岸边众多送行者的眼皮底下突然沉入湖中。1985年3月15日，一艘载重二十五吨、编号为饶机41838号的船只于早晨六时沉没于老爷庙以南三公里处；1985年8月3日，进贤县航运公司两艘载重二十吨的船只在老爷庙附近水域沉没，同一天，在此沉没的船只多达十二艘；1985年9月1日，一艘来自安徽的运载竹木的机动船在老爷庙以北水域突然下沉；1986年3月15日，丰城县小港乡一艘编号为丰机29356号、载重为二十吨的机动船在正常航行过程中突然沉没。

最著名的沉船事件发生在1945年4月16日，两千多吨级的日本运输船"神户丸"行驶至老爷庙水域突然无声无息地沉入湖底，船上两百余人无一逃生。其后，驻九江的日本海军曾派潜水员入湖侦察，除山下堤昭大佐外，其他潜水员全部失踪。山下堤昭上岸后，无法清晰地描述水下情形，接着就精神失常了。

为什么会不断发生类似的灾难，科学家各执一词：有人说水下有地下河和溶洞，有人说是老爷庙水域狭窄的地势造成了水流的狭管效应，还有人说不远处的庐山五老峰影响了这一水域的风场。

没有哪种理论能完全解释所有的神秘事件，人们只好笼统而含糊地把一切归结于北纬32度线。这个纬度是地球上灵异事件最集中的地带，比如，前面提到的百大西洋"百慕大三角区"、恰好建在地球大陆重力中心的古埃及金字塔群、死海、巴比伦的"空中花园"、远古玛雅文明遗址都在这个纬度附近。

报刊网络和电视上有关老爷庙连篇累牍的报道让人觉得，不到老爷庙，似乎就不算到过鄱阳湖。

许多年来，一直盘算着去看看鄱阳湖上的百慕大，真正成行拖到了2008年5月。

之所以如此，主要是因为交通太不便利，不敢坐船去，实际上也没有路过那里的客船；直达的客车自然也是没有的。

2008年5月2日在鄱阳休假时，鼓动报社和公安局的朋友专程开车去了一趟老爷庙。一路都由职业司机打探道路，早晨八点出发十点多钟到达。那次所走线路已不记得，到达之后也是走马观花，事后只记得太阳的暴烈和老爷庙水域的风平浪静。

那年鄱阳湖水位较低，湖水不断下落，露出一道一道的泥色河床和绿色草洲，对岸星子县的沙山清晰可见，最狭处人影都看得清。不少游人挽着裤脚在湖边戏水打闹；水深处，一艘艘铁驳运输船不紧不慢地往来穿梭，看上去并无途径百慕大的紧张和惶恐。

老爷庙依山面湖而建，总体呈三棱形，地势不算太高，但视界开阔，过往船无论从哪个角度开来，始终正对着老爷庙。科学家的精确测量表明，老爷庙的三个菱角和平面锥度相等，不差分毫，这就形成了很强的立体视觉。

但老爷庙最早建于何年？由谁兴建？附近的居民和历史学家都说不精确，只用一个民间传说来敷衍：朱元璋和陈友谅大战鄱阳湖时，曾战败落水，幸好被一只巨龟所救，把他驮到现今老爷庙所在位置。

朱元璋击败陈友谅当上明朝开国皇帝，就在巨龟救主的地方修建了这座庙宇，并加封巨龟为大将军。

开国皇帝为了向臣民暗示自己秉承的是天意，常编撰些神怪故事来神化自己。不过有意思的是，附近的居民和外地香客一致公认，老爷庙确实很灵的，所求之事常能应验。

可能是五一长假的原因，那天庙里的香客摩肩擦踵，无法静心驻足，我像游客一样在里面转了一圈就被人流裹挟着走了出来。

回程看见黄绿相的沙山下有漫长的草滩。有人在那里骑马，草很软，马也很健壮，想下去玩一圈，同伴却急着赶去县城吃午饭，提议被三比一否决。心里暗想，民主有时也很讨厌，下次我专程来此骑一回马。

2010年6月6日，在鄱阳过了周末经九景高速回南昌。这次是自己一家人，途经都昌蔡岭时下高速再访老爷庙。

大小路口仍无有关老爷庙的方向提示，只好按照地图走：蔡岭、徐埠、左里、多宝，下高速四五十分钟到达多宝，始望见湖岸连绵起伏的沙山。

沙山疏处黄沙漫漫，密处绿树成荫，碧绿的植物滚动着初夏特有的浓郁腥味。车在狭窄虬曲的水泥路上和湖岸平行地开，上坡时望不见湖，下坡时，远处湖面的船只看上去全像是悬浮在空中。二十分钟后到达老爷庙外的沙厂。

这次看清了沙厂的正式名称——江西省都昌县新世纪造型材料有限公司。其实就是一家工艺比较复杂的沙厂，把细沙淘选加工后运到外地做工业模具或建筑材料，也有人说，有些被卖到兵工厂，做火药的配料。

厂子始建于1958年，最初是国营单位，曾红火一时，市场经济后被个人承包。眼下正在别处做新厂房。去老爷庙必穿过老厂区。里面的厂房、宿舍都是七八十年代的建筑，墙体残破，露出红色和灰色的老砖。八哥、麻雀和燕子筑巢其间，哺育后代，与人和谐并处，打成一片。

踏着满地细沙在高大的绛红色车间和低矮的青灰色宿舍之间走

动,那些年代久远的标语和端着碗聚在房门口吃饭的工人都让人产生时光倒流之感,让我想起童年住过的鄱阳轧花厂,想起逝去的外婆外公和某种让我觉得亲近的时代氛围。

今年雨水多,湖水涨到了庙门下的牌楼前,一队队货船仍像前年一样在危险的水面悠然前行。这只是个普通的周日,加上时值正午,游客相对较少。拾级进入老爷庙,见被加封为大将军的巨龟背上驮满小额钱币,女儿也要了一枚一元硬币嵌在龟背上的石碑上。

再往上走,又见到那盆被香火滋养得格外肥硕的绿萝,嫩绿的叶片被天井投下来的阳光照得近乎透明。

和它合影后,请了香火鞭炮,虔诚祭拜了各位定江王,这是上次该做而没有做的事。这两年,对许多事情的看法改观较大,其中一项,越来越认识到科学的局限性,越来越敬畏那些人类智慧所无法洞察的存在。

科技顶多让人活得方便,信仰却能让人活得充实。

下山和几个在树阴下打盹的沙厂职工攀谈,想听他们讲湖上沉船的事,大家的兴致并不高,所说的并不比网上的资料更丰富,并且互相辩驳,莫衷一是。我问:是否真出过这样的事,人在湖上沉下去,尸体却在数里外的山那边被发现?对于这点大家均一致表示肯定。

显然,身处神秘地带的人对神秘并无兴趣,他们对工资的关心远甚于湖上的传说。

倒是在几里外的骑士山庄,一位姓董的经理提供了一点高于生存的信息,前不久,南昌有七十余自行车爱好者驮着帐篷来湖边住了一晚,草洲上还残留着篝火晚会的痕迹。

骑士山庄和两年前相比并无多大起色,客房和餐厅均透着人气不足的荒凉感,才中午一点多钟就停止供应饭菜,只有面条可供充饥。四五只大小不一的看门狗醉倒了一般昏睡在凉棚下的沙地上,懒得连眼都不愿睁一下。

老爷庙实在是太偏僻了,即便自驾游,路也不好走。不过投资者仍在苦撑,等着横跨老爷庙水域的大桥把老爷庙和庐山景区连接起来。据说,桥址已经选好,只等着开工了。

董经理说，本地人都知道最容易出事的水面的准确位置，驾船都绕着走；外地船就要差一点，即便看见警告标示心里也没个准头。近两三年还是出过事故。不过容易出事故也还是得走，总比抢劫贩毒要安全许多。

上次来看见的马就是山庄里的，号称十八匹，马厩里实际有八匹，我和女儿各选了一匹高大的新疆马，在湖边的草洲上溜达了一个小时，共花了一百二十元，比内蒙还要便宜很多。等大桥建好，恐怕就不可能有这么便宜的价格了。

虽是中午，太阳当顶暴晒，却并不觉得热，凉风一浪一浪从波光粼粼的湖上涌来，让人坐在马背上都想打瞌睡。

没到过老爷庙的人肯定无法想象，如此凶险的水域边上，还有一片如此温柔的好地方。

不听话的岛

一直就知道这个岛,一直就叫不准它的名字。

地图上写的是长山,所有人念的都是强山。

1995年左右,我当时任职的报社接到秘密任务,跟随公安系统的人半夜坐船去抓人。被派去采访的记者说,一路上武警的头盔都紧张得磕巴磕巴响,因为这次去的地方很特殊,是强山岛。

是强盗的强吧。我默念。

此后陆续听到有关这个岛的一些轶闻,比如,长山其实离鄱阳很远,离都昌更近,和都昌周溪镇相距不过四公里,岛民常和周溪渔民发生械斗。长山人船只先进,民风更强悍,每斗必赢。又比如:岛上的村民90%都姓杨,鄱阳地方文化研究学者推测,他们是南宋义军首领杨幺的后裔。杨幺被岳飞弹压后,他的后人从洞庭湖逃到鄱阳湖,混迹在长山岛的原住民中隐居繁衍下来。

还在县志和党史资料中读到如此记述:

"长山岛坐落在鄱阳湖东南方向,鄱阳县的西南端,与都昌县隔水相望,在西河和饶河入鄱阳湖的交通要道上。长山、下山两岛相倚鄱阳湖中,是鄱阳客、货、渔船驶向鄱阳湖,通往南昌、九江、都昌等市县是必经航道。旧时,强盗湖匪出没其间,祸害百姓……

1949年5月初,解放军二野先头部队装运军粮的船只在长山峡口遭匪徒袭击,船被打沉,一个排官司兵壮烈牺牲。

同年7月8日,二野162团一个排驾船去双港运粮,返回利池湖时，再次遭军统特务王志、王祉铨、余德华等纠集的1000多名土匪32只渔船伏击，解放军官兵全部牺牲。后经解放军历时两个月的军事清剿与政治攻势分化瓦解，盘踞在长山岛一带的国民党军统残部、土匪被大部分消灭。"

现任鄱阳统计局副局长的长山人杨有才说，长山原名其实是犟山，上个世纪20年代，因"犟"字笔画多不易书写，被简化为"强"，50年代后才改为长山，但犟的读音被保留下来。

这样看来，长山岛并非强盗山，只是个性很犟不怎么听话的岛。

无数次坐船路过长山岛附近水域，不过没有绕道去探访它的倔强。那时，我对异乡的兴趣远大于本乡，哪怕是长山这种让人又惧又好奇的神秘渔岛。客观的原因是，从县城到长山没有客轮。长山岛孤悬湖上，四百户居民每户都有私家船，自然没有开通客运航线的必要。

2005年9月，特地和几个同伴从南昌回鄱阳去看长山岛。县里的朋友帮着租了艘小客轮，顺着饶河一路西下，到莲湖龙口花了一个多小时，过了龙口，再驶十几公里，共耗去近两个小时才看见一座小岛的影子。

问向导杨有才这就是长山吧，答不是。是瓢山。

又开了十多分钟，遇见足球场大小的岛，问，那是这座吧。回答仍然不是。

绕过此岛又开一二十分钟，望见更大的一座岛，且有楼房点缀其上，心想，这绝对是长山吧。仍然不是，这是长山的姊妹岛下山岛。

这时才知道，长山其实是个群岛。鄱阳湖区共有岛屿41座，其中十多座集中在长山群岛水域。长山是鄱阳湖中最大的群岛，也是鄱阳湖中唯一设行政村的岛屿。

长山、狮子山、绣球山、乌龟山、卵子山、印山、对鼓山、座山、诸头山、横山以及下山按东北至西南方向一字排开，就像一个庞大的航母编队在鄱阳湖中行驶。

最北的旗舰长山岛面积176.8公顷，湖岸线比较平直，岛上最高的尖峰顶海拔141米。下山岛在最南端，面积224.1公顷，湖岸线曲折，湖汊较多。两个岛都有渔村，村民有三四千人。

据说，王勃写在《滕王阁序》中的名句"渔舟唱晚，响穷彭蠡之滨"，勾画的就是长山岛附近的渔民生活。

这样的传说自然无从考证，不过下山出土的唐窑显示，至少在唐代，长山已有渔民定居，加上这一带曾是水上咽喉要道，王勃自九江去洪都故郡南昌路过此地的可能性还是非常大的。

千百年过去，长山岛外仍是亘古不变的汪洋一片，只是水下潜伏着渔网的迷魂阵。客轮吃水较深，为规避渔网和浅滩，喘着粗气在岛与岛之间缓慢地挪着狐步，费了一个多小时才抵达近在咫尺的长山本岛。船进港时，还划断一根横过水面的电线。

以为会有阮小二阮小七模样的渔民过来理论，等了半天也没有。这自然和杨有才在船上有关，不过也让一些坚硬的想象开始软化。

午饭在杨有才哥哥家里吃。时隔五年，记不清具体是有哪些菜，总之基本都是鱼，大抵是白鱼、鳙鱼、银鱼、黄丫头之类，鱼全是野生的，用湖水煮，用脸盆端上来，味蕾至今都保留着鲜美的余味，令我此后无法从菜市场买的家养鱼身上品出鱼味。

和全鱼宴的惊喜相比，渔岛的环境则逊色不少。岛上有山，山上有草也有树，不过草很矮，树很稀，更谈不上高大。酒后想跑到屋外去拉野尿的人，居然找不到绝对安全的遮身之所。

民居围着山脚分布，高低错落，不过建筑风格和岸上的乡村没有差别，大都是钢筋水泥的三层洋楼。岛也不够大，拓不出开阔平坦的路，自行车都没法骑。仅有的一些空地都晒满了干鱼，我们在村民家门前穿行时，需时时注意脚下的深浅。

时值正午，没看见多少青壮年渔夫，只见一些皮肤红褐的渔妇在阴凉处围成团埋头剥虾仁，年长些的头发稀疏如杂草，在湖风的轻拂下软软地飘曳，让头顶盘旋的苍蝇无法久停。

南昌朋友说，岛是不错，就是脏了点。

原本想把船泊在岛外的水面过夜，以便对着月光喝酒吹风。不料天色渐暗时，蠓虫突然多了起来，一团团浓雾一样在头顶滚动，风也越吹越凉，让人在甲板上根本坐不住。这个有些风情的计划遂中途夭折。

2008年7月，再次从鄱阳去长山。这次是和一些参加"名家写名湖"采风活动的作家一道。

我是这个活动的策划和组织者之一，在拟定采风线路时，第一念头就把长山岛列了进去。事实证明这个选择是对的。参加采风的作家不少是北方人，船一进入"四望疑无地"的鄱阳湖，有人就止不住地尖叫起来。

如此辽阔无边的豆绿色淡水扑面展开，对于干旱惯了的北方人来说，无疑有着惊艳之美。艳，确实也有点点惊。别说他们，我少年时第一次横渡鄱阳湖，也被它的空荡和动感惊着了，总担心波浪一耸脊背把人从船上抖下去。

直到望见了图钉一样把湖固定在大地上的小岛，心里才稍稍踏实起来，暗想，若是风暴骤来，总算是有了逃生的目标。

我猜他们正重复着我少年时的心理波折，当长山群岛隐约浮现时，大家的情绪才从亢奋走向松弛，开始各自眺望、拍照，当几只灰色的江豚弓着身子拱出水面，松弛里又喷溅出愉悦，有人居然依靠着船舷用美声唱起歌来："让我们荡起双桨，小船儿推开波澜……"

起音的是个资深美女，唱和的是个资深酷男。旁观者，眯着眼沐着风歪头轻声打着节拍。

长山岛水面荡漾着我喜欢的肤浅的80年代的浪漫意趣。

县里为这次采风做了些准备，2005年困扰过我们的网阵不见了，岛上的地面相对也清洁了许多。全鱼宴则依旧正宗地道。

大家情绪极佳，午饭后，不少人顶着烈日登上高处瞭望群岛全貌。

有人在讲历史，朱元璋和陈友谅在鄱阳湖中决战时，陈友谅60万水军直逼南昌，长山群岛曾是重要的战场，当年古战场的遗址洪武庙就在下山岛。

我对传说没有多大兴趣，更关心的是长山的现实，。

渔民们有没可能改变生活方式让小岛变得更有风情些，垃圾和苍蝇更少些，树种得更高更密些？

这次到长山,除了爬山,还认真看了当地的网箱养鱼。

每年3月20日到6月20日是鄱阳湖的禁渔期,渔民真正可以捕鱼的月份其实不多,加上鄱阳湖水位逐年下降,天然的渔业资源也在减少,渔村之间常因争水面发生冲突。

近些年,一些渔民转向养鱼和贩鱼,靠天吃饭的劳动模式有所改观。

因下午还要赶去白沙洲看湿地,这次到的仍只是长山主岛的中心区域。此后两年,再未进过鄱阳湖。

我以为自己是极少目睹过长山岛真颜的客人,后来却不断在报纸和网上看到有关它的新闻。

太湖和洞庭湖相继出现生态问题后,鄱阳湖的生态和旅游价值迅速升值。一拨一拨的环保和旅游考察团巡视鄱阳湖时到过长山。

前不久,还看见一伙驴友进驻长山岛,在草洲上搭帐篷野营,有人还在草地上拍到了湖区并不多见的雉鸡。

有人在游记里写出我没见识过的那部分长山:野人外婆洞、唐窑遗址、老相公庙、蛙石……并把长山比作鄱阳湖里的夏威夷群岛。

用夏威夷这种西化的比喻形容长山显然不伦不类,不过,我一点也不怀疑长山岛的旅游潜质。

在这个水库普遍被尊称为湖,荒山被包装成森林公园的年头,长山岛单凭全鱼宴就足以招揽四方来客了。

那时,犟山就毋须逞强斗狠了,温顺多情将成为它吃饭的本钱。

去南矶

到过吴城之后，才知道鄱阳湖西南岸还有个南矶山岛，到过那里的摄影家说，生态比吴城更胜一筹。

从其他方面佐证了这个信息后，立即出发，经豫章大桥去蒋巷，然后从蒋巷一路东行。那时是 2010 年 4 月 17 号，鄱阳湖平原上葱茏一片，连缀这些绿色的，是纵横交错的沟渠与水塘。蒋巷地界，公路边还有不少房舍与鸭棚，车子再开半个小时，人迹渐少，只有零星的小窝棚支在路边，可能是远道来耕作的农民歇昼用的。

道路越来越窄，窄到会车都特别麻烦的地步，不过一路上倒没什么会车的麻烦，风光也越来越好，洲上的水草和岸上的芦苇、桑树、梓树都翻滚着腰身喷吐着绿莹莹湿漉漉的腥甜气息，青蛙的叫声水泡似地此消彼长，嘹亮得令人耳晕。

过芳湖闸后，翻过一道圩堤，见前面正在修一座水泥大桥，桥底大水汤汤，漫过草洲飞速而下。桥已搭好骨架，人能走，车却不能过，几辆小车窝在桥这边的沙地上望水兴叹。过去打听，都是去南矶玩的。原本桥下有小轮渡，现今水流太快，轮渡就撤了，出入南矶一律得坐船绕行，航程两小时左右，每天只有一班小客船。

那次的行程就这样被大水切断了，和家人一起步行到桥那头的趸船上吃了顿渔家宴。客人总共只有两桌，我们把桌椅搬到船顶的遮阳篷下主人也没意见。就那样一面吹着凉风，一面喝着啤酒度过了那个春日正午，南矶隐藏在绿野深处处，激发着人的想象与探访的欲望。

此后每隔二三十天就打电话到南矶乡政府咨询路通了没有，问了三四次都是失望，几个月后再问，电话都没人接了，不知是这种骚扰电话太多人家不愿接，还是114后来报来的号码是错的。

11月6日参加江西网的聚会，一位做鄱阳湖生态研究的大学教师告诉我，她前几天还同南矶的野保站联系过，现在车子可以直达南矶。

想想也是，赣江都干得露出肚皮了，南矶那边的大水也早该退了。第二天一早就顺着春天的道路前行。一路上却不如春天时顺畅，蒋巷之后的水泥公路全被农民做了晒谷场，用玻璃酒瓶围着，只留出一半路面做交通之用。路本来就窄，剖走了半边后，走车辆就特别困难，一伺会车，就得远远地在稍宽处停下，等对方擦着肩膀过了再走。虽说车辆不多，一路上还是堵车若干次，最后只得搬开障碍物从谷子上碾过。

这种情况下骂农民素质低也是不公道的，他们住在湖汊间，公路是唯一可以晒谷的开阔地。

过芳湖闸望见南矶大桥，车就像水牛望见水洼那样激动起来，冲上引桥后却感觉很不对劲，两百多米的桥面上不仅没车，连人影都没一个。望左下方看，几辆小车正在排队上轮渡过河。

原来这桥在半年时间里仍在原地踏步没有竣工，只是大水退后，河面变窄水流变缓，给了轮渡生存和发财的机会。轮渡一恢复，就没人在这边停驻吃饭了，那个巨大的趸船餐厅已不见踪影。

女儿一路上快快的，因为要去的地方不是她想去的游乐场，听说汽车要坐船，立即由卧姿变成坐姿观看，兴味盎然。不过，她眼里的准游乐项目让汽车前保险杠毁了容，原因在于，这轮渡虽是机动的，为了固定航向不被水冲走，船体是固定地拴在一根横跨河面的钢索上的，车子上轮渡时，因底盘过低，保险杠生生地被钢索斜着锯了一遭，留下无数锯齿状疤痕。

过河不过几分钟，坏心绪就被风吹散了。河对岸基本没人烟，一条四五米宽的水泥路在宽广的湿地上平直地伸展，车过之处，不时惊起扑愣愣扇动空气的水鸟，其中还掺杂着少数色彩斑斓的野鸡。大雁则排着规则的人字,轰炸机编队一样在高空骄傲地掠过。

十几分钟后,路旁的牛群渐多了起来,远远地也望见了村镇的影子,路上一个简易路牌标明,直走到南山,右拐到矶山,往矶山的路比主道窄不少,且为路况更差的砂石路。到了午饭时间,车子自然先往近在眼前的南山奔去。

第一印象,南山和鄱阳湖边的许多乡镇所在地差别不大,街道拥挤,地面积满干涩的红壤灰尘,有食物的地方,就有苍蝇垫着脚盘旋。乡政府就在镇口,布局老旧,不过院外一家名叫湖畔大酒店的酒家倒有些和岛外接轨的气象,名字响亮,外立面也算整洁,屋顶上架着高耸的微波接收塔。

女儿下车就往酒店冲,进去才知道,今天有村民在此举办婚宴,剩余的几张餐桌已被比我们早到的南昌玩客预订。尤为扫兴的是,出酒店打听,整个南山岛只此一家酒店,除此连小排档都没有。

在喜庆的鞭炮声中,随意地在镇上走了走,只几分钟就看到了镇后的田野。总的感觉,这边的时间比外面要慢好几拍,居民不紧不慢地过着日子,水塔灰暗陈旧,街上稍大一点的商店门楣上还写着"南矶供销社"的字样。学校里巨大的标语"争创全省一流无血吸虫病人学校"在这安宁中显得特别扎眼。

街边一卖鱼的摊子上,鳜鱼和乌鱼都比常见的要大一两倍,活力也非同寻常,在大水盆里扑啦啦地翻滚,价格倒不算贵。摊主说这边没有家养鱼,鱼都是刚从湖里捕上来的。摊主穿着有背带的黑色胶皮裤,似乎刚从湖里作业完毕上岸来。

向他打听南矶的概况,他热情地一一作答,所述和网上查到的资料基本一致。南矶距南昌市区六十公里,东与鄱阳县莲湖乡隔湖相邻,南望余干县康山乡,驾船北上可至都昌县周溪镇。全乡总人口数只有四千八百多人,大部分住在南山岛上,少部分居矶山岛;全乡总面积则达三百平方公里,其中草洲面积七万亩,湖泊面积三十四万余亩,可谓地广人稀。生态环境因此遭人为破坏较少,2008年2月经国务院批准成立南矶山国家级自然保护区。

听说我是鄱阳人,他二话没说,丢下摊子不管,领着我去卫生院的大院，隔着院墙向湖面打望。"可惜今天能见度不高，天气好时能看见对面的莲湖。水满时驾船过去也就个把小时。我们来往很多的，经常在一起打渔。"

问他矶山有没有餐馆，他肯定地说："有的，应该有的。"

在女儿的催促下，立刻掉头去矶山岛。

找到矶山的路牌往里拐，难免又踌躇起来，路面坑洼跌宕，车子简直是蹦跳着前行。见前面的草洲上停着两辆摩托车，走过去打听前面的路况。近了才知道，摩托车主是用电打鱼的，天冷乌鱼们都躲在浅滩的污泥中冬眠，他们用长竹竿捆着探头在水里扫荡，随随便便就有一二十斤的收获。

电鱼者穿着胶皮衣，挎着大鱼篓，手执长竹竿，像滑稽的古代武士。他们说，前面的路要好走些，近村处还铺了水泥。

接下来的时间，不断庆幸做了来矶山的决定。

越往前走，路旁的候鸟就越多。据科技人员观察，南矶山周围的常湖、菱湖、北甲湖、东湖、神塘湖里共有鸟类有二百八十余种，水禽达一百一十五种。被列入国家一、二级保护动物的就有白鹤、白鹳、黑鹳、大鸨、丹顶鹤、天鹅、鸸鹋、白枕鹤、白额雁、白琵鹭、鸳鸯、金雕、海雕、中华秋沙鸭等五十余种。

我认不全那些候鸟，不过大雁和天鹅还是辨得清的，它们在距我百米左右的浅水里埋头呷食，黑压压、白花花铺成几大片，并不特别怕人，发现我们有迫近的意图时，才抬起头来警戒。女儿有点兴奋，冲着它们尖叫，离我们最近的那几排天鹅才懒洋洋地飞起，因体型庞大笨重，起飞时有很厚重的振翅声，似乎是一块块巨石陡然飞了起来。

一路上都有这样的壮观景象，而观看者寥寥。

到了矶山则有另一种发现。和南山相比，它简直像一座荒岛，除了红石山就是树木与乱草，只有零星的民房掩映其间。那房子，非残即旧，周围少有人影，倒是有一群白色的羊，在湖边的草地上云朵一样悠闲地移动。

一条沙子路沿着湖岸绕行，另一条水泥小路穿过密林朝岛的中央延伸。要找餐馆,肯定得走水泥路。奇怪的是,车子开了数分钟,并不见人家,两边全是茂密的乔木和灌木,乔木的树冠在头顶相衔,构成天然的遮雨篷。有时还要穿过狭长阴冷的巨大石缝。空气里飘荡着湿土和腐烂植物的气味,这气味,只有原始的森林里才有,若不是总有清脆的鹧鸪声打破寂静,真的会心里忐忑担心误入原始森林了。

穿越大半个岛屿后。林子才渐渐疏朗起来,在能望见湖面处,邂逅几个带着画布和长焦相机的中年男女,盘腿坐在自带的毯子上吃干粮,两辆长相一模一样的长城越野车斜停在路边。

继续往前,见一伙人蹲在屋顶修缮一栋暗红色的大木头房子,类似吴城的观鸟者宿舍,向他们打听餐馆,却说没有,但告之前面的村落里有小卖部,有方便面出售。

这信息让女儿很振奋,她正处于不让吃什么就特别渴望吃什么的年龄,方便面平常不怎么让她吃,她就把它当作天下珍馐来神往。

这个村落较入岛口的那个房屋更大些,居民也相对更多,不少人端着热气蒸腾的饭碗倚在门框上晒太阳。打听小卖部,皆热情指路。

所谓的小卖部,其实就在路边的一户人家里,卖些日常杂货,主要是对本村人营业的,因此没有明显的标识,不是当地人绝对找不到。

方便面、梨子罐头、卤鸭腿,这些平常不吃的准垃圾食品,在饥饿的美化下,一律嚼出了甘美的滋味。一边充饥,一边和四十多岁的干瘦女店主闲谈,几个来店里闲坐的老年人在一旁不时插嘴搭话。我和家人说话时用了几句鄱阳话,一个老妪眼睛一亮:"你也是鄱阳人?"

原来矶山岛上有许多鄱阳人,不少是在民国或更早的年代渡湖来到这边。矶山盛产红石,是很好的建筑材料,不知从哪个朝代起,这里的居民就开始靠采石贩石为生,日子自然比周边的渔民更富足更有保障。在南山岛还没有通电时,矶山就用起了电灯电话。眼前这个老妪,是和老伴在上世纪60年代初迁过来的,那时矶山的红石厂正是红火的时候,能进厂当工人是许多年轻人的梦想。

现今矶山的红石已开采得所剩无几,红石厂也渐渐萧条了,不过一些老职工还是享受了退休金，眼前的几个老人，少则数百、多则一千多元一个月。

女店主说，矶山形似凤凰，共分布着北边、凤头、南边三个村，鼎盛时期人口达两千，现在大多数人口都迁到新建县城去了。

忘了小卖部所在村的名字，按照方位推测，应当是凤头村吧。

午后在村里闲走，顺着一圈摆着许多仙人掌的围墙往村后走，见一逼仄的林间小道。怀着探秘的兴趣跟着它深入，最后从两道斧劈般的陡壁间穿出，眼前神奇地浮出一片开阔的湖面，周边全是高低不同的红石峭壁，最高的峭壁上还建有石塔，有石栏护着石级蜿蜒而上。

湖应当是开山采石形成的，但年代太过久远，已和周边的生态完美地融合。湖水格外静谧清澈，倒映着苍翠的林影，让人想起欧洲古典主义油画中的乡间风景。

在内湖逗留了一阵，渐渐感觉到山间凉气从水面浸漫上来。想起岛外那条沙子路，便原路返回撤到入岛处的分叉路口。

这时羊群已转移到草洲上一艘闲置的大机帆船下的草地上。沙子路附近空空荡荡。内侧是金黄斑斓的树林，外侧是苍茫无边的绿色，顺着风势软软地斜铺到大湖里。

我在沙子路上来来回回地走着，拍照并自拍，舍不得离开。

回南昌后在电脑上看白天留下的照片，在矶山沙子路上的逆光照最让我动心，它让我不时产生美好的错觉，一会儿觉得它通往遥远的童年，一会儿又觉得，它通往某个比童年更令人怀想的远方。

白沙洲

读高中时曾想，以《白沙洲》为题，无论写小说、散文还是诗歌，都可弄出好的意境，这样一个地名，暗含了太多美学元素：白沙、碧浪、清风、明月……

这个假想至少说明了两个问题：一、我那时就已中了文学的毒；二、我那时就到过并喜欢白沙洲。

第一个问题无关要旨，第二个问题的核心内涵也不是这篇文字要阐释的，简单说明一点，白沙洲对面的车门村是我父亲出生并度过童年的地方。虽然我的履历和它并无关系，大约从高中开始，我常要代表父亲骑自行车经白沙洲和车门去另一个村子拜年。

从鄱阳县城出发，经双港乡的小华村、乐亭村，再经过一道五六华里的圩堤到达白沙洲、然后过一道千米左右的圩堤到达车门村，最快的速度也要骑行五六个小时。

那时的白沙洲岛，是珠湖水产场和乡政府所在地，却几乎没有居民，居民全在车门这边，岛上住着的是他们逝去的祖先。直径两三华里的椭圆形白沙洲上，覆盖着浓密的植物，一条窄小的砂石路居中剖开，连接起两头的圩堤。砂石路随着地势高低起伏，两侧香樟树的枝叶在头顶相衔，洒下斑驳的光影。人行其下，倍感身轻气爽。不时有鲁莽的斑鸠和野鸡忽地横穿而过，近得似乎要擦到人的额头，让你浑身一惊，继而激动不已，本能地想伸手去扑。

父亲曾无意中提及，他小时候住在车门时，冬天不是被公鸡叫醒,把人吵醒的是湖滩上一望无际的天鹅。

被天鹅吵醒?

以现在的眼光来看,这样的早晨不止是浪漫,都谈得上奢华了。不过被天鹅叫早的日子我从未体验过。

我那时也爱田野,更爱的还是城市,一年一度地路过白沙洲,却没太多探究的兴趣。甚至没环岛走过一次。我坐在枯燥的政治课课堂上构思有关白沙洲的小说时,也一再把故事发生的时节框定在夏天,而不是候鸟最多的冬季。夏天和青春何其相似啊,炽热、潮湿、躁动、晕眩。那时我多么热爱水面在中午的反光和裙子在夜风中的飘曳。这些,都是白沙洲所富有和适合拥有的。

近几年才知道,把白沙洲同乐亭以及车门连接起来的圩堤,是上世纪七十年代才修筑的,此前的千万年间,它是座漂浮在鄱阳湖水面上的小岛。

车门人自古以渔业为主,有限的那点田地主要集中在白沙洲岛上。村里人种田必须驾船来往,风高浪急时常有险情发生。给父亲心里烙下阴影的一次事故,死了七八个人。那次挤在渡船上的人特别多,偏偏风浪又大,船在半途突然倾覆,那些不会游泳的妇女和儿童基本溺亡,尸体打捞上岸后摆了一地,场景十分悲惨。

圩堤修好后,白沙洲和车门连成了一体,内湖和外湖彻底隔断。交通和农业便利了,生态却改变了。原本集中在白沙洲一带产卵繁殖的银鱼大部分迁移到他处去了。

银鱼古称脍残鱼,又名白小,长约七至十厘米,无鳞,身体修长透明,色泽如银,因而得名。唐代诗人杜甫曾赋诗《白小》:"白小群分命,天然二寸鱼;细微沾水族,风俗当园蔬;人肆银花乱,倾箱雪片虚;生成犹舍卵,尽其义何如。"

银鱼营养价值极高,有鱼中人参的美誉。中医认为其味甘性平,善补脾胃、利水,可治肺虚咳嗽、虚劳诸疾。它属于高蛋白低脂肪食品,高血脂者食之亦宜。鄱阳人一般用晒干的银鱼煮面或蒸蛋羹以待贵客。

当然,太湖、洞庭湖和长江都产银鱼,鄱阳湖的其他水域也产银鱼，之所以在此处特别提到，是因为真正的行家都知道，天下口感最好营养最佳的银鱼，都产自白沙洲。这一带的水质和食物链特别适合银鱼生长。

并非车门人一厢情愿地自我吹嘘，这可是个用金钱来衡量一切的世道，外地的干银鱼价格大多在每斤几十元到一两百元之间，而正宗的白沙洲银鱼价格高达每斤四五百元，更主要的是，现在每年产量较低，没有可信的卧底出再高的价都买不到真货。

比照父亲的回忆，白沙洲无论外貌还是生态都远不及他童年时那么好，不过在全球的生态都加速崩溃的背景下，它的退化幅度依然算得上令人欣慰。

2008年陪一帮朋友由外湖坐船到达白沙洲水域，它纯净如矿泉水的水质感动了远道而来的客人，有人直接就拿杯子舀湖中的水漱口了。充当导游的县旅游局副局长说，真的喝下去不见得比矿泉水差，专家已做过检测，湖心的水质已达到直接饮用的标准。

自幼生长在鄱阳湖边的副局长还透露了有关银鱼和天鹅的一些秘密。

我过去不知道，银鱼产卵采用的全是剖腹产。到了产卵时节，怀孕的银鱼纷纷游往有沙石的浅滩，利用锋利的沙石把肚子磨破，排出受精的卵子。和人类不同，剖腹后，没有人帮它们把肚子再缝合上，母亲因此痛苦地死去，无一例外。

和银鱼悲壮的生育精神相比，天鹅对爱情的忠贞同样令人类感到自卑。

天鹅的爱情观完全配得上它外表的高贵。天鹅是鸟类中少见的恪守一夫一妻制并有殉情信仰的典范。天鹅夫妻若有一方不幸被猎杀或病故，另一方便会飞到高空突然栽下以死追随，一次摔不死就自杀第二次，第二次不行再来第三次，三次仍不死，它便从此独身，充当为天鹅群打杂服务的鹅奴，境遇比死了还悲惨。

在风光旖旎的湖面听到如此壮怀激烈的深情，顿感湖景之美不再外在，在生态之美外，还有更深沉的情感与伦理内涵值得细细玩味。那时我也深感自己对鄱阳湖的陌生。

它是我血缘上的故乡，但我对它的了解，比那些匆匆而过的游客强不了太多。

后来听说，以白沙洲为核心的鄱阳湖湿地公园项目已经启动，白沙洲乡政府已从洲上迁往车门，洲上的坟墓也已迁回，田地被悉数征用。政府为此给车门村村民办了湿地农民证和社保以作补偿。

2010年12月5日，和弟弟、妹妹两家陪父亲回车门。

因为有了新修的天鹅大道，车子只用了不到一小时就到达乐亭的圩堤脚。在那里看见几辆外县和外省牌照的旅游大巴两三辆，圩堤也不再像前些年，走几里路都遇不上一个人，不少小车停在堤面上，乘客站在车侧用望远镜瞭望外湖草洲上的牛群和更远处的候鸟。

那几天气温在十摄氏度以上，白沙洲一带候鸟汇聚得不多，仅有的一些也泊在离岸很远的浅滩上，得用长焦镜头才能拍到；洲上的鄱阳湖候鸟博物馆也尚未竣工。游客却出乎意料的多，被导游用杏黄旗领着列队参观。车门村也像模像样地开起了几家渔家乐餐馆，门外的车辆歪歪斜斜排着长队。

车门其实没有父亲的直系亲属，和他打招呼的都是些往来不太密切的远亲和朋友。不知父亲的观感如何，走在车门的土地上，我心里没有甜蜜，只有苍茫。

父亲身世隐晦，对于家族的历史，我知之甚少，也从未同父亲交流过。午饭时，向村里有些文化的人随意打问：车门范氏源自何处？由于宗谱延续得不很完整，只明确是明朝洪武年间从鄱阳城里迁出的。再往上求索，则追到了浙江兰溪龙门一带，经有关学者考证，车门范氏居然是范仲淹的后裔。证据链是：

"1036年，范仲淹到饶州（宋时鄱阳为饶州府）任知府，其妻李氏带着五个幼小的子女伴往，后李氏不幸病故，范仲淹移任润州（今镇江一带），未留下子女在饶州。时隔两百余年后，范仲淹次子范纯仁之第十二代孙再赴饶州，自此停驻繁衍下来。"

这些年，见识了不少攀附和争抢历史名人的事件，对于车门范氏把血脉追溯到范仲淹身上的结果，我难免也有些本能的质疑。

说实话，范氏的源头是否耸立着范仲淹或比范仲淹更牛的名人，我对此没任何兴趣，是也好，非也好，均不会影响我的自我认知，甚至，也不能扰动心情。对于理论上的故乡车门，我其实是个不折不扣的陌生人。

倒是白沙洲，一如二十多年前，带给我亲切和想象。

一座山青水美的小岛，又有着无论在古代还是当代都挺风雅的名字，在我不算太窄的视野里，还是挺难得的。

我们在沙洲外的滩涂上研究田螺和鸟兽用脚印画成的奇妙图案，望见白沙洲朝北的峭壁上已用原木修筑了漫长的观鸟栈道。父亲说，小时候天气晴好时，在这里能眺见对岸的庐山投映在湖中的倒影。

从白沙洲到庐山的直线距离应当在五十公里左右，人的肉眼在湖上真有如此高的效能吗？现在就是用望远镜也看不了这么远吧。

是父亲的话太夸张，还是过去的空气透明度确曾有那么高呢？

无法求证这个命题，只有一点是明确的，这世上其实有三个白沙洲，一个是我们现在能抵达的；第二个是父亲小时候见过的；第三个，则完全存在于我的大脑。

寻找康郎山

对康郎山的第一印象，来自读小学时看过的一本连环画：岳飞兵进鄱阳湖中的康郎山，以单挑的方式降服在此落草的猛将余化龙。余化龙初战胜不了岳飞，再战就诈败绕至山后用飞镖暗算对手，结果反被岳飞以飞镖回击惊落马下。连环画上的康郎山，山高草密，足以掩藏数千草莽英雄的日常起居和恐怖勾当。

因为厌学，那时我正有着强烈的隐居冲动，对一切山高水长的偏僻之所都有着真切的向往。但康郎山在鄱阳湖的什么位置？连环画和小说都没有交代。现实生活中也无人能告诉答案。不仅小时候没人告诉我，长大之后也是如此，这让我猜想，康郎山可能是一个完全虚构的所在。成年后我无数次坐船穿越鄱阳湖，从未见过听说鄱阳湖中有那么一座大山。

早些年坐船从鄱阳去南昌时，倒是会在余干县境内路过一处名叫康山的地方，客轮有时会在那里上下客。不过康山地势低洼平坦，全无山的雄伟，和书上描画的康郎山毫无相似之处。

就逐渐淡忘了这个年代久远的地名。

2008年开始，因生态的原因对鄱阳湖发生兴趣。随后，环着湖，陆陆续续走了一些地方：鄱阳、都昌、星子、永修、新建等县，在新建南矶山，当地人反复提到对岸余干县的康山。在地图上比照，发现康山凸入鄱阳湖的面积比南矶山还要大数倍，几乎就是个半岛，像余干县伸向鄱阳湖的一只巨大臂膀，把一个内湖搂抱在怀里。

查阅资料，虽无任何图文显示康山有山，但此康山确实就是彼康郎山，有可靠的史料为证：1363年，陈友谅兴兵六十万围攻南昌，朱元璋率军二十万来解围。陈友谅为发挥兵多舰大的优势，把朱元璋诱入鄱阳湖决战。朱元璋因势利导，派兵守住湖口截断陈友谅退路，然后效仿三国时的孙刘联军，派敢死队以火攻战败陈军。陈友谅本人亦在败退途中被流矢射死。这场历时一个多月的战役终结了朱元璋和陈友谅的一切恩怨，奠定了朱元璋问鼎中原的基础。康郎山是此次战役中朱元璋的主要屯兵地，因此也被视作大明王朝帝业的发祥地，朱元璋还在此兴建忠臣庙纪念阵亡将士。这个忠臣庙，现今就位于康山集镇边上。

明严州府同知甘瑾在诗作《康郎山》中这样描写当年的康郎山：云拥惊涛立半空，凭虚览胜倚孤篷。神祠箫鼓喧初日，贾客帆樯逐便风；平野欲吞吴地尽，众流不与海门通。楼船百战今何处？惟有湖山在望中。

至于康郎山为何今名康山？未找到确切依据，似乎从上世纪五十年代就用这个名字了。许多地名都是这样，通过读音口口相传，因拼读习惯增一个音节减一个音节并不奇怪。据说，康郎山最初的写法其实是抗浪山，因当时那一带是来往商贾泊船避浪的重要港湾，故得抗浪山之名。

这个名称实在太好了，画面感和地域特征俱佳，退化成康郎山和康山真是一代不如一代了。

在南昌至鄱阳的昌万公路上，找到去康山的路口，从去瑞洪的方向进去即可。许多次从那里匆匆而过，都没进去，即便熟悉县情的余干人都告诉我，康山没有什么山，只有一个垦殖场。2010年最后一天回鄱阳经过瑞洪路口时，拐进去向路边一户居民打听：此去康山有多少里路？答曰三四十华里。再问路好不好走。对方用余干腔答：好走得很，顺平的水泥路。

时间刚到下午四点多，日落前赶到应该没问题，就深踩油门朝瑞洪赶去。

路确实是水泥路，却不像那余干老表说的那么好走。路面并不宽，一俟会车就得减速小心行驶；两侧多为村镇，路上三轮车、摩托和行人不少，能开到五十码就算不错了。半小时后，才甩开村镇跃上二十多米高的康山大堤。此堤兴建于1966年，堤面八米宽，全长三十多公里，保护耕地三四十万亩，是国家重点保护保护的圩堤，也是我在鄱阳湖边走过的最长的圩堤。

大堤上基本没有车辆和行人，堤面的水泥路铺得比瑞洪更平整，车速平均可达九十码。路上的风光也颇最具特色。堤外是苍茫无边的深绿色草洲和浅蓝色湖水；堤内是同样广阔的亚麻和浅褐色的稻田、旱地，堤坝长条形的暗影中，牛和羊这边一群那边一堆地低头吃草，偶尔可见避雨遮阳的茅草窝棚，门前的杨树，用瘦弱的枝桠托举着庞大的鸟巢。整个画面色调酷似西北荒原。

太阳正一寸一寸往湖中心落去，云霞和水面、地面上的光线也瞬息万变，层次很丰富。我一边拍照，一边缓慢地前行。十几里路都遇不上一个人。等圩堤下的渔船和帆布帐篷渐渐多起来时，康山的轮廓已清晰可见。确实没有山的影子，树木都很少见，且被康山大堤隔断，离鄱阳湖边已有近两华里的路程。

我们停在下圩堤的路口时，恰好后边来了对开三轮车运货的中年夫妇。向他们确认康山的方位及走法后，顺口问：这里过去不是叫康郎山吗？怎么地势这么低？不料那四十左右的男子回答得还很专业：古代这里是有山的，后来地势慢慢下沉，就变成了现在这个样子。女人补充：老人家都说，圩堤修好前，康山还是一座被水围着的岛呢。

远远望去，也就一座普通小村镇的模样，没有特色，在暮色里也了无生机。见我面有犹豫之色，男子鼓励道：村口那院子就是忠臣庙，朱元璋修建的，去看看吧。

就这样，我和家人成了忠臣庙2010年最后一拨客人。我们到达庙前的简易停车场时，时间已届下午五点二十多，天已擦黑，即便在城里，也到了下班回家的时刻。

院门外没有售票窗口，我们从门板缺失的耳门往里面赶时，旁边的瓦房跑出一个小姑娘，用尖稚的童声喊：买票买票，五块钱一个人。

进院子才发现屋宇有两三处之多，墙角还种着几畦青菜。看墙上的文字介绍，知忠臣庙自明初修建以来，因遭水火灾祸，先后修缮二十余次，现存建筑系清咸丰九年重建。难怪古旧破败，全不似那些新修的寺庙，一个个描金绘彩，富贵得像是皇帝的金銮殿。

主庙门前的那对石狮，刀法高妙，而造型朴拙，是民间早已失传的手艺。它的黯淡和残破更加验证了时间的辽阔与渺远。

转了半天也没看见神像，倒听见一间屋子里传来电视机的声响，屋子没开灯，黑得像是古代，不过电视里播放的却是打打闹闹的现代肥皂剧。

正打问着神像在哪里，一个因骨髓病而身躯矮小畸形的男子瓮声瓮气地发牢骚：这里又不是歌舞厅。到歌舞厅就晚上去，来参观就白天来。然后不情愿掏钥匙串。

我忙解释：远道而来请多包涵。

他踮脚开了内殿的大门，让我去立柱上找开关开灯，说：那就看几分钟吧。

日光灯一亮，呈冂形排列的三十六位忠臣塑像赫然浮现，把我们围在中间，塑像一看就是今人的作品，粗糙、带着现代人的气息。不过如此肃穆地排列起来，还是有种摄人的气场。忙用相机一排一排地去拍，那男子又发牢骚了：进来了就好好听我介绍，听完了再给你三分钟拍照。并示意我们端坐在他面前的长凳上听讲。

我们作小学生状坐好，不料他的讲解远非几分钟，而是从朱元璋的发迹史一路道来，一开口就是十来分钟。我坐在凳子上翻看相机上的照片，被他瞥见，觉得我侮辱了他的敬业。这下不止是牢骚，而是像老师那样点着额头批评了：你就像个不听话的孩子，还没你小孩认真。女儿在一侧抿嘴窃笑，我亦点头认错。

他继续讲解，从鄱阳湖大战，到忠臣庙的由来，一直讲到某国家领导人来此视察的情况，说到央视主持人赵忠祥参观并题词时，顺便把赵忠祥和他主持过什么栏目也讲解了一番。他用的是类似戏曲念白式的腔调，显然是精心设计过的，配上脸上过于严肃认真的神情，让听讲的人误以为在听押韵的评书。

祭拜神像时，他又以同样虔敬的姿态主持了仪式，期间又批评我不听话，动作没小孩规范。

象征性赚香火钱后，被要求在访客本上签字。女儿签名时我因插嘴又遭他批评一次。

出庙门后，女儿和她妈终于笑出声来。我想女儿今天是挺得意的，她第一次发现爸爸因她的反衬而如此狼狈。

离开忠臣庙准备上圩堤时，仍忍不住跑回到庙外兼做售票点的瓦房里，向正扫地的女主人询问讲解员的情况。答曰：此人姓袁，四十岁，初中文化程度，至今未婚。

她还证实了我对地图的分析，沿着圩堤往前走，可以更快地到达余干县城，不用回瑞洪上昌万公路。

接下来的路程完全靠车灯照明，堤内外的夜色暗得像墨罐的内部。

二三十分钟后圩堤突然中断，四野墨黑什么也看不见，不知该往哪里开，只见身边施工的沙石和泥土堆成几座土丘，巨壑对岸似有推土机在施工，但站在深沟这边，根本无法向对岸喊话问路。幸有当地人骑摩托路过，引导我下堤绕过深沟再在那端上圩堤。

继续行驶几分钟后，到达康山大堤的尽头。下堤又开了二三十分钟到达石口镇，在那里终于问到了从余干县城通往鄱阳的路。这一路虽有些惊险，总的说来比走回头路至少节省了一个多小时。

日后回忆此次康山之行，印象最深的仍是那个姓袁的讲解员和夜晚在康山大堤上狂奔的经历。

康郎山，仍同它的名字一样，发音模糊，内涵也模糊。

我虽已到过那里，并有照片为证，但仍觉得，我到的只是康山，而非三十多年前记住的那个康郎山。

湖上的路

妈妈在电话里叹息：从鄱阳到南昌的快艇停开了。

对一个习惯了坐船并有晕车症的老年人来说，这的确是个大事件。她用自问的口气问我：坐了几十年的船，怎么说没就没有了呢？

这个问题，自然也是我关注的，所不同的，是我面对这种变局时的心态。在快艇尚未停运的前两年，我就已改坐高速大巴，除了偶尔陪妈妈，很少走水路了。

这样说，并不表明我对汽车本身有多偏爱。其实，我也是有过晕车史的人。我曾说过，鄱阳人的血管和鄱阳湖是相通的，我们身体里有着亲水亲船的基因。

在以水运为主要交通形式的农耕时代，鄱阳湖畔的鄱阳曾是"舟车四达、百货归墟"的交通和经济枢纽，连接长江以南和和江北的广大水系。鄱阳县境内也是江河密布，辐射到周边地区。

直到上世纪七八十年代，鄱阳人去九江、景德镇、鹰潭、南昌等地，一般仍是坐船。在此后几十年里，这些水路渐次被陆路取代。通往南昌的水路客运坚持得最久，前两年才告终结。

并非所有的衰退都给人以凋敝之感，鄱阳水运是以高速发展的姿态骄傲地戛然而止的。近几十年来，水路客运、货运在交通局的统计表上所占的比重逐年减少，但效率却在不断攀升。

上世纪七十年代之前，鄱阳湖上的船都是长翅膀的，远远眺望，帆影像天上的鸟翅一样多一样白。七十年代末，彷佛是在一夜之间，百鸟敛翅,依靠风力行驶的帆船被装了柴油发动机的船悉数取代。轮船的吨位和运力也达到了最高值。1985年10月,一艘二百七十马力的柴油机轮顶推四艘槽型铁驳船运载一千六百二十吨粮食远征上海,船舷贴近了浪花,而船速颇快,在一千公里的航程中,不时引起两岸的路人驻足指点。

我小时候坐过的"井冈山"号双层客轮,有三百五十个座位。在内河航道里,这样的客船算得上是巨无霸了。八零年代中期后,鄱阳和南昌之间除了日班船,还有晚间对开的夜班船,添置了比座椅更舒适的卧铺。1996年,鄱阳港引进高速快艇投入鄱阳至南昌的航线营运,速度比客轮提高一倍多,水位高时,一百三十五公里水路只需耗时三个半小时。这是鄱阳水运速度的最高记录。

作为七零年生人,我依次体验了鄱阳水路客运最后的三个阶段。

对于坐惯了民船和小客轮的祖辈和父辈来说,"井冈山"号堪称豪华。我对它的印象并不美好,一是拥挤,二是缓慢。三百五十个座位,几乎没有坐不满的时候,遇上年节,走廊和过道都会塞满乘客和行李,就同上班高峰时的公交车。公交再挤也就几十分钟或顶多一个多小时吧,"井冈山"的拥挤,在水满的夏季要持续五六个小时,水浅的冬季,则要延长一倍甚至数倍时间。

有年冬天从南昌回鄱阳,没买到座位,身体长时间被人群挤压在船舷的铁栅栏上,像块变形的橡皮泥,下船时几乎无法复原站直。夜间过鄱阳湖遇上风浪,船身剧烈摇晃,那边人墙山一样倾倒过来,这边浪花狗群一般撕扯着裤管。我身上又冷又湿,胃液随着湖面的倾斜而翻涌,最终从喉咙里喷溅出来。

这点困苦在我父亲看来倒算不上什么,他多次在拥挤的客轮上渡过一二十个小时。有时是因为搁浅,有时因为冬季水浅要绕道行驶,中途必须在都昌停船过夜,人就蜷缩着坐在船上熬到天明。

夜班船我也坐过多次,卧铺比座椅要稍稍宽松些,但速度和乘坐环境并无本质改善。"那种一行行排列的铺位潮湿而逼仄,空气里浮动着鱼腥、烟雾、困倦的气息和一张张蜡黄无神却相互戒备的脸。大多时间,我站在船头的甲板上倚栏吹风,那种造型很能营造壮怀激烈的感觉，它暂时压制了舱内的倦旅氛围，让我相信水的尽头有光辉的前程。整晚我只有很少的睡眠，下半夜舱内响起一片令人有安全感的鼾声，我躲在壁灯比蜡烛还虚弱的橙色光晕里翻一本小说集，让矛盾的情绪在晦涩的书页间达成妥协，不久我听到了模糊的涛声。那是船在水上赶路，又似乎是浪花在船底奔跑。"这是我对1993年夏天一次出门远行的记录。

真正具有飞跃性变化的是快艇，速度快，且内设空调。不过快艇出现时，鄱阳的陆路交通已呈加速度发展的态势。

以鄱阳到南昌这条线路为例，先前要绕道乐平、万年、余干、东乡、进贤，几乎途经鄱阳湖东岸各县，耗时六小时左右。2000年底，横穿鄱阳县北部的九（江）景（德镇）高速公路竣工后，汽车改走九景高速，到九江后再走昌九高速，这条线路串联起鄱阳湖北岸和西岸，总里程和东线差不多，但道路的品质却有天壤之别，客车也换成了带厕所、空调和液晶电视的进口大巴，一趟跑下来，也就三个半小时，和快艇的时间不相上下。

新世纪以来，快艇和大巴一个在湖上，一个在岸上，相安无事地并行了六七年。

坐快艇的好处，是可以饱览鄱阳湖上的泽国风光，但三个多小时到达的几率并不太高，枯水期耗时也在六个小时以上，对年轻人的耐心是严峻的考验。遇上台风等恶劣天气，则无法正常运营。

2004年8月，我们一家人冒雨从鄱阳出发回南昌，船都快从内河驶进鄱阳湖了，忽然在水面打起转来，原因是船长接到上级电话，一场名叫"云娜"的台风马上要过境，鄱阳湖上禁止一切船只通行。电话里说，"云娜"已在邻省造成多起船毁人亡事故。快艇只好掉头返航。我们改坐大巴，妈妈则一直等到台风撤离水运恢复后才来南昌。

这以后，我就有些厌烦坐快艇了。

水位的降低和人类活动的破坏让鄱阳湖也有些风光不再，一些珍稀物种在减少。小时候坐客轮常见到的江猪（江豚），已多年踪影难觅。

快艇的满座率在逐渐下滑，给它致命一击的，是（南）昌万（年）公路的开通。2005年初，纵贯鄱阳湖东岸的昌万公路正式通车，将鄱阳到南昌的车程进一步压缩至两个半小时。快艇的速度优势被彻底葬送。

这期间，县航运公司还试图靠速度比快艇更快的气垫船来挽救颓势，但这艘耗资四百多万的"飞船"只"飞"了几个来回，就因质量和地形不适应等问题停运了。

挣扎了两年多后，湖上的路最终被岸上的路取代，水路货运也大多转移到陆路上来了。

鄱阳湖上热闹了千年的水路，逐渐清寂下来。

一位经济学家说过，鄱阳在历史上的繁荣得益于水运，在近现代以来，却又受制于水运。船跑得再快，也快不过汽车、火车和飞机。鄱阳的经济转型，必须从交通模式的转型开始。

2011年，过境鄱阳的德（兴）（南）昌高速开通，它的建成把鄱阳至省城南昌的车程压缩到一个多小时。九（江）景（德镇）衢（州）铁路也规划妥当，乘了几千年船的鄱阳人，将在家门口坐上火车。

交通的演变改变了古镇鄱阳人的时间概念和生活节奏。我的关注点，仍离不开鄱阳湖。

近些年，与鄱阳湖齐名的太湖、洞庭湖等大型淡水湖相继出现生态问题，鄱阳湖这最后一湖清水的珍贵日益凸显出来。令人欣慰，又让人担忧。

在网上查找有关水运的资料时，发现外省一些地区都在为货运和客运轮船造成的机油和生活垃圾污染而头痛。这让我在心里庆幸鄱阳湖水运的适时衰落。如果等到污染形成恶果，再治理就麻烦了。

夏天随一个作家采风团去鄱阳，再次进入久别的鄱阳湖。参照岸上的地理坐标，那些熟悉的水道仍能隐约辨识出，只是大多已被水草和芦荻侵占。水浅处，白鹭踮着脚在觅食，嬉闹，晾晒翅膀。水深处，居然跃出江猪的脊背，它一耸一耸撒着欢前行，在船舷上惊起连绵不断的赞叹。

陪同的当地朋友说,近几年民间和政府的生态意识都有所觉醒,加上蓄水量增长,湖区生态较前些年好转不少,转场印度越冬的候鸟又回到了鄱阳湖。目前全世界百分之九十五的白鹤都在鄱阳湖过冬,天鹅多达八万多只。

因是夏天,无缘看见天鹅和白鹤,却赫然望见湖岸一座高六十米的高压电线塔顶端坐着一只比轿车小不了多少的鸟窝,一问,竟是国家一级保护动物东方白鹳的家。这种珍稀大型禽类,是近年才回到鄱阳湖安家落户的。

我站在船尾,眼睛望着那条以衰退见证着进步的水道出神。

游艇过处,浪花迅疾地合拢被船体切开的伤口。湖水平复如镜的皮肤上,除了鸟和鱼豚,不再有其他动物的足迹。

青春作伴去共青

一对在南昌实习的大学生用邮件发作品给我看，并诱惑说，他们在共青城的大学宿舍楼上能望见鄱阳湖，希望我有空去那边走走。

除了星子和都昌，没哪座县城能那么容易地望见鄱阳湖。他俩的散文都挺文艺，人也挺文艺的，在同龄人中算得上异类。

5月7日在家闷了一上午，突然想起共青城。

发短信给谢同学，问共青城有没有草洲。他答：有，但面积没吴城那么大。并好奇地问：你准备过去吗？他正想回学校交毕业论文。

我说：有可能。午饭后给了他确认的短信。他立即通知饶同学向公司请假一道陪我去共青。

见识过一次他们在一起的黏糊劲，当即电话约上自己的一位朋友，免得路上势单力孤眼巴巴地瞅着人家年轻。

一路上谢同学主讲，饶同学插话，介绍共青城和他们的学校。

其实不少情况我是了解的。许多年前，江西人都知道共青城的名牌鸭鸭羽绒服，也听说过这座城市和胡耀邦的渊源。1955年，98位上海知青来德安县米粮铺九仙岭南麓垦荒，在鄱阳湖西岸建立了一座新城，时任团中央领导的胡耀邦前来视察，先后将它命名为共青社、共青垦殖场。1984年，担任了中共中央总书记的胡耀邦第二次视察共青，赠名共青城，2010年共青城被国务院正式批准为县级市。

大概是2003年吧，还同香港文汇报的记者到过那里的宣传部，只是坐了一二十分钟就赶去了九江。

共青城位于昌九工业走廊的中端，离南昌和九江各 70 公里。车子在昌九高速上只开了不到一小时就望见了共青城出口。

进城的共青大道可并行七八辆车，中间用绿化带隔开，这些同其他县城没有多大区别。现在的县城，迎宾道都修得体面，进到里面则是另一回事。

共青城不是这样，越往市区走，越觉出它的好。不管是主街还是辅街，均有绿阴遮阳，基本是一二十年树龄的香樟和法桐，把阴凉撑得很高很阔。街区与街区之间以一方方清澈的内湖相衔接。虽然是周六，街上的车和人都很少，一些年轻的父母推着婴儿车在人行道上随意地踱着，他们的步伐越发衬出街面的静。

转了老半天也没见着一辆公交车和出租车，更不用担心堵车。饶同学有些焦虑，解释说：共青城有好几辆公交呢，还是双层的，数量少但起点高啊。出租车也是有的，且很便宜，两块钱就可以在市区随意转。

又指给我们看路边的高尔夫球场和一排排的服装公司，意思是这里如何现代和富裕。说不少九江和南昌的游客都会来这边打球，他们同学中有人课余来球场当球童，运气好时捡下球就能收到百元小费。

共青城连同下辖的甘露、金湖、江益三镇，常住人口共 10 万左右。据我的感觉，城区常住人口不会超过 5 万，把这些人散布在这么大的市区，自然有地广人稀之感。

朋友被市区的幽静迷住了，不停地说没想到共青城会这么好，这才是真正宜居的地方。

我也挺意外，一个有轻工业的小城竟会如此整洁安静，连一般县城都有的嘈杂和烟火味都没有。

细细想想也不奇怪，这毕竟是一座以青春命名的城市，由知青创建，市龄也很短，来不及沉淀太多的市井气息。尤为重要的是，眼下这座城市的主人，主要还是年轻人。

谢同学和饶同学所在的南昌大学共青学院就有学生一万多，南昌理工大学在这里也有分校，人数好几千。在路边还看到江西师大圈好的地，也准备来这边创办分校。

大学生是这座城市年轻人的主体，他们的生活形态和观念也影响着城市的风貌和性格。

饶同学说，共青城游客最多的地方是胡耀邦陵园。上班的日子陵园外都会停着许多车子。

赶到地处郊外的陵园一看，果有大小车辆停在大门口。三三两两的游客打着伞进进出出。

近了才知道院子有多大，像一座深邃阴凉的植物园。松柏、毛竹、橘树、琵琶树不是一丛一丛，而是一片一片地长着，绿化树和野生林木和谐地搭配，多了一些自然和野趣。这里的温度也似乎比城区要低几度。

很明显，在此处出现的不一定都是游客，有些人是专程来健身和呼吸负离子的。

一截小路的尽头，一把伞花状开在一条长椅上，四条腿在下边绞合在一处。我笑着问：是大学生吧？

谢同学说：肯定是我们学校的。

纪念馆地势较低，墓地所在的位置海拔却有39米，谢同学说：这是城区的最高海拔。

石阶坡陡，心肺弱的人或许要喘粗气。以墓的视角往前瞭望，是无比宽广的稻田与湖塘，没有任何建筑和地形的阻挡，视力好的可以看出十几里远去。

一个人如果总是这样俯瞰，难免会对脚下的土地产生深情。想起纪念馆那些文字说明。在心里感慨：人的心胸多是与位置成正比的，站得越高，关注的事物就会越宽阔。

一个人老宅在书籍中是无法获得真正的心胸的，还要借助高山的伟岸和湖海的浩荡。

问谢同学和饶同学：你们课余最爱去的地方是哪里？

他们答：鄱阳湖边。

在他们的指引下奔向南郊的鄱阳湖。一路上只见行道树不见行道人，七八分钟后，望见的其实是一片面积不算太大的湖汊，水面漂着浮萍和水鸟，车一逼近，浮萍逃不开，鸟却扑愣愣躲进天空，或踩着水往前冲浪四五米，又倏地没入水中，两分钟后，在你必须扭头的方位冒出个麻灰的小脑袋，继续悠然地戏水。

一座一千多米长的水泥桥狰狞地伸向对岸的老虎头。谢同学说，那是个漂亮的半岛，上面有小木屋，谈恋爱的大学生爱骑车去那里玩。

桥还只是骨架，不过小车可以勉强通过。

把车停在对岸，步行去岛上寻找大学生的伊甸园。

岛上灌木密布，多有半人高，还有金樱花的刺藤缠绕其间，基本无处落脚。不过两位同学却老马识途，身段比游击队员还敏捷，硬是从荆棘中找出一条黄泥路来，越走越开阔。

朋友也是大学刚毕业不久，走了这一路仍要感叹：你们可真玩得疯啊。

我笑道：南昌的大学生是圈养的，他们是放养的。所以南昌大学本部爱好写作的人少，这边倒是出了不少青春写手。谢同学曾是学校文学社的社长，饶同学是副社长。

几个农民散落在开阔处种棉花苗。向他们询问老虎头的相关情况，却听不太懂他们的方言。

路过他们几分钟后，果然发现一座歪斜的茅棚，墙壁和烟囱上的黄泥几乎脱落殆尽，随时要英勇就义的架势，应当是渔民或看林人的临时居所，熏黑的灶台上还剩着一碗饭，饭粒还是白的，用手搓捏，比砂石还硬。

我诧异地问：这不会是你们所说的小木屋吧。

饶同学还挺自豪：是啊，这房子就是木头做的啊，好多人来这里玩呢。

一瞬间就感觉到年龄的差别。20岁是什么概念？也许就是一种可以把茅屋想象成宫殿并敢于四处宣扬的自信。

鼠曲和小蓟从茅屋边的坡地一直朝下疯长，收不住脚一直长到风平浪静的浅水湖里。这湖也是鄱阳湖的一个港汊，但四野无人舟自横，比外湖更野更静谧，像是一幅山水画软软地铺在地上。

我们被湖吸引着快步向水奔去。

一大片毛绒绒同貂皮一般颜色和质感的柔软草毯拦住脚步，草只有膝盖那么高，完全可以趟过去，但你没有这个勇气。

这草太美太柔太温顺啦，风一吹，就波浪一样涌来荡去，又像一群没有骨头的古代舞女，从哪里下脚都觉得罪过。

这是我过去在鄱阳湖边从未见过的草种。谢同学和饶同学也说没见过，他们只在冬天来这里看过芦与荻，没想到春天这里竟完全是另一种景象。

我说：有了这片草，这趟辛苦就没白费。

谢同学也倍感欣慰。

大家顿时情绪高涨，纷纷以草地为背景拍照，拍了这个角度再拍那个角度，拍了自己再拍合影。湖的美倒是无人待见了。

回到城内时天色渐暗，还是开了20分钟车去九仙岭下看了看。这里曾是上海知青安营扎寨垦荒的所在，也是共青城的发源地。老知青回忆说，他们当年住着茅棚，白天开荒，晚上围着篝火唱歌跳舞，苦是苦，幸福指数却一点不比现在的年轻人低。

眼下的九仙岭没留下一点当年的遗迹。远远地望见，岭上正在修盘山公路，准备开发成度假村和风景区。

晚餐就在南昌大学共青学院门口解决，那里有一大排烧烤和排挡。这里一圈那里一拨基本都是校园里的学生。我们模仿学生的样子，吹着夜风坐在露天吸螺丝喝啤酒，忽然有一种1993年置身深圳街头的感觉。

那时我常和一位朋友望着满街的姑娘不住地赞叹：深圳真是年轻人的天堂啊。

回到南昌，急不可耐地请学生物的朋友帮我查清老虎头那条貂皮围脖的用材。

朋友是那种很认真也很严谨的人，不用短信用邮件回复我：湖边生长一片的是禾本科，早熟禾属的早熟禾。

我用百度搜早熟禾，有更详尽的表述：草地早熟禾属于多年生草本植物，须根系，具有根状茎，叶色诱人，绿期长，观赏效果好。适宜在气候冷凉，湿度较大的地区生长……

欧美一些国家常用早熟禾作园林绿化，不过可以想象，城里的早熟禾，再怎么修剪也不会有老虎头水边的那么妖娆。

我不敢邀请人去老虎头看早熟禾，等下次再去，南湖大桥肯定已入侵到那里了。

沙湖山访候鸟不遇

去沙湖山前查询资料和线路，才发现前几年到过，坐省摄影家协会主席的越野车去的。坐车的人通常不记路，还有一个原因，湖区的地貌和道路都很相似，跑的地方多了，记忆会发生重叠或错位。

那次记得牢靠的，是一湖天鹅。

真不是夸张，在沙湖山的蚌湖，天鹅白花花地浮满近岸的浅水区，貌似珍珠养殖塘里一排排椭圆的白色浮筒，也像是天上的白云被均匀撕碎抛洒到湖面，大雁和鹤的数量也很多，参差错落地穿插其中，不用单反和长焦，卡片机就能拍到。

与阵容的壮阔相比，更震撼我的其实是声势——声音的气势。大约在四五华里外，嘎嘎嘎、昂昂昂、呃呃呃的喧闹便从半空翻滚着涌来，呈倾泻状淹没了地上一切细微声响，再走近一点，人和人对话都要刻意提高嗓门。

黝黑软湿的滩涂布满夜间留下的带蹼的足印，那些比重很轻的绒毛被寒风吹拂着，在低空打着旋地流浪。

那是视野里候鸟最密集的一次，可惜淤泥太深，没办法靠得再近些。芦苇地里一团一团的干水草看上去很平整，踩上去就吱吱吱不断冒出水来，没有高筒雨靴根本行不通。也可惜卡片机虽能拍到全景，却拍不了特写。

2012年10月买了个70—200的专业镜头，"打"鸟虽不够——"打"鸟要十多万元的炮，但总比卡片机强很多，算是手枪换步枪了。然后等着气温下降。候鸟的数量和气温成反比，这是往年看鸟的经验。

气温降到七八度时，猴急地去过一趟矶山，带着几个没去过的朋友。结果只在湖区的水泥公路望见几只大鸟斜着身子飘过，失控的纸片一样。矶山四周的湖面上，鲜有成群的鸟。等了一下午长焦也没用上，换回17—85的镜头拍了点芦花。

可能天气还不够冷吧。

遗憾的是今年的芦荻也很少，去年冬天拍过的那一片红杆白絮的荻草荡然无存，被野火烧尽？还是秋天水位太高浸烂了根？矶山的居民似乎不关心这些，在村口建了几家简易饭店，接待那些开车来晒太阳呼吸新鲜空气的城里人。

来矶山的车一年比一年多了，岛侧的弯道上甚至还停着一辆身形庞然的大巴。

这使得我移情于沙湖山。

《九江日报》社的杨振雩在沙湖山垦殖场长大，后来后爱上写作，像牛反刍，把沙湖山往事吐出来细细地品嚼。反刍物中，不仅有候鸟，还有野猪、狐狸、獾等各种哺乳动物。他说少年时，野猪常在沙地上举行阅兵式，蹄子碰蹄子模仿金戈铁马之声。有位放牧人追赶一只掉队的野猪，结果被反被野猪顶翻，掀起，摔倒，如是者三，若不是杨父等人赶到解救，怕是会摔成一只破麻袋。杨振雩的父亲年轻时，沙湖山还惊现猛虎，偷食过农户猪栏里的猪，作案现场血流满地肝肠狼藉，他还曾隔着宽沟同对岸的老虎打过照面。

150斤的乌龟，十几米长的大蛇，也是他父亲亲眼见过的。

到了杨振雩这代，印象最深的还是候鸟，因为晚上常被它们吵得没法安睡。生产队成立狩猎小组，用鸟铳和雁排子（排铳）打，一担一担地挑到外面去卖。有个叫毛爸的打雁能手，打下来的雁，羽和绒毛高价卖掉，雁肉留下来自家吃。雁肉太补了，他的6个儿子一个个吃得健壮如牛，力大无比疾走如风，就差长出羽毛飞起来了，只是一个个爱流鼻血常遭人笑话。有次放雁排子炸了膛，雁没打下来半只，把毛爸的喉咙炸出一个窟窿，医生在那里补了块什么东西才勉强保住了命。毛爸从此不打猎了，每次抽旱烟时，那个没完全堵死的窟窿就会袅袅地冒出烟丝来。

最近的传说也都是二三十年前的事了，我不奢望遇上老虎和大蛇，真碰上估计也是叶公好龙。对于沙湖山的生态还是心存希冀。那样荒蛮的地方，肯定还是动植物们的主场。

地图显示，沙湖山虽属星子县地界，其实就在吴城北边，就是那个曾让我被天鹅震撼过的湖汊。

舍不得冒然前往，也舍不得私自享用，等气温降到了零度的一个周末，带着家人一同出发。

从艾城收费站下九景高速，经星火化工厂，二十多分钟就到达恒丰农场。现今鄱阳湖边的农场大多已乡镇化，布局与面貌同平原上的集镇没什么两样，农家小超市多，三轮车多，卖甘蔗的多，洁面塑料袋多，垃圾多。

恒丰农场比较有特色是棉田，一大片一大片地铺展在公路两侧，枝干的赭色的和残絮的白色温暖着深冬冷色的田野。

棉田旁的电线上落满色泽黑亮、体型肥硕的乌鸦。近二十年几乎未在江西见过乌鸦，如此众多的乌鸦更是见所未见，它们成群地在棉田里起落，可能在捕食棉铃虫和地老虎吧。

本想停下来拍张特写，又想天色不好，还是先赶去拍候鸟回头再来。

路上还有几山坡的茶园，低矮紧致的茶树一排一排顺着山地的弧度无尽地延展，齐整得如同用理发推子修剪过。

穿茶园，翻过一道圩堤就进入湖区。满眼都是收割后的稻田、翻挖过的藕塘和水退后露出烂泥的港汊，简易公路就修筑在圩堤顶上，宽度仅够会车，弯弯曲曲绕着河沟走，十来公里开了近20分钟。

"沙湖山管理处原称沙湖山乡，2001年11月撤乡并镇，更名为星子县沙湖山鄱阳湖湿地保护区管理处。管理处辖长湖、马颈两个湿地保护站。长湖站下辖下西湖、阁老、荷叶圩、上西湖、莲花塘墩、夜聒墩、黄土港7个村庄，马颈站下辖柳树潭、龙潭湖、八里垱、上八里垱、下高头、上高头、马颈7个村庄。

沙湖山管理处总面积 28.8 平方公里，湿地保护面积 21.8 平方公里。全处耕作区内由 12 公里的圩堤围垦而成，有 15 个村民小组，总户数 835 户，人口 4700 人。全处粮食作物以水稻为主，年产 4000 吨左右。经济作物以棉花为主，年产近 30 吨。养殖捕捞水面 4 万亩，年产鱼虾 800 吨……"

这些是从官方网站看到的，大多是前几年的数据，不知是否准确。

管理处所在地像个废弃的小村镇，屋舍稀稀落落，不少是简易的长条形宿舍。可能是出于防风的考虑，基本是水泥平顶，有的住着人，有的完全荒废，从门板的破损处蹿出半人高的一年蓬来。管理处的院落稍稍气派些，车子开进去打着转，并没人出来过问。所有的房子都门窗紧闭，水泥地上歪着一辆旧轿车。寒风在法国梧桐的树梢呜呜呜地寻找着敌手。不知是周末的原因，还是这里本来就没住几个人，天太冷都窝在屋子里烤火睡觉。

穿过房舍间的空地开到湖边，并未听到当年的鸟噪，高高的观鸟亭里也没一个观鸟者。

湖滩上朔风遒劲，把人抽打得像陀螺一样原地乱转，手也基本拿不住相机，几分钟指端就会失去知觉。家人有受骗的感觉，用羽绒服的衣帽和围巾把自己裹得像两个大毛线团子，望远镜都不愿掏出来。

远处的湖面其实是有一群鸟的，大约三四十只，只是距离太远了，用望远镜也只能看到轮廓，同预想的天壤之别。

两只鸟从高空匆匆掠过，用 200 毫米焦段摘下，放大细看才辨出是白色的鹤。

我连声道歉，打算靠口述复原我曾见过的画面作补偿，但风实在太冷了，在湖边呆了十多分钟我也顶不住了。

村旁有个大牛圈，被牛粪涂得油黑的场院外堆着两座高大的长方体草垛，退到这边，能望见几千米外在草地上蠕动的几十头牛。它们取代候鸟成为湖边最壮观的移动风景。

女儿颇感无趣，追赶草垛下肥得跑不快的土鸡和家鸭。

一滩比膝盖还高的半干牛粪堆在草地边，它的用途成为我们打发时间的谜底,是直接运到田地里做肥料?还是拍成牛粪饼晒干做燃料呢?没人公布标准答案,因为老半天也没等到一个当地人路过。

沙湖山居民本来就少,这么冷的天,留在户外的都是嬉闹的儿童,鼓鼓囊囊的棉袄外罩着防脏的大围裙,如同我们幼时的装扮。

好不容易在某户门口遇上个穿蓝布旧衣的中年人,问他哪里能看见候鸟,答曰今年候鸟至少比往年少了五分之四。追问原因是否和水位太高淹掉了草根有关,我隐约记得候鸟很爱吃苦草等植物的球茎。

他不置可否地笑笑,说原因很复杂。语言和表情的潜台词都很丰富。

那时才下午4点多,一边往回撤,心里仍有不甘。路过马头新村时,见一伙人在锯夹道的高大杨树,停车求教哪里能看到候鸟。其中一人卷着舌头瓮声瓮气地答:树上有很多鸟呢。另一个好奇地问:你是捕鸟的吧?

驱车继续前行,村口站着几个袖着手说话的老人,问他们砍树的是北方人吧,老人证实真是一伙来这边做生意的江苏人。至于候鸟,他们说有是有,在很远的湖里,没船看不到。

经过一个下午的心理震荡和调试,期望值从拍候鸟降低到拍乌鸦了。

5点左右赶到恒丰农场的棉田,棉田和电线上连一只乌鸦都不见了。消失得彻底且不留痕迹,比从电脑桌面上删除图片还干净,以致于我怀疑此前看见的是否幻影。

两天之后去墩子塘菜场买菜,这个南昌最大的菜市场和野味批发市场长年有野猪、麂子和羊肉出售。

野味区的过道里有人在交易一种像鹅的禽类,货装在镂空的塑料箱子里看不清全貌。随口问一句:里面装的是什么?人家警觉地瞟我一眼,没理会。

在另一家店的角落,它的同类关在笼子里待售,像鹅,不过额头扁平没有隆起的肉赘,尾部呈流线型,那眼神,也透着野生禽类才有的清澈和懵懂,清脆短促的鸣唱更不像鹅。忽然想到了,是大雁!

店主在我买了四斤羊肉后才放心给我交底:绝对野生大雁,湖区农民用网捕到的，这段时间抓得松一些，想要的话 380 块一只给你。并强调，抓得紧时七八百一只都进不到货。

雁在笼子里喝水吃草根的样子还算淡定，不像是待宰的囚徒。它们究竟是野生大雁，还人工养殖的家雁呢？

商贩的话即便赌咒发誓也有一半是假的。

如果不幸她这次说的是真话，那么前两天的失望就演变成了一场荒谬的悲剧。

就好比你去乡下拜访一个纯洁守法的朋友，她不在家。你回城后，却在大街上同她不期而遇：她正被关在囚车里急匆匆运往屠宰场。

她还不知自己将成为人家的俎上肉，你也想不明白，那么无辜的人怎么会落到如此的下场……

鹤翅下的鸦鹊湖

知道鸦鹊湖的时间有多长，我对它的忽略就有多久。

1991年冬天第一次到鸦鹊湖时，记住的是它的空阔与荒凉。从油墩街通往鸦鹊湖的机耕道，残破虬曲，布满碎玻璃似的小水坑，平均四五里路才能看见一个小村落，泥路两侧，除了稻田还是稻田，收割之后的空漠浮荡在鄱阳湖平原上，让人想起传说中的北大荒。

有天晚上在鸦鹊湖中学一位朋友家里吃过晚饭，骑着自行车往油墩街赶，冷雨斜抽着地面，一路上遇不见车辆和人影，只能借着依稀的天光赶路，当前方的黑暗中传来几声警惕的犬吠时，竟然倍感亲切和振奋。

在油墩街教书的两年，曾数度去鸦鹊湖。春天的野草翻卷着身子疯长，一直从圩堤脚奔涌到湖边。那时并不知道，其中一种叫做藜蒿的猪食草，后来会成为城里人餐桌上的珍品。眼下，在南昌的餐馆里，大棚养的藜蒿也要卖到20元一盘，野生的则有钱也难买到。

南昌人若是知道鸦鹊湖人怎么吃藜蒿，一定要羡慕得晕倒。腊月过后，鸦鹊湖随处可见野生藜蒿，当地人像扯草一般随手薅几把，回家堆放在阴凉处，再浇上些水，藜蒿就在屋子里继续生长，想吃了就摘些用出来用腊肉炒，边吃边长半个月都不用买菜。

夏天去鸦鹊湖，记住的是它的蛙鸣。

鸦鹊湖的稻田里到底掩藏着多少青蛙？估计要用天文数字来计数。夜间淌着月光在田垄间散步，蛙声大得像擂鼓，远远近近，高高低低，惹得你血温上升，心跳加速，像是喝了半斤白酒或置身迪斯高歌舞厅。

那时也知道鸦鹊湖是鄱阳县的大粮仓，因为那是个稻子比青草还茂盛的地方。后来回城在报社工作，还宣传过那里的几个种粮大王。男的有范干才、田广生，女的有高喜凤。不过最近才了解到，60年代初省农垦厅在鸦鹊湖一带的鄱阳湖边组织围垦时，鸦鹊湖就已享有全国性的知名度了。

那时正是举国闹饥荒的困难时期，哪里有粮，哪里就会成为人口的吸铁石。据说，在当年徐州火车站的墙壁上，有这样一句标语最响亮：要想吃饱饭，请到江西鄱阳鸦鹊湖。

闹粮荒的年代早就过去，国营鸦鹊湖垦殖场的牌子仍然保留着，不过对外联络已主要以乡政府为名目了。目前，鸦鹊湖乡仍有耕地面积22227亩，年生产优质稻20770吨，每年向国家提供商品粮18340吨。有千亩种植大王2户、500亩种植大户27家、50亩以上种植大户126家。

1991年我就注意到一个现象，鸦鹊湖下辖的下岸、高家圩、新建、春前、鸦鹊湖、独山、大牛湖等7个行政村中，居住的并不全是本地人，有的还讲着好听的普通话。也是在最近才弄清楚，他们其实是来自江苏、安徽、四川、河南、山东等省的移民。鸦鹊湖垦殖场最鼎盛时，人口有1万8千多人，其中外来人口占到一半左右，90年代之后，才陆续迁回原籍。

这些外籍人带来了人口的倍增，也带来了各种文化的杂糅，造就了鸦鹊湖人极具包容性的胸怀和开放性的视野。早在六七十年代，鸦鹊湖人的生活方式就具备了城镇化风格，这是鄱阳的其他乡镇所无法比拟的。

我开始有计划地环着鄱阳湖行走时，鸦鹊湖的朋友告诉我，其实他们那里才是看候鸟的好去处。

我将信将疑。在此前的印象里，鸦鹊湖似乎是有很多鸟，它的得名据说就是因为那里有许多乌鸦与喜鹊。一位当地的朋友十多年前就曾随意地提到，他们吃野禽比吃家禽还方便。但那时，似乎还没有人着意提到看候鸟的事。那时，候鸟的概念还没有像现在这样被生态学家一再强调，看惯了候鸟的鸦鹊湖人也丝毫没有感觉候鸟会比留鸟精贵多少。

到过与鸦鹊湖隔河相望的银宝湖后，我决定利用在鄱阳过年的时机去看看被自己长期忽略的那部分鸦鹊湖。

2011年2月6日上午10点多，和剑权、填金一道从县城出发，一个小时后到达柘港。一个回乡过年的南昌朋友留我们吃午饭，然后去柘港中学随意走了一圈。

沿着旧景湖公路一直往北，不到20分钟即到鸦鹊湖路口，道路分叉处有巨大的路牌指示往鸦鹊湖左拐。

最初的路段，两侧的房屋密度远远大于十多年前，时常让我有迷路的担心，不过机耕道全翻修成了水泥路，车子只开了十几分钟就到了鸦鹊湖中学，再开七八分钟，就直接撞进了水泥路尽头的乡政府大院。院落很大，里头修建了四五块篮球场，一伙精力过剩的年轻人聚在一起劈劈啪啪地赛篮球，更小的孩子则在空地上玩滑板。

还没到上班的日子，办公楼阒无人迹。副乡长卢永昌从院外赶过来迎接。我在油墩街中学教书时，他在学校读高二，以笛子独奏闻名全校。那时他常来我的房间聊音乐，当时还受邀去他老家下岸村玩过一次。

天色不早，没有寒暄就直奔独山。从独山开始，一条一二十里路长的圩堤把鄱阳湖水阻隔在外，堤内是围湖垦田时留下的万亩良田。看候鸟，车子必须从独山上圩堤。

车子驶离集镇，立刻就有回到十多年前的感觉。四周除了水田还是水田，连稍稍高大点的乔木都看不到几株，路上人也很少，基本不需要会车。

因在县教育局工作的朋友张能清要从银宝湖赶来会合，我们在独山渡口附近拍照逗留。几艘贴着红对联的渔船在水面上并排泊着，船主正头顶着头拢在一起分鱼。卢永昌说：去买几条晚上吃的鲜鱼来。用当地土话冲湖上喊一嗓子，一位渔民就划着小船过来把我们荡了过去。

大船的舱隔里，满是刚捕上来的青鱼和鳜鱼，一侧的舱壁上挖了空洞连通湖水，再用细网缝上防止舱内的鱼跑掉。

卢永昌取来一个网兜，往舱里很老练地一舀一提，网兜里就扭动着一只肥硕无比的花斑鳜鱼，用秤一么，足有近6斤重。虽值正月，价格也才20余元一斤，比城里便宜了近三分之一。从秤上取鱼时，鳜鱼的背鳍和胸鳍猛然炸开，锋利的硬刺在卢永昌的手臂上划出一道血口子。卢永昌满意地一笑：还真是野生的，家鱼没这么大力气。

这时能清已从银宝湖那边坐渡船过来，从南昌回鸦鹊湖过年的祥子也开车赶到。三路人分坐二辆车子，顺着圩堤往苍茫处开。堤面还算平整，但车速快不起来，开在前面的车子不时停下来，用手势提示堤外的湿地上有动静。

冬季的鄱阳湖湿地深褐一片，草洲和浅水洼不规则地分布其上。仔细看时，这褐色里确实点缀着些白色与浅灰色的活物。

祥子说：白色的是天鹅，灰色的是鹤。但卡片机拍不太清楚。

正要用望远镜看，卢永昌催促道：这些不算什么，大规模的还在前面。

果然，越往前走，鹤和天鹅的数量就越多。在一处只住着两户人家的水闸附近，灰鹤的数量多得数以百计。它们散落在人的威胁够不着的距离之外，或低头呷食，或踱着脚散步，步态从容而高贵。从望远镜里看，灰鹤的体积远超出想象，似乎要赶上鸵鸟的体积和厚重感了，让人怀疑那么庞大的身躯能够飞起来并进行长途迁徙。

剑权、填金虽是土生土长的鄱阳人，却是第一次看见候鸟，情绪难免有些激昂。剑权伸开双臂作势要往湿地上冲，并朝着空气哦哦哦地高喊。

几只灰鹤张翅后撤了几米。祥子也高声作恐吓状，灰鹤滑翔着起飞，然后像突然绽开的花朵，一下子开满了天空，在气流的托举下，不断向上飘升。

在灰鹤的视界里，鸦鹊湖的栗色田畴变得倾斜，我们这些陷入惊呆的人类，迅速地，向下缩小为几个微不足道的小黑点。

湖边的银宝湖

　　十多年前，曾带一帮高中学生去过鄱阳湖边一座名叫独山的小半岛。那时我对自然山川远不及现在有兴趣和敬意，去到独山，仍被那一片平整的草洲镇住了，它开阔似草原，草的密度、湿度和肥美度却远胜过草原。

　　当时我想，如果空运一群北方的马过来，那些马无一例外会控制不住食欲撑爆肚皮。没有人做过这样的实验。不过当地人说，随便插一截树枝在草洲上，过不了多久真会发出新芽来。

　　风吹草低，我们穿着花花绿绿的衣服散落在浓密的草丛中，奔跑、吼唱，然后，用胶卷留下和春草一样鲜美的青春记忆。

　　当时是从油墩街骑自行车经鸦鹊湖垦殖场去的独山，因此，长期误以为独山是鸦鹊湖的一部分。

　　许多年后，当我细细筛查鄱阳湖边的好去处时，才有人纠正我，独山虽然离鸦鹊湖垦殖场很近，其实是银宝湖的地盘，只是被西河隔到鸦鹊湖那边去了。

　　三四年后的夏天，去银宝湖集镇住过一夜。只是采访任务在身，注意力全在人与事上，没有闲暇去集镇之外的地方。

　　2010年10月1日回鄱阳，特意走昌九高速，然后转道九景高速专程去了一趟银宝湖。从南昌出发两个小时后，在都昌的中馆下高速，在那里会合了从鄱阳县城赶来的朋友能清，车子再开半个小时，就到了银宝湖集镇。

银宝湖是能清的家乡，十多年前那次过来，也是他领的道，还去他父母的老屋里坐了坐。这次的探访，也是他力邀的成果。

鄱阳湖渐渐为旅游界瞩目后，能清的家乡情结常使他心理有些微的失衡。大家知道永修的吴城是看候鸟的圣地，鄱阳白沙洲的名气也渐渐大了，吸引来不少外地游客；但是，银宝湖似乎始终是寂寞的，不仅来的人少，名声上也很寂寞。

能清说：其实，要看候鸟，不到银宝湖是可惜的。他老家门外的湿地，一到冬天就是候鸟的天下。飞起来遮天蔽日，落到水里就像繁星点点。

能清的描述很有鼓动力，秋天还没有深，我就迫不及待地来了。

能清是鄱阳教育界的名人，家乡的朋友自然要奋力表达招待的热情。沾他的光，在他一个朋友家里享用了一顿地地道道的湖区土菜：野生鳜鱼、野生黄鳝、土鸡、土猪肉，还有土的韭菜、青菜、豆腐等等，和酒店里的味道果真相去甚远，勾起人对最纯正的乡村美味的记忆，用餐的过程就仿佛用是用舌头和唇齿缅怀童年。

候鸟却是看不到的。

主人们一边表达热情，一边遗憾地表示：来的不是时候，冬天来可以看到天鹅、大雁和白鹤；春天看以看油菜花遍地流淌的金黄，比婺源的一点不差。

在既没有候鸟也没有油菜的季节，银宝湖人对我捧出他们的鸣山。

鸣山就在集镇外几华里处，海拔虽不足 200 米，却是鄱阳湖边上少见的高山。环鄱阳湖地带尽是低矮的平原，这 200 米的身高也就成了银宝湖人的骄傲。

至于山的得名，似乎可以追溯到古代。那时山上多松柏密林，湖边四季风大，吹得松涛经久不息，似乎山在鸣唱，山因此被命名为鸣山。

眼下的鸣山松柏稀疏，因此难以在鸣字上名副其实。不过少了松柏的鸣山，却长出大面积的荻草来，没膝高，茂密而柔软，从山脚涌荡着铺向山顶，麻黄黄的有了美国西部的色调，零星的松树就像是荒原上一些供人纳凉的巨伞。置身其中拍照，竟天然地有了艺术照的效果，不需要后期制作就可以直接拿去参加摄影展。

上山的路也是"走的人多了也便成了路"的那种，全无人工规划修饰的痕迹，虚线一样，时断时续地顺着山脊的起伏和扭曲迤逦而行。

如果只有这些好，鸣山已经能够撑起我对银宝湖的期待了。

它的更好处还在于它的视野。

因方圆几十公里尽是平原地带，站在山顶，看以尽览四面八方的远近景观，西边是从安徽流过来的西河以及它汇入鄱阳湖的入湖口，河对岸是独山；北面是浩渺无边的鄱阳湖；东北面是都昌县的几个村落；南面是银宝湖集镇和散布四周的一些村落。村落大小不一，均被密林和湖塘簇拥着，彼此连缀以水泥和黄泥路。村落之外，是金黄无边的稻田。

陪同爬山的乡长指着西河边的一块凹地说，元末朱元璋和陈友谅在鄱阳湖上大战时，那里驻扎过大军，鸣山也不例外，有迹可寻的古战场随处可见。

对于那场年代久远的战争我其实兴趣不大，这次来银宝湖的一个隐秘动机，是看看那场大战之后长期争斗不休的两个村落：鄱阳的银宝湖乡鸣山村和都昌南峰镇的余晃村。

鄱阳湖自古以来为数县所共有，县与县之间的水面分界相比旱地划界更为模糊，为争端埋下了隐患。

鸣山村的金家和南峰镇的余晃村相隔只几华里，就像狗的两只湿漉漉的鼻子，时时刻刻近距离地对峙，难免会有喘粗了的时候把热气喷到对方脸上。

600多年来，两个小村落因械斗死亡的人数达200多人，最近的三次械斗分别发生在1974、1976、1989年，动用土炮、双管猎枪、鱼叉、梭镖等武器，共造成20多人死亡。数百年来，生存环境相同、方言相同、习俗相同的两个村落却不通婚，不通商，甚至没有一条相通的道路。

近些年，行政管理理念和经济发展模式的转换也改变了人的观念,两个村落的世代恩怨逐渐化解。

眼下,两个村子不仅通了路,也通了婚,亲密得如同兄弟。

从世仇到兄弟,这两个村落在600年的漫长时间里,走过了怎样的曲折和悲欢?

这些比候鸟还吸引我这个远道而来的外乡人。

只是,晚上要赶到鄱阳县城,这个复杂的解谜过程,要留待下一次更深入的探寻了。

一边眺望美景一边问当地人,银宝湖乡为何赢得银宝湖这个很乡土很诱人的美名?

大家说法不一。

其中之一是,早年在鄱阳之外还有个金宝湖,先人们从外县翻过鄱阳岭看到鄱阳湖畔这一片美丽而丰饶的沃土时,脱口就说:那这里就是银宝湖啦。

乡长说,银宝湖不仅算得上鱼米之乡,还盛产棉花,一度是景湖公路边上的棉花集散地。

下鸣山时,遇见一对相依坐在坡上看湖的恋人。还有一个操外地口音的单身女子,我们拿捏不准她的身份。

远看时猜想,她可能时来抓早恋的女儿的,近了发现她的年龄不足以有谈恋爱的女儿。有人又猜她是来寻赌气外出的老公的。

擦肩而过时问询的结果却是:她是特意从都昌赶来爬山看风景的。

骑马去看香油洲

4月30日上午,暖雨一阵一阵地浇在鄱阳县城的高低建筑上。

楼房们表情冷凝,应声生长的是野外的青草。

首先想到的是香油洲。鄱阳湖边的草洲很多,吴城、星子、南矶等地我都去见识过。不过看了鄱阳土著摄影家李哲民拍的香油洲后,我怀疑自己也犯了舍近求远的错误。

李哲民的图片上,香油洲遍地紫云英,像是铺了无边的波斯地毯,牛们大牌明星一样淡定地走着红地毯,拨开花丛找草吃。

据说,旅游界已将以香油洲为中心的近百平方公里草洲命名为中国最美的江南大草原。

中国最美、江南、草原,这三个关键词组合出的商业蛊惑力无疑很惊艳,不过我更喜欢的还是香油洲这个湿润闪亮的诨名。

渔民们说,那一带的草长得特别滋润好看,像抹了香油一样,故名香油洲。

香油是又好吃又好看的东西,像抹了香油一样的草在渔民们看来,无疑是天下最肥最美的草了。

旅游的责任是勾引,摄影有可能骗人,渔民却没有胡乱抒情的义务。

午后阵雨变成阴天,去过香油洲的人说,雨后香油洲上路不好走。

还是忍不住出发了。香油洲在六至八月基本会淹没在水中,这次不去,下次回鄱将不知是何时。

鄱阳中学后的西门圩堤上已铺水泥路,圩堤一直通往双港镇,到双港镇后再去乐亭,出乐亭后向右再上圩堤。这段圩堤堤面较窄,也没有铺水泥,好在路程不远,就望见了名叫西山的渡口。

一辆县城来的的士停在堤上等人。几个唆着鼻涕的小孩在黄白相间的刺花丛中采食野草莓。渡船横在对岸,两三个渔民在这边的河边修理木船。其他没有人迹。

朝对岸望去,果然是苍苍茫茫的大草原,只是,不像抹过油的样子。

狐疑间,一艘插着小红旗的绿色铁壳船突突突从下游驶来,立在船头的人不等船停稳就稳健地跳下,我快步迎上去问路,答曰香油洲就在对岸的草洲深处,过河还要走许多路。这人身材挺直,面孔黧黑,恍然想起,他就是长山岛的村支书,前年曾陪外省作家去他家吃过鱼宴。

等我反应过来,杨支书已猫腰钻进的士绝尘而去。

铁壳船主说,此去香油洲还有十几里,他可以载我们,来回四百元。本想答应他的,见船身歪歪斜斜涂着湿地公园的字样,立时多了个心眼。

打电话向李哲民咨询,答曰:四百块钱纯属杀猪(杀猪系鄱阳方言,宰客的意思)。不要坐所谓的游轮,汽车开下圩堤,对岸的渡船自然会过来接客,来回只需四十。

车子沿着斜坡下到河边,渡船望见果然来接,连人同汽车一起走一个来回只需四十元,老船工还放出豪言:你几点转身我就等到几点。

车子上船下船的过程俨然又考了回驾照,一冲上对岸即撒起欢来。

原来这大草原上竟然有条红泥路,人工的痕迹不多,也就是走的人多了便成了路的那种。说白了就是草被碾压死后留下的伤疤,伤疤顺着草洲的地势,歪歪斜斜由低向高,翻过一道坡后就平展起来,绵延十数里后到达尽头的长山岛。

不过这路也脆弱得很，鄱阳湖一进入汛期，就会和草洲一起没入水下；即便是枯水期，天一下雨，也会泥泞难行。

车子疾驰一百多米即陷入坑洼起伏的烂泥阵，底盘不停进出刺耳的刮蹭声，幸好装了发动机护板，硬着头皮连三关终于上了硬质路面。

跃上草坡，顿然视界大开。

一片我从未见过的巨大草原迎面扑来，向左、向前、向右，你即便把眼睛撑得再大也无法穷尽边际。

比我在内蒙见过的草原还要令人惊叹。内蒙的草原虽然辽阔，但沙化厉害，地是干的，草是疏的，太阳是辣的，沙地上蜥蜴四窜。

香油洲不仅辽阔，而且生机勃勃葱茏一片，花草、鸟雀、昆虫都是一副无拘无束由着性子疯长的架势，草基本都有没膝的高度，野花的花粉也香得很浓很烈，你稍稍呼吸得深些，鼻膜就会过敏得发痒。云雀的声音堪比银铃，前前后后高高低低围绕着你奋力晃动，却很难看清它们的影子。一路上除了一群无人看管的黄牛，还有从车前横穿而过的野鸡，再也难见大型动物的身影。

铅灰色的积雨云把阳光挡在高空，让人可以舒服地松弛眼眶。

由近及远，香油洲的绿色由暖色向冷色逐渐过渡。你如果不停地朝远方逼视，地平线就会腾起一线潮润的绿雾。

外甥激动得竖着大拇指表扬我说：舅舅，跟你来这里真是来对了！

女儿对田野本无多大兴趣，出发后还为我强行拉她上车生了一路闷气，这会儿也顾不上横着眉毛示威了，拿着望远镜对着车窗外四处张望。

车子开到可以隐约望见长山岛身影的地方，前方又出现深泥坑，估计越野车都很难轻松越过。

这时汽车已处于草原的腹地，从高空俯瞰，定然像只钛银色的小甲壳虫；走出车外的人，则像是基本可以忽略不计的小蚊蝇。

香油洲的寂静里其实还潜伏着许多细小的噪声。

云雀是属于天空的。在和花草一般的高度中，每一束花瓣里都装满着蜜蜂的轰鸣，风一摇晃就会倾倒出来。一些既像蜜蜂又像牛虻的金色小飞虫，不时地向人的脸庞撞来，好像只是好奇，因为它们并不叮咬你。一簇一簇的草窠下面汪着一洼洼的沼泽，小鱼小鳅和更小的水生昆虫隐居其间，你蹲下身来，才能听见它们低低的呐喊。

香油洲的绿色里也蕴藏着美轮美奂的斑斓。

除了水菊，我叫不上那些小花的名称，水菊也只是鄱阳方言，书上的学名是鼠曲。清明时吃的绿色水菊粑就是用它的茎叶做的。也还有野芹、藜蒿、红军菜等野菜。花都不著名，但也都开得精致而卖力，杏黄、金黄、浅紫、绛红，细细辨析，颜色铺里的色彩这里都有。

只是遗憾没有见到地毯似的大片紫云英。

李哲民说，四月中旬才是紫云英开得最旺的时候。

也有可能，我没有到达香油洲最精华的部分。香油洲核心地带面积就有二十平方公里，远非半个下午可以穷尽。

可以肯定的一点是，看香油洲的最佳方式不是开车，哪怕是越野车。不仅是环保的原因，香油洲土质潮湿松软，能开车的地方极其有限。

也不是坐游艇，游艇能到达的只是外围和边缘。

要真切地倾听香油洲的呼吸，要么是背着睡袋步行，要么是骑马。最现实的是带着向导步行，最理想的自然是信马由缰。

说到底，人不管怎么伪装都是自然的敌人。只有马和牛才是草洲真正的知音。

它们闭着眼睛都能知道，哪里可以徒步涉过，哪里的花草不要随便惊扰。

雁翅打开新年的天

首次在冬季来到香油洲。

当然是奔着候鸟和芦花来的。我们三个，加上父亲和外甥，不同寻常的组合：一辆小车的最大容量，也是情感容器的里的主要容量，对于我，外甥即妹妹，对于2010年之后的我，父亲即父母。

沿途教小范认草叶上的白霜，之前她只在古诗里念过它的名字。天气很好，气温仍旧很低，十点多稻田里的冰仍冥顽不化。

吸取前两次刮蹭底盘的教训，车留在圩堤上，人坐渡船过河。

久雨新晴，洲上通往长山岛的沙石路还未干透，靠近码头的地段正在翻修，被推土机和运沙货车弄成泥泞一片。

夏季涨水后道路和草洲全都会淹掉，他们修路干嘛呢？加固地基以备水退后使用吧？

一上洲就发现几只苍鹭，零散地守候在大小不一的水洼边，展览馆里的标本一般凝然不动，苍鹭是鸟类中的懒汉，捕食时也不愿多动，选定位置就守株待兔，耐性奇佳地等着水下的鱼露出马脚然后一击致命，它因此赢得了"老等"的别名。

苍鹭体型高大，颜色灰白相间，远观有点像灰鹤。如果不是性情相殊还不易区分。

它们让我偏离道路陷入苔草阵，后面的人以为我发现了捷径，高一脚底一脚地尾随而来。

苍鹭不让我太接近，镜头刚够得着时就展翅脱离了。翅膀大得把整个身体铺展成一块飞毯,像被风托着原地缓慢地飘起,飘个十来米再挑处水边落下,瞬间又恢复成标本状。

香油洲的苔草在严寒中都是一副营养过剩的派头,修长、青翠、茂密,很容易吞没人的小腿。迎着阳光望去,满地银光闪闪,像是披了一层寒霜。

一群黄牛隐现草浪之中,成年牛埋头吃草,两只小犊子互相顶架嬉闹,玩累了就喘着粗气瞟眼路过的人,继而再闹,腚部翘得老高尾巴甩得老快。

苔草深处积水还是很多,脚一用力水就被挤压上来漫过鞋面,没有高筒套靴无法走远。

离渡船三四华里有一处高岗,矗立着几株苦楝之类的高大乔木。从那里能隐约望见长山岛,平展干爽的砂石路就在脚下,把满野的深绿一分为二,目测距离在二十华里左右。

整个草洲上只有两伙闲人,我们,还有几个上饶的摄影家,他们穿着高筒套靴扛着三脚架在湖湾边拍鸟。其中一位是我的老同事和朋友。此番来香油洲前向他打探过这边的近况。

时届中午,父亲说小范和外甥脚力不济,随便看看就回头。我的计划是日落再归。这时朋友从岛上叫来接人的面包车已过来了,车体破得像是中过两发炮弹,千疮百孔,保险杠随时要脱落似地斜挂着。容量却不小,里面塞了几个人,说还能上三个。父亲带着两个小东西挤了上去。

那条二十华里长的黄泥路上剩下我和周老师。

空阔得有些奢侈。

不过一点不安静,左右两边的草滩深处不时刮龙卷风般旋起一阵阵的鸟噪,隔得很远,音效却很好,连我都能听出来,里面既有大雁和鹤,也有天鹅。天鹅的身影比较醒目,白花花的一片,隔着五六华里都能望见。

顺着砂石路走了几华里,阳光的热度达到了最高值,空气也被烤得暖洋洋的懒得流动,在冬季的湖边,这种无风的艳阳天比金子还宝贵。

脱了羽绒服，甚至还想脱毛衣，已经来不及了，忽有鸟阵破空而出从头顶横穿而过，快得像是从云层里冲出的战斗机。

举着相机对着天空一通乱扫，居然是一排白鹤。

来不及逐次放大细看，一群大雁又列阵而来，肉眼都能看清它们的毛色和脚蹼，又是一通横扫。

三四次扫射之后，后来者以为相机是某种武器，通过泥路上空时有些队形零乱，有一波直接从正头顶冲过，按下快门时，我都感受到了它们眼球中的慌乱和呼吸的急促。

两百毫米焦段的镜头下，它们的每根羽毛都能分辨得一清二楚。

后来把这些照片贴在微博里，有人说大雁的姿态优美清晰得像是摆拍的，也有人说，天空的色彩肯定是后期加工过的，因为真实的天空不可能那么蓝，即便有那么蓝，也不可能蓝得没有一丝云彩。

可事实是，那天中午的天空就是蓝成了那副样子，一丝云彩和杂质都没有，它们的身影倒映到水里，把水洼都染成了一块块巨大的翡翠，一丝一毫的杂纹都没有。

等破中巴回头来接我们时，已经下午一点多。

长山岛村口新建了一处水上餐厅，在那里解决了中餐。餐桌上除了鱼还是鱼，唯一一盘青菜分量少得像是餐前冷盘。

饭前父亲在岛上转了一圈，见家家户户都端着大碗蹲在门口的阳光里吃饭，很亲切地回想起自己的童年，又见每个瓷碗里下饭的菜都是鱼，就判断出岛上菜地很少。岛上除了房子就是山，没有什么平地，蔬菜全靠去双港镇进口。

这个岛长得真好！父亲说。他的意思是，岛的轮廓浑圆柔和很适宜入画，两个岛夹持而成的港湾也很安静，即便外面起大风，湾里也不会有多大的风浪。

下午天空的色泽转向浅蓝，尤其是近水的天际，浅到了和水一样的色泽。

出岛不远的那条砂石路被水淹得只露出个脊背，远远望去，像是用毛笔描在水面的一条虚线。

只是这虚线也太长了，保守估计也有六七华里，我们沿着这条三四米宽的虚线队形散乱地往回走，望不到路的尽头，似乎永远也走不出湖水的围困。

这两年父亲养成了每天去芝山公墓看母亲的习惯，风雨无阻，隔一天都不行。这次来香油洲是被我强拉出来的，午饭后又催着要赶回去。

破中巴送摄影家去了，我们边走边等它回头。

东边的水仍旧像翡翠，西边的被阳光照得通体透明，近处像玻璃，远处像一堆散落的银钻，刺目地跳闪着晃你的眼。有船和水草的地方好些，没参照物的地方，压根找不出天和水的分野，似乎天空已下凡到湖上化身为水，和湖里的水融为一体，准备联合起来制造一个无边无色的迷魂阵。

如临幻境。父亲带着两个小东西走在前头，我和周老师不住地停下拍照，很快被拉下很远。

候鸟不断从头顶越过，多得像是从战场溃败下来的部队，依照我的脾性，真想停下来哪里都不去了，就在这条水天一色的鸟道上厮混。

可是中巴在父亲的催促下摇摇晃晃地来了，捡垃圾一样把散落在沿途的我们一一收捡上车。

坐垫破得露出弹簧，座位上方的拉手是断的，仪表盘边缘的螺丝也都锈迹斑斑。这车绝对是从回收站偷回来的。问司机车子是不是报废过的，他哼哼着作专注状不正面回答，开出不到两华里，突然冒出一句：车子坏了。下去躺车底捣鼓一阵，说是油箱边上的零件掉了，没法走了。

离渡船还有十多华里，父亲着急，我窃喜。

司机个头小小的，看上去五十多岁，样子不算刁滑，可朋友已帮我们预付了车费，钱一到手干活就少了动力。刚上车时司机就抱怨跑来跑去送我们划不来。父亲认为车坏是假，司机偷懒耍滑是真。

我情愿相信车真的坏了，没和司机争辩，带头下车步行。

司机满脸无辜地乞求谅解，父亲也只好认命，继续哄着两个小的往前赶。

我很快又被拉下很远。因为草洲深处突现一溜芦花，在斜阳下像一道柔美的霞光。

逐光而去，很快就淹没于辽阔的苔草阵里。越靠近芦花，地面越软越湿，奔到近前才发现芦花被一带浅水洼隔离，牛都很难过得去。我想，这也正是它得以幸存的原因吧。

更换多种曝光指数隔着十来米反复拍摄。回到路上时，前面的人已缩小成几个感叹号。

这时候鸟横越砂石路的方向掉了个，自西往东的多过了自东往西的，可能它们的主要栖息地就在东边的湖湾。其中七八只天鹅，朝着父亲的方向飞去，后来问小范，刚好从他们头顶上经过，翅膀扇动空气的声音都听得到。

这天我唯一没拍到的正是天鹅。

周老师笑我自作聪明，如果循规蹈矩跟着大部队走，正好就赶上了那队天鹅。

正懊恼着，身后响起发动机的喘息和金属躯壳的晃荡声，那辆装死的中巴又复活赶了上来，司机说：车子装了几个螺丝又能走了。

这时外甥正在耍赖，把父亲磨得浑身发燥。车一来顿时柳暗花明。

我问小范：今天的经历像不像那个人在囧途的电影？

小范也累得东倒西歪的，微翘嘴角苦笑，对意料之外的逆转表示欣慰。

破中巴究竟是真坏了，还是被朋友骂回来的，始终不得而知，不过这天唯一的阴影总算烟消云散。

过渡回到自己的车上后一切顺畅，赶到县城的餐馆时夜幕刚好垂落，妹妹和妹夫也正好赶到。这是和大雁、白鹤、天鹅、芦花、蓝天以及亲人度过的接近完美的一天。

这天正好是1月1号，2013年的开篇之日。

错过天鹅的遗憾第二天也得到弥补，回南昌车过进贤县的金溪湖大桥时，不断有鸟阵掠过桥顶，坐在车里用200毫米焦段就能拍到特写。

一口气拍了四五组，清一色全是天鹅，它们逆着强风从头顶缓慢地飘过，像是一枚枚白色的补丁，给新年的天空补齐了最重要的一种色彩。

还 乡

一

春天是我的第一个故乡。

这绝非夸张的书面修辞，至少近几年来是如此。我真切感受到这个季节对我的强力控制。如果没有细致地深入春天，这一年就会留下黑洞，其他季节过得再好都填补不了。

非常想实践的是，整个春天就居住在春色满园的地方，什么也不做，埋下头像花与草那样同节气一起呼吸。

今年还做不到这点，工作和家庭缠绕着我，这个愿望眼下还过于奢华。不过认真地回一趟春天肯定是没问题的。

从冬天开始，就感到一股力量在身体里纠结，催促我不停地隔着日历往前打探。

偏偏今年春天较往年到得更迟，年后去县城郊外，油菜还是绿绿的矮苗。此后，再三叮嘱居住在季节第一线的朋友，替我严密监控油菜和桃树的动态，一旦有开花的迹象，立即短信呼叫。

朋友们对春季的态度大多比较散漫，有人容易花粉过敏，有人嫌弃它的潮湿。也有真喜欢的，但不至于中毒。即便和我一样生于春天，也不会把这个季节上升到故乡的高度来惦记，更不相信我对春天的想念真有口头表述的那么急切。

多次询问未果后,我不再信任他们的忠诚,自己通过电视和报纸窥测信息。腊月过后,气温始终徘徊在4到7度。雨虽不大,但一下就近20天,漫长到了似乎要省略春天直接跳跃到初夏的程度。

2月最后一个周末,终于失去了守候的耐心,冒着雨就出发了。目标是远郊一个叫罗亭的小镇。晚报旅游版说那里有座千亩桃园,根据去年的花期推算,现在差不多要春意闹枝头了。按文章的提示,坐上一辆3位数线路的远程公交车。车子脏旧,过道堆满新农具和一些用途不明的物件。它闷着头往城北开,乘客表情麻木,昏昏欲睡,压根不像是要开往春天的样子。

一小时后到达罗亭,果然打听不到传说中的千亩桃园,只有一个店主在我买了他的蛋糕后随手往高速公路方向一指:"你往那边去问问,路边好像是有一些果园。"

一根只熟悉钱币的指头将我引上更远的歧途。因为高速路离小镇有几里路,因为几里路之后,不仅没有果园,也不再有人家和行人可以问路。

我撑着一把只能遮住脑袋和半个肩膀的伞,呱嗒呱嗒走在茫茫无边的雨阵里,鞋面和胳膊很快就淋透了。

湿,不过一点不冷,手臂的皮肤率先复苏了对春天的记忆。

高速公路的每个小坡后都有可能藏着一千亩桃花,这让我一口气走了七八里路。不断有小轿车、大客车和巨型货车冲锋舟一般在身侧破浪狂飙而过,这加剧了身体的湿,也加剧了血液的热。

对高速路失去信心后,又穿过一片山林,转到一条柏油公路上往回继续搜索,除了几株暴着绿疙瘩的梨树和一片水汪汪尚未翻耕的稻田,什么也没发现。

在比我还一根筋的雨中徒步了近3个小时后,我招手跳上了一辆去市里的中巴车。

回到家,脱掉湿重如铠甲的外套、牛仔裤、户外鞋和浑身的累,原本以为会很沮丧,洗过澡缩进被窝,情绪居然有些愉快。想想也是,许多年了,没有一个人在春雨中行走过这么久。那种四野除了雨声和心跳什么声响也没有的静寂，那种春雨轻柔地迸溅到面颊和手背上的温润，它们在我心里的位置，并不比一座桃园低多少。

桃花还是不可能放过的。

3月10日至13日，被单位关到鹰潭龙虎山一个叫九曲洲的山庄搞主题创作。带着被囚禁的心情去，竟意外地发现院子里有一大片梨树和桃树。梨树只有几株绽放了白花苞，桃树已开成了灿烂的一片。

桃花是花卉中的民间秀女，不名贵，但平易可人，在早些年的江南乡村，许多人家的房前屋后都能见到。桃花的粉嫩花瓣是春天的重要信物之一，如此大片的桃林却从未见过。无法言说突然直面这一大片开得正闹的桃花时心里的震撼。我只是像个花痴一样，中午去了，下午又继续去，把工作彻底忘在了宾馆里。

山庄里的人对它们早已习焉不察，我在桃花下逗留时，四周空旷无人，只有蜜蜂嗡嗡嗡嗡地在花瓣内无休止地起起落落。我尽可以肆意妄为。像肺病患者那样下意识地大口大口吞咽花香，用鼻子探向花瓣与蜜蜂争宠，还不时把相机举到对面为自己和桃花合影。

那天空气晴热，花瓣被光线映照得粉红里透着白皙，在湛蓝天空下显得格外明艳和热情，像是真的被太阳点燃了。十多树桃花，在直径数千米的静谧中噼噼啪啪地燃烧，一边迎着阳光怒放，一边随着软风凋谢，让人想起童年，想起前生，想起人世间许多转瞬即逝的盛开。

第二日天气转阴，花瓣颜色湿暗下来，呈现出另一种柔媚。我无法掩饰自己的热爱，几日来整天与花厮混。早晨去给花拍照，中午在花下打盹，下午去花间散步。夜晚回到房间，仍在相机的显示屏上与桃花耳鬓厮磨。

桃花已开，油菜的花期也就快到了！

几日后打电话给婺源的朋友，我的推测得到验证。不过我要去的江岭是山区，花期比平原地带稍滞后几天。朋友说，再等半个星期就全开了。

桃花已经点着了身体里的发动机，我不可能挂着空档在等待里煎熬三四天了。一天都嫌长。放下电话，收捡好几天的衣物，背起军用旅行包直奔长途汽车站。

婺源保留着江南最纯正的春色，江岭又是婺源春色最经典的地点。近几年去婺源已不止三四次，因错过油菜花期，江岭一次也没上去过。

下午两点多的大巴，抵达婺源县城时天色已暮。饭也等不及吃，就让朋友叫车送我去江岭。路上遇山体滑坡，加上在新修的高速路上迷路，几十公里路程耗费了两个多小时。因为江岭在前面，因为春天的心脏在不远处的山坳间勃然跳动，我享受并记住了这个忍着饥饿走弯路的夜晚。车子在没有路灯和声响的夜色中沙沙地奔驰，前灯的光柱不时把白墙和沉睡的油菜从黑暗中冲洗出来，我心情雀跃，模仿小孩把手掌伸向窗外和风握手。

到达山上的江岭农家旅社时，山和村民大多已经酣睡。我站在房间里吃苹果时，闻到油菜花的暗香层层叠叠地从窗口浮上来，还有溪水在山林间随意流淌的清音。

从来没像这个早晨起来得这么早过。因为晚上基本就没怎么舍得睡，闻花香，听泉声，仰着头眺望模模糊糊的山影，等窗外的山影从朦胧混沌变成清晰的黑白剪纸，最后又着色为立体斑斓的油画时，时间就到黎明了。

一口气从旅社所在的村落爬上山顶。我以为自己是最早的，其实早有一拨拨的摄影家捷足先登了。他们大多来自广东和北方，和我一样住在山腰或山脚的农家旅社里。站在摄影家选定的位置往下看，无论哪个角度都是好图画。从山顶到山坳到山脚，开满油菜花的梯田一层一层往下铺展，中途被几个白墙黛瓦的村庄阻隔了一下后，流泻的速度似乎更快了，就如同是倾覆了装着几千吨金黄色颜料的油漆桶。当地人说，光是我看见的这个山坳就有好几千亩油菜。

村落的乳白炊烟给这个有着天上人间之称的山乡增添了许多仙气，在另一个村落后面，我找到一处桃花、梨花和油菜花交响辉映的斜坡，大片的油菜像是画布上的底色，两株高大的梨树使出吃奶的劲，把雪白、硕大、密集的梨花开出了浓郁的悲怆情绪，似乎在进行一场肃穆的悼念，幸好几株桃树站在一旁，用喜庆的水红色修正了画面的基调。

我爱煞了这处斜坡,像交响乐一样,既热烈妖冶,也有我特别痴迷的悲情章节。我在这色彩的交响中一站就是一上午,忘记了早餐,也忘记了午餐。我想,这就是赐给我生命和源源不断活力的本命季吧。这就是年年从秋冬起就让我牵肠挂肚的春天了。是的,不大可能有比这更原生更纯粹的春天了,我领受到了还愿后的满足与平和。

二

从江岭到县城约 60 分钟,从婺源县城到景德镇走高速 30 分钟,从景德镇到外婆家走高速 30 分钟。这 120 分钟就是我此时从第一个故乡到第二个故乡的距离。

这个线路貌似突发灵感拟定的,其实心里早有预谋,只是没有显现为大脑指令而已。

鄱阳柘港乡祥环村,这是我从情感上认定的故乡,但我不能这样称呼它。我姓范,那个村庄的姓氏是张。

按照中国人的宗族观念,我的故乡应该姓范,它在离祥环颇远的鄱阳湖边,那里风光比祥环美许多,但我一点也不爱它。我既不在那里出生,也不是在那里长大。我和它的关系只是逻辑推理出的概念而已。

没有任何概念可以锁定一个人的情感和血脉的流向。

我一而再再而三在文字里重述我对这个村庄的感恩,仿佛每强调一次,我和它的渊源就会加深一层。

1970 年 4 月,我妈顶着不能在娘家生小孩的禁忌把我生在这里,并果然遭受了三天三夜难产的折磨。一个从南昌下放到油墩街的女医生,接到外婆派人打的电话,从 20 多里地外赶来,随行的还有她五六岁的儿子。

医生用吸筒把我硬生生地拽到这个世界,走后又来电话叮嘱用冷水袋敷平我头顶的水泡。她唯一肯接受的回报是装满儿子口袋的一堆熟鸡蛋。

出生后那几年，基本就住在祥环。"文革"结束外婆外公搬回县城，他们留在祥环的房子就成为我们的度假屋。

每年暑假，都要跟着父母去那里住上几十天。我童年的主要时光都是在祥环度过的。我熟悉这个村庄内部和外部的全部细节：它的祠堂、道路、菜园、水井、碾屋、洗衣塘、风水树，它的风俗、价值观、灾祸和幸事，它在夏日早晨的清凉俊朗，它在冬日夜晚的枯燥与昏昧。我不仅熟识这个村庄大多数人家的主人，有段时间，甚至连哪条狗是谁家的都分得出来。

我成年之后，家里和祥环已无人情瓜葛，我还是像其他人回乡省亲一样，不断地回到那里去转悠。

外公外婆先后离世葬回祥环后，我回来的频率更高了。有时坐在车上接到朋友的电话，问我在忙什么。我答："去外婆家。"答毕，才讶然发现自己说这话的语气和心情同他们健在时没有两样。仿佛，外公刚刚从外面钓鱼回来，正在竹影婆婆的后门口清洗沾满鳞片的手掌，外婆则一面在厨房热气腾腾地忙碌，一面不时到大门口手搭凉棚张望我。

是的，一切都只是幻觉。这些年的经历还证明，每回来一次，记忆不是得到了巩固，而是遭受损伤。

损伤也无法改变还乡的冲动。

去年春天还来过一次。这回是第几次回来？我实在想不起来了。如果这次是第100次，那肯定还有第101、102次，直到走不动为止。

从江岭到婺源县城后立即换车去景德镇，到景德镇后，立即在站内换车去祥环。一辆过路客车违章把我卸在祥环村后的高速公路上，然后，人再违章从隔离栏的漏洞里钻出踏上祥环的土地。

像以往一样，不愿撞上任何人，脚一着地就顺着村庄的边缘往外婆外公那里赶。

这几年，村里的两个少时玩伴一直在外省打工，舅妈开的农场早已荒废。一些特别熟悉的面孔也随着时间老去和消逝，我心里的这个故乡，其实已无故人。和一些半生不熟的人解释回来的动机总是词不达意辛苦费力，如果遇上的是不认识的新人，怀疑戒备的打量更是令人难堪。

就像从不敢正式指认这就是我的故乡，我也习惯了每次都像个单相思的偷窥者，悄悄地来，悄悄地去。

还好，祥环早已蜕变成一旧一新两个村庄，它像只巨大的蝉，拥有了新生，却把蜕下来的躯壳完整保留在原地。在废弃的空壳里，遇上人的可能性极小。

路上果然无人，只有鹧鸪、小雀子在篱笆和树丛里鸣叫。到达外婆外公所在的菜园，里面更是荒芜一片。草长得没膝，个别的，高过头顶。离清明还有些时日，坟头上的青草长势正蓬勃，在晌午阳光浸润下泛出青嫩的色泽。显然，寂静才是这里的主人。我的脚步惊飞几只鹧鸪，踩熄了一阵虫唱。一只漂亮机敏的松鼠，在外婆坟侧的树丫探头瞄了我一眼，倏地弹跳进浓密的树冠中。

先是看外公、大外公，给他们点烟分烟，给外公的照片去尘。还没到外婆的跟前，就看清她在墓碑的上端矜持地浅笑，一如生前每次见到我的样子。

我怔在那里，眼睛骤然湿热模糊。

每次都不想这样，没想到还是会这样。一走进这个园子，我就变成脆薄的水瓶，稍一摇晃就泼洒一地。

在路上吃的阿尔卑斯糖，剥了一颗放到外婆的碑前。

我和他们说话。以前每次都是在心里说，现在，我大声说了出来。去年妈妈身体又遇到一个坎，希望外婆外公保佑她。我相信他们肯定在保佑她。去年以来，深刻体味到科学和人类智慧的局限，我们不能掌控自己的物理生命，更不能参透灵魂的诸多秘密。只有信仰某种超验的力量，才能获得短暂的心理安宁。

从菜园出来，照例去看菜园外的水井、水井旁的碾屋。碾屋堆满柴草和废农具，屋脊倾斜的角度又大了些。

字也并不一定比人更耐活。外公用红漆题写在碾门上的"碾转乾坤"，已经像他的人生一样影迹模糊。

只有田野是长生不老的。

碾屋外的水田一片青草痕，数十亩的空阔里只有一个人在踩着犁铧赶着牛耘田。我估计他不认识我，就踏着田间的泥泞小径往水田深处走，想从这个角度给祥环拍几张照片。

他果然不认识我，可能是祥环的女婿吧。倒是水田里一条拖着庞大倒影的水牛，停下脚步回头定定地看着我，一看就是好几分钟，似乎，它已认识我许多年，似乎它在疑惑我对它的遗忘。

脑子里腾出一些被科学定义为迷信的想象，就如同刚才看见那只松鼠。我并不愿说出来，也无需说出，我只是相信，一个人和生养过它的土地，肯定存在某些非智力所能解读的神秘关联。

我出生时还住着三户人家的土库大宅，2006年春节来看时，就已经颓败成一堆废墟，残垣都不剩半边，只留下一个石砌的天井。今日再看，废墟上的浮土又矮了一些，天井的石缝已长出身材高挑的野花。

估计过两年再来，这里将被风雨夷为平地。

土库旁的三树屋，外公健在时就已改建成二层楼房，90年代初他们还回来住过一段，此后便闲置在这里。院子里外公种的石榴树、橘子树，也已毁得差不多了。

从外婆家出发，路过晓霞家，然后从文进家的厅堂和昏暗厨房穿过，到达北林家，走过北林和成龙家之间的弄堂，就是火林家……这条线路，现在断断续续还能贯通，只是泥坯墙的房子大多已废弃。有的人去墙破，露出旧八仙桌或油漆闪亮的新棺材赫然踞于厅堂中央。

残破、落寞，但昔日的格局还在，我行走其中的感觉是熟悉亲切的。

在南边的老村和北边的新村交界处，还是遇上三个上了年纪的熟人。他们歪着头端详这个风尘仆仆背着包的旅人，然后或快或慢地喊出我的名字，然后要拉我去家里吃点心。我不习惯这样的寒暄，心里仍是感动。或者，我其实是害怕这样的感动，它令我无从把握自己的表情。恭恭敬敬地给他们递过烟，赶紧找借口离开。他们，还站在原处以我的父母先辈为坐标确认并谈论着我。

狗全都不认识我了，我在这里养狗时，它们的父母可能都没出生。每到一处，它们纷纷从地上站起朝我吠，作冲锋威吓状。我原谅了它们的无知和无礼，怕它们的主人从屋里闻声出来，赶紧绕道走开。

在村后的便民小学，也得到类似的待遇。小学比三十年前我妈任教时要豪华许多，校名也换成了某捐资老板的名字。

隔着铁门向里张望时，两个攀在铁门上的顽皮女生问我："你是哪里人？来这里做什么？"

我自称是祥环人。她们狐疑，叫来几个祥环村的男生来集体辨认，结论是我在撒谎。

我说出北林、火林的名字，他们的眼睛里多了些信任。但仍是怀疑，逼问我是谁家的人，叫什么。

其中一个大点的孩子，看着我的旅行包和手里的相机，吸着鼻涕说："你是来微服私访的吧，你到楼上去抓吧，我们老师在打麻将。"

孩子们的戒备与聪明让我又心酸又欣慰。

又回到村里随意走了走，共发现三家门口架着红漆棺材。村西的一家正逢新丧，用高音喇叭无休止地播放前几年的流行歌曲祭奠亡灵。我走到村南2里外的枫树塘坝时，风也把歌声一波一波地送来。后来听我妈说，村里和外婆外公同辈的老人基本走光了。接下来就轮到他们这辈人了。

石砌的塘坝基本还是三十多年前的模样，麻石桩把水塘牢牢地固定在一片水田中央。塘水清澈，零星地浮着些绿萍。把手指伸入，就会有傻头傻脑的小鱼用嘴来啄。或许，村里人至今还会来这边洗衣服，水塘下游的深潭里，就有一件肉色的女式内衣浮在水中。

卸下包，在塘坝上给妈妈打电话。然后，在那里闲坐，眯着眼端详祥环全貌。

三月的樟树、枫树和各种泛出新芽的绿树环抱着外婆的村庄，在下午的阳光与风里和着音乐轻轻摇晃。这样的场景让我身心沉醉。沉醉却也清醒，我知道，即便省去姓氏上的障碍，现在的祥环对于我，也只剩下半个故乡。

三

  1981年离开之后，从未在柘港住过一夜。现在要来弥补这个遗憾了。在祥环呆了整个下午后，没有坐车回南昌或县城，沿一条许多年未走过的小路步行到3华里外的柘港。现在是2009年3月19日。日历不仅翻过了年代，还翻过了世纪。

  大约从去年底开始吧，生命的虚无感强烈地折磨着我。对于人的灵魂，时间有终点吗？这个问题关涉未来，暂时想不透还不算太急迫。眼下最紧迫的问题是，人怎么确认自己曾经拥有的时光？或者说，人应当怎样面对往事：逐渐淡忘？偶尔怀想？还是不断回溯以求证它的存在？

  柘港也是我的文字里出现频率很高的地名，我不仅在文字里回望它，也乐于在现实里回到它的怀抱，今年初以来，看了太多有关80年代中国社会风尚的影像与文字资料，这个渴望尤其燎烈灼人。

  1979年，我从县城转学过来，跟着尚在柘港中学教书的妈妈念小学，四年级后再和她一起转回县城。

  我和这个公社所在地的内在关系，基本就是如此。2004年，我用一篇《正版的春天》对这段经历作过深情回顾，这给很多人留下错觉：我特别留恋柘港这个地方，留恋在这里留下的朦胧情感，或者，特别留恋那个时候的自己。

  一直在期待，但没有谁对我说：你其实在怀念一个年代。

  也没有人注意到，我这个年龄上的90年代初的青年，心理上却是个80年代初青年。

  80年代初，我只是个十来岁的小学生，所以注定无人理解我对这些年份的特殊感情。有人用我的MP3听歌，《阿根廷，别为我哭泣》、《孤独的人是可耻的》、《恋恋风尘》，这样的抒情旧是旧了点，闭上一只眼也还能凑合吧，这些完了突然跳出来一首："再过20年，我们再相会，伟大的祖国，该有多么美……"往往会吓他一跳，以为机子进了水。他们不知道，有时听到这首歌，我的眼眶真的会进水。

现在，二十多年过去，我约了童年的玩伴石来柘港相会。他同为中学的教工子女，长我3岁，当年读初一，现在上饶做着文字工作。这次见他时，头发已是斑白一片。

这就是二十多年的力量，它把一个少年的乌发染白，把柘港公社变成柘港乡。把柘港高中变成柘港初中。把一个人努力珍藏的履历，变得墨迹漫漶。我们在柘港会合时已是夜晚，夜色也不能掩盖历史和现实的断裂。

毕竟还是回到了柘港，在故地见故人，这还是令我很开心。

本来设想二人去街头找小酒馆痛饮至醉，只是他和乡里的书记、乡长都是故交，不打招呼恐遭谴责。打招呼的结果是，对方派来一辆小面包车，接我们去一个叫南水的滨湖小村吃野鱼宴。书记正在那里考察工作，村委会就到湖汊里捕了些野生鲜鱼来招待。

要在别处，这样的应酬多半要逃，但这是在柘港，南水也是柘港的一部分！

摸黑在楼房林立的平原上颠簸了半个多小时，又摸黑（电压好像不够）在村主任家里就着白鱼、黄丫头、鲶鱼喝白酒。酒酣回到集镇上的柘港宾馆时，已是夜里十点之后。酒精使我亢奋，嚷着要出去散步，石以疲劳为由表示反对。石心里的柘港，终是和我不同。

就躺在潮湿的被褥上聊天。

石说，这宾馆在镇上相当于北京的钓鱼台，南昌的江西饭店，在当地算是五星级了。这个类比虽然可笑，当然也是贴切的。80年代初时，柘港压根就没有宾馆，也基本没有流动人口，工作来客只能住公社的干部宿舍。

这五星宾馆的标间虽不带独立卫生间，被子也不是一日一换，还好窗外有田野，不仅有花香草香漫上来，还有响声如鼓乐的蛙鸣，声浪强劲得几乎要淹没人的谈话声。

我们就在花香与蛙鸣中探讨二十多年前的事，整个夜晚只睡了3个小时。

白天去街头和中学寻旧，记忆与现实的裂痕大到了不可弥合的程度。半个月前，我依据回忆画了两张完整的柘港地图。一张柘港集镇的布局图，一张中学布局图。昨晚刚到时，就预感到，我无法按图索骥从地图走进现在的柘港，白天，这样的预感就演变为清醒。

80年代初的柘港镇虽然没有火热的集贸市场，但马路开阔，街容整洁，闲人稀少，供销社的窗户与玻璃柜台每天擦得光可鉴人。供销社对面的水库四季碧波荡漾，堤坝上绿草铺地，垂柳轻拂，夏日正午常有卖香瓜的小贩在树阴荫里张着嘴睡着，瓜被小孩偷了都不知道。

眼下的柘港集镇，国营的供销社早已消失，高矮参差的私人店铺把街道挤压得像只被人揍肿的丹凤眼，几乎只剩一条弧线了。还不习惯公共生活的农民小老板们，直接把生活垃圾一堆一堆地码在门前的马路上，培育苍蝇和蚊虫。水库也被店铺私房包围挤占，堤坝被楼房压在身下，水面只剩当年的五分之一，水质可能不及当年的百分之一，每家每户都把煤渣、塑料袋、卫生巾之类的垃圾从后门倾倒入水中。我在水库旧址用相机采集时光的证据时，必须掩鼻而行。

镇上唯一未变的建筑是手工业社的二层楼房，那时还兼做客车招呼站的售票处。去景德镇、九江或县城都在这里买票上车。那时没有多少经济犯罪，没有瘦肉精、问题奶粉，建工队也不敢做豆腐渣工程，用的都是真材实料。几十年过去，这房子还是当年的样子，墙上的浮凸五角星和"农业学大寨"的标语清晰如昨。

一个老太婆带着孙女坐在当年卖票的窗口下择菜。问她这房子现在做什么用。她说是她家的住房。问房子以前是不是做过客车站。她肯定地说："不是不是，10年前我们就搬过来住了。"

在她看来，10年是一段长得足以把任何历史掩埋干净的时间了。

中学的变化相对略小些，也已是物、人俱非。既找不到当年那种低矮简陋像长盒子的灰瓦房，也看不见当年的老教师，他们老的老，退的退。其中一位常用"树上两只鸟，用枪打死一只还剩几只？"之类问题折磨我的教工，十多年前就死于食道癌。被四个现代化的蓝图刺激得眼睛发绿的高中生更是见不到了。那时的墙壁、报刊、银幕、广播,到处是对2000年的展望和设想。宣传画上全是蓝蓝的天、绿绿的树、白白的鸽子、红得像烟台苹果的笑脸。这些使我们确信,只要好好学习,努力工作,每个人都会成为未来的主人。至今还记得房间墙壁上一幅以人民大会堂和五彩气球为主体的年画,我不愿做作业时,就抬头从上面汲取点力量。当时没有明星和福布斯首富榜,走路都撞电线杆的陈景润是全国所有年轻人的偶像。去食堂的路上、豆地和油菜地畔,甚至学校的公共厕所,到处都是手捧书本日夜啃读的学生。彷佛,书本上有一条通往2000年的捷径。

当年从中学通往卫生院和小学的大路两侧是麦地和油菜地,现在也全都让位于民房和店铺了;中学和集镇之间原有一大片长满马尾松的荒山,时常有野狗去小土包下刨食因计划生育被引产的女婴,只有胆大的人才敢在夜晚通过其间的小路去集镇。那条我十分熟悉、蛇一般扭曲起伏的泥路大约有1.5华里长,夏天常有丑陋的松毛虫横行其上,脊背一耸一耸速度快得像铁道游击队。

这么多年了,我仍清楚地记得这条小路起伏的弧度和它经过的某个水洼地和裸露着树根的泥坡。可是,不仅小路消失了,行走在小路上的许多人消失了,马尾松和整个荒山都踪影全无,取而代之的也是一片拥挤的民房与店铺。

这片山地存在过的唯一证据是一株大樟树。石说,他常在傍晚来这里背书,我则记得树底下朽蚀出的空洞和荆棘,我曾在洞内见过一条斑斓美丽的大蛇。

在学校的公寓化的宿舍区,我们找到了这个证据,它早已被新围墙圈进了校园,身高和腰围也远不及当年,树干上牵满电线和晾衣绳。并不是我们的长高相对地低降低了树的高度,石仔细观察得出结论,这株树是当年那株的儿子,父亲早已被锯掉,泥土里还隐约可见树桩的横断面。

学校南面的水库还在,但水库边的田地同样被住房挤占。那里在夏天曾是一片瓜地,种着香瓜和西瓜。瓜地中央的凉棚住着一个看瓜老头,我常去那里用饭菜票和他换瓜,顺便听他讲些葫芦僧断葫芦案之类的民间故事。

变化较小的是学校操场外的荒野，面积虽然被学校圈占了不少，却似乎比当年更荒了。当年这里一年四季都是茂盛油绿的作物。

在零星地站着几棵马尾松的荒地上走了十几分钟，才看见一个老人在油菜地旁赶着黄牛耕地。

石上前搭话，问他这么大年纪怎么还干这么重的活，老人嘶啰嘶啰吸着纸烟答："年轻人都去打工啦，我不做谁做？不做饿死去？！"

老人的抱怨提醒我，柘港和其他许多乡村一样，已沦为基本失去青春的乡土，年轻人一成年就被钱诱骗走了，也不知这辈子还会不会回到土地。

此后的时间，我放弃去小学的计划，和石坐在距柘港集镇大约三四里远的一片草地上，描绘我对柘港所承载的那个特殊年代的印象。1980年，这片野地也是我们经常光顾的所在。

自然生态好，道德生态好，这些肯定是我看重的，当然也是表面的。我尤其怀念的是，一代人在经历了10年禁锢之后对开放自由生活的热烈向往状态。

一个人一生也很难有一次极端理想主义时期，更何况一个国家。

一代人集体地沉醉于对新生的珍惜、对未来的憧憬。我当年在柘港所见的年轻人就是这样，意气风发，浪漫乐观。一边学习，一边歌唱；一边劳动，一边恋爱。

这样的浪漫，至今还牢牢地抓着我的心。

这导致我到了大片时代还爱看《我们村里的年轻人》、《甜蜜的事业》、《巴山夜雨》、《小字辈》；快四十岁了还乐于谈论理想。

更麻烦的是，在许多真正的80年代青年都已经淡忘了那段岁月时，我这个冒牌货还在把它当作精神故乡，动不动就想回去缅怀一番，否则心里就不得安生。

从柘港回到南昌后，脑子里全都是柘港在2009年的新貌，基本颠覆了二十多年前的那个。

我心里暗藏的第三个故乡，只剩下一张手绘地图，我无论多么迫切，都已无法故地重游了。

正版的的春天

于淑贞唱《我们的生活充满阳光》时，1981年的阳光就会潮水般从天边漫来，淹没我的头顶。还有《甜蜜的事业》，我一听这些歌心里就要起鸡皮疙瘩。"心爱的人哪，携手前进，携手前进……"你不要嘲笑我的感动，在这样弱智的歌词面前我就是一摊稀泥，扶也扶不起来，而且脸上无限憧憬，只不过憧憬的不是未来而是身后遥远的1981年。

1981年我才十一岁，跟着我妈住在鄱阳县柘港中学。我妈在中学教书，我在两里外的小学读书。我的学生时代主要是在县城里度过的：幼儿园、初中、高中，还有一年级和五年级。我在柘港只读了二、三年级和四年级的一个学期（另一学期在奶奶那里混），可是我对许多事情的看法就是在1981年左右形成的，包括春天，未来，当然还有爱情。

1981年的柘港，其实并不具备特殊的抒情元素。如同那个年代所有的公社所在地，有一个以村为基础建设起来的小集镇，有一个玻璃柜台乌黑发亮的供销合作社，柜台上方悬挂着柘港中学美术老师张继旭用水粉画的印着红鲤鱼图案的脸盆、带玻璃罩的煤油灯、黑亮的高筒雨靴等日用品，闪着80年代的商店广告画特有的笨拙亮光。张老师个子很高，解放前在杭州美专师从刘海粟大师学过画，后因父辈的地主成分中途退学返乡。我成年后回忆他的模样，发现他很像徐悲鸿。这个永远一张旧知识分子笑脸的人，曾辅导过中学里的不少学生以及我画猛虎下山和鲤鱼戏水。但时至今日我仍画不出那种80年代的招贴画独有的木木的光泽。我对供销社印象最深的是一种用印着红字的白纸包装的玉露糕，味道很像贵溪特产灯芯糕。我大概每过一两个月才能得到买一包的钱，它因此成了记忆中最美味的糕点。

把集镇一分为二的景湖公路上的灰尘覆盖着我对1981年的记忆。我常听见路两边的木头电线杆哼着嗡嗡的小调。公路边手工业社的二层楼房是集镇最高的房子，它的一楼被用来做简易车站。车站没有自己的客车，但可以卖过路客车的票，因此常聚散着一些扛着绘有外滩的万国建筑群和车流的上海牌背包、拎着大蒜和阉鸡旅行的人，大厅里因此长年杂烩着皮革、烂大蒜、汗臭等种种难闻的味道。出没在那里的人一个个都神气活现，他们身上残留的城市的气味使他们成为民间话语的中心，他们是神秘远方的新闻发言人。

我的主要活动范围是从中学到小学的那1000米的地带，这条南北走向的线路和集镇的马路平行，两条线相距不足500米。中学在枞树环绕的山坡上，两三排火车形状的教室前是开阔的黄泥地面的操场，孤零零地立着几副木质篮球架。操场边上是农民的豆地、小麦地和油菜地。油菜到了三月就是金黄欲滴的一大片，汹涌的金黄被远处的几片小树林阻隔一阵后，一泻千里似的四处铺展，与七八里外的村落的油菜地连成一片。

从中学往北，依次要经过卫生院、榨油坊、公社露天电影放映场，然后才到达小学。卫生院的垃圾堆在春天会蒸发出令人头晕的热力，我每天都要在那里耗费大量的时间，寻找注射器和大量未使用就丢弃的避孕套。注射是那个年代的孩子都很着迷的动作，也许是因为它可以转移和释放儿童期积聚的对于被注射的恐惧？我注射的对象是青蛙，用水把青蛙的肚子注射得如同孕妇尔后放行，避孕套则被吹成粉白的气球伪造节日气氛。1981年左右，避孕套被大量免费发放，这一举措并未从根本上阻止精子和卵子无节制地会师，白色的气球却到处飘荡，让一些年轻夫妻的羞愧心无处躲藏。

榨油坊的工作方式也是极其迷人的，三四个赤膊的工人喊着号子，奔跑着用巨大的油槌撞击油榨，每一声闷响都能让油榨里的菜籽幸福地流出油来，简陋的榨油坊因此长期弥漫着菜油的浓香，就连那些掺杂着稻草的黑枯饼也芳香诱人。我每天路过那里都要停下来让鼻子饱餐一顿。露天电影场的银幕画在大队部的一堵墙上，石灰刷成的白底上窝着几撮黄泥，这是村里孩子的作品，但没有人去清洗它，因为它一点也不妨碍这块白墙向方圆十几里外的地方辐射魔力。我不愿多提的是这个线路的终点柘港小学，关于它我想不出与春天有关的太多印象。这个学校保留着我迄今为止最低分考试记录：数学 27 分；还有四年级的一张留级通知书，我转学到县城才逃避了厄运。柘港小学里没有春天，它好像是专门用来呈现我过度热爱春天所造成的恶果的。

我之所以不厌其烦地描绘这些场景，主要是想告诉你，一个特殊的时代怎样让一个普通的乡村集镇成为一个人生命中元气和真气最充沛的场，它不仅决定了我对 1981 年的印象，也影响到我对此后许多年代的适应性。

活到现在的三十三岁，我才发现一个问题，人对季节的敏感其实很像大多数人面对爱情时的状态，一辈子也许只会出现一次高峰体验。

我住的宿舍窗外是一株桃树，它似乎永远开着那种水红色的花朵。水红在民间是种色情的颜色，这种颜色的花瓣也是粉嫩的色情味道。春天的早晨我被这样的花香唤醒，血液里就流窜着莫名其妙的躁动。上学路上，我还要路过一片冬小麦和更大的一片油菜地。我折断小麦的秆子做口哨时，它浓绿的血液会发出甜甜的腥味。正午，油菜地被阳光烤得能刺伤婴儿的视网膜，亮亮的黄色中升腾起嗡嗡的蜂鸣和花粉浓艳的体香，当地寡居的少妇这样形容它：香破了鼻子！植物和卫生院遗弃的避孕套的气息迷魂剂一样浮泛着，上下学的路因此变得特别悠长。大人五分钟的路程，我至少要走上二三十分钟。如果刚下过雨，路侧低洼的草坑里会奇迹般地出现几尾怀孕的鲫鱼，它们在暴雨的掩护下从油菜地边的水渠上溯到这里，如同太平洋里的潜水艇误入小淡水湖，雨一停就搁浅在水底嫩嫩的青草地毯上。这样我的步行又要延长十几分钟。那以后我再也没有在三四月份赤脚下过水。水的清凉一层层地漫上来，带着新鲜青草的生气，顺着经脉一路上升，漫溢到五脏六腑中。

有一天，在县城当厂长的外公来柘港出差住在公社，我傍晚吃过饭从中学出发穿过一片枞树林去看他。我特意换了件一年难得见两次的爸爸从景德镇买来的黑格衬衣和米黄色的小斜领外套，一面小跑着一面用右手的食指旋动着一圈新到手的镀铬钥匙圈，一身崭新的行头和即将见到外公的愉悦使我的脚步异常轻盈，我感到春天黄昏的风温暖凉爽地摩挲着脸部和双手的皮肤，我的双臂伸展成羽翼，浑身有一种麻酥酥的陶醉，轻浮而感动。时隔二十年，我仍清楚地记得那个春天傍晚的全部细节。我想我这辈子再也不会找到那种单纯的沉醉。

我的头已经被春天的风和花粉弄得很晕了，大人们又开始刺激我脆弱的脑膜。当然这些大人主要是指中学里的高中生。

不知是错觉还是事实，那个年代的高中生比此后的历届高中生更具有成年人的味道：四个口袋的蓝布中山装，三七分的发型，黝黑的脸堆积着火山坑般的粉刺。更有意思的是，似乎每个人眼里都燃烧着火焰。他们最爱研究《人民日报》和《中国青年报》上的世界局势和国内经济增长指标实现的情况，谈论1985年的中国会怎样，憧憬着"四个现代化"实现的遥远的2000年。这些话题使他们每天都处在迎接美好未来的亢奋里。他们动辄围成一圈，用笛子和口琴伴奏合唱《年轻的朋友来相会》等歌曲："再过二十年，我们再相会，伟大的祖国，该有多么美"……唱完歌，他们就分散到学校附近的油菜地里去读书，为了考大学以获取一张通往未来的门票而努力。1981年左右的中国大地到处都飘扬着类似的歌声。不知那些成年人唱这些歌时的心情，我每听一次都会激动、感动、冲动得心尖发痛，虽然那时我才是个刚系上红领巾的少年。

每年春季，中学里总有一两个身体好的学生验上飞行员提前拥抱理想的蓝天。这样整个学校都会增加一个节日。庆祝节日的方式是在操场上放一两场战斗电影，未来的飞行员戴着大红花羞红着脸坐在最中间的位置，校领导和老师们分坐两厢簇拥着他们，用母亲话别临出嫁的女儿的表情叮嘱着什么。昨天还是学生的他们在老师突然变得温和客气的声音抚摩下显得更加窘促不安,勾着头身体钟摆似的左右扭动。有一个夜晚,放过广西边防部队用火箭炮还击越南侵略军的纪录片,在第二部电影开映前,我潮红着脸问一个戴红花者:如果上战场,你真的一点也不怕死吗?他怎么回答的我一点也记不清了,总之他让我陡然受到了强大的震撼并深深自责居然问出了如此可笑的问题。那个时候,在单位和国家利益面前考虑自己是十分可耻的事。

中学周围的油菜丛里除了躲着许多读书的人,也隐现着一些埋头私语的男女,他们和我在公社放映场上看到的《小字辈》、《甜蜜的事业》一起,加剧了我在春天的头晕。《甜蜜的事业》里有一个李秀明扮演的女主角和她的憨男友托腮翘脚趴在草地上谈恋爱的镜头。这个镜头严重影响了我对爱情的认识。直到十八岁我真的开始恋爱以前,我都认为恋爱就必须和一个长得像李秀明的姑娘去草地上追逐一番,累了就趴在一起衔着草叶歪头畅想许多年以后的事,或者像《小字辈》里那样,买了一大把冰棍坐在街边等一个假装生了气的穿连衣裙的城里女孩。

80年代初成年人的爱情风格不只是培养了我对爱情的偏见,在春天热烘烘的气息熏染下,我经历了许多人直到十七八岁才体味到的对爱情的幻想性焦灼。

我的爱情启蒙老师是中学一位体育老师的妹妹,而辅导老师则是一个比我大三岁的教工子女,他喜欢的是另一个教师的女儿。通过曲折惶恐的互相试探发现彼此的秘密后,我们成了最好的朋友。共同的秘密促使我们一有空就一起去中学四周的野树林里散步,我们猴着身子蹲在油茶树上,望着天边的流岚与金色晚霞交流恐惧和甜蜜——当然更多的时间是他在辅导我。我们的恐惧源自对早熟所带来的种种恶果的担心,而甜蜜仅仅由于和某个女孩的一次其实没有任何交流的邂逅。我老对他这样感叹:我们要是兔子就好了,不用读书考大学,平常和好朋友住在干爽的山洞里,每天在草地上捡捡蘑菇晒晒太阳,想干什么就干什么。

我第一次见到她是在她哥哥房里,我从门口路过,忽然发现里面多了个用蝴蝶结装饰小辫子的女孩。我只见到背影,但直觉告诉我背影反面的脸庞一定好看。我心跳律乱，急迫地期待着证实。第二天终于看到了她的正面，皮肤白皙洋气，脸形偏丰满类似李秀明，嘴角略有些娇气地歪着，这个印象让我呼吸困难。让我陷入长久头晕的是，她不是来作客而是来我们小学插班读书的，比我高一个年级。

我在每天上学和放学的路上远远地跟踪她，盼望着和她四目对视一次，并不时为此付出耐心和体力劳动。我努力观察总结她的行动规律，在她放学穿过麦地中的一条小路时，装作去学校拿件忘掉的文具迎着她走去，而真到了交会时，却突然失去了抬头的勇气，心脏因骤然狂跳供氧不足而出现幸福的窒息。

那个春天我经常性地处在这样的窒息当中，以致于当我十八岁真的开始接触女孩时，心脏平静得像个沧桑的老人。我开始恋爱不久就具备了情场老手收放自如的冷酷风度，一切痴迷与慌乱似乎都在1981年透支掉了。

十二岁离开柘港以后，我对春天再也没有敏感到头晕窒息的程度。我成年后曾多次去过那里，一切都像老照片，只能怀想，不能到达。由于青壮年男女大多外出打工，柘港街头走动的大多是老年、儿童和一些懒散的狗，柘港中学变成了初级中学，榨油坊和公社的露天电影场也失去了原有的功能挪做他用，那种每个人眼里都装着美好明天的氛围也被务实的市场经济抽空了。我们县里的农民早就不种冬小麦了；油菜和桃花依然按期盛开，只是不再像1981年能香破我的鼻子。当然，依据一个三十三岁的写作者的经验，记忆也常常欺骗热爱回忆的人。也可能柘港的春天其实并没有发生本质的变化，是我的怀念美化了它在1981年的样子。

但不管是春天蜕变了，还是我的季节感发生了病变，我从此有了这样的错觉：1981年的春天才是正版的，此后的全是盗版的水货。

县城附近的春天

藜蒿是必需的。藜蒿是我故乡鄱阳区别于北方和南方许多地区的重要植物，我每年首次见到它，是在春节前后的一道藜蒿炒腊肉的家常菜里。将藜蒿青嫩的茎折成两寸左右的小段和切成小片的腊肉一起放在旺火上一阵爆炒，腊肉变成了半透明的薄片，藜蒿则因腊肉热油的渗入而祛了青气，诱导出药材般的奇香。口感先是有点涩，多嚼几根，则肺腑生香。现在这道菜已成为鄱阳湖周边许多城市里的名肴了。

而在正月和藜蒿之间，还隔着由冷至暖的无数场春雨。我住在县城暖和的家里，每每忽略了这个美好的孕育过程。一个住在鄱阳湖草洲上的朋友寄了一篇稿子给我，这是许多年前我在县报编副刊的事，我忘了稿子的内容，却记牢了一句话：深夜，我听见初春的雨洒在无边的鄱阳湖草洲上。这是我最喜欢的描写家乡的句子，因为它散发出了在雨水里怀孕的鄱阳湖湿地的气息。

在县城的正月，我常在雨声的伴奏下无聊地看电视或读书至深夜。我最喜欢这样的初春之夜，双脚踏在干燥的木地板上，身子陷在松软的沙发里，听细小而密集的雨落在薄瓦（我曾有幸在某些春天住过这样的房子）和窗玻璃上。更晚些时我躺在被窝里想象不远处的鄱阳湖上发生的那些事，想象迷迷蒙蒙的雨阵在夜湖和草洲之间来回走动的情景，想象藜蒿和其他植物喝饱了春雨一扭一扭地挣脱泥土束缚的样子，这样我会觉得被淫雨浸泡也是件很温暖很有美感的事。

当藜蒿炒腊肉的香味和爆竹的硫磺味一起消散了，我的注意力从餐桌和室内转移到在县城之外的广阔天地上。这时天空比正月要高很多，白云和蓝天的关系也得到了澄清。油菜花摆在田野上的圣筵已经准备就绪，郊外的公路上常有赴约的青年男女挎着相机骑着自行车飞驰，车龙头上颤动着一簇耀眼的淡黄或金黄。

我想我有必要让叙述在油菜花贫贱的词根处停留片刻，因为它确实是很独特的一种花。它不是为了审美而是作为生产菜油的经济作物而存在的，但它无边无际的美差不多堵塞了我对春天的其他想象；另外，一朵油菜花算不上很美，它的美和数量成正比，这也是其他花卉不可比的一个特点。一万朵玫瑰挤在一起会很庸俗，一万朵油菜花却可以铺成通往天堂的地毯。我曾在飞机降落时俯瞰过油菜花簇拥的南昌昌北机场，并不晕机的我体验了巨大的金黄的晕眩。

离城十里许的风雨山是我们通常探入春天的深度。十华里，骑行的最佳距离，便于产生远离了县城的错觉（其实是被高高的油菜花遮住了视线），便于积攒轻微的疲劳和燥热感，让身材好的姑娘有理由在油菜田边的草地上脱下棉袄露出埋没了一冬的三围。这个简单的动作在油菜花反射的光影里完成是很令人心动的，充满了浮想和暗示。除了照相，在油菜地边可以做的事还有许多，像个花痴那样赶跑"嗡嗡"地吵个不停的蜜蜂，用快要失灵的鼻子作吸管伸到花蕊间，吸食那种粉粉的略含阳光味的淡香是走到户外的人都爱做的事；如能说服刚认识的姑娘躲到两块油菜地间的田埂上说些和春天有关的话就更有意思了。你们坐在那里，同伴们看不见，你却可以在风吹油菜低的那个瞬间欣赏他们脸上的春愁。

在县城附近徒步漫游也是很有意思的。我常去的地方是城后芝山之外的一些小村落。比如范家舍，这个同我姓氏一样的村子和我并无任何关系，却保留了一些别致的春色。我穿过大片油菜地走近这个二十多户的小村，恍如回到了古代，因为时间突然被取消了。缀满野花的竹篱、废弃的碾屋、布满绿苔的老井……它们一千年前也许就是这个样子。村边有几株桃花，灼灼地烧着。桃阴里，一个老农踩在牛拉的犁铧上耙地。我打算绕过桃树去看他身上穿的是不是唐朝的布衣，却被一株杏树挡住了。它横在路上，如一个白衣女子，白得鲜艳欲滴，白得我眼前一黑在离县城三里远的春色里彻底迷了路。

映山红离县城很远，虽然不时能看到一些刚下中巴的人手里捧着一束。我知道，它们大多来自遥远的鄱北山区，像我在外婆的老家度过的童年那么远。而即便在遥远的童年里，映山红也是远的，我们要等开春大人去三里外的莲山砍柴回来时才能看到，大人们把它们插在堆满柴火的独轮车上，花瓣像他们一路哼唱的小调那样沿途洒落……

更多的时候，县城附近的春天被一种生机盎然的落寞笼罩着，如同老电影《小城之春》里的意境。我很容易在这样的春天里陷入亢奋和幻灭交替的困境。不论是作为中学教师还是县报编辑，我都有大把的时间用于感时伤怀。爱情不开花的日子，我骑着自行车在飘满被单和水滴的小巷里没有目的地晃来晃去。我的眼球似乎加了滤色镜，远处的天空变成了紫蓝，阳光是柠檬黄，晒得我失去了思维。如果在城里没找到同类，就继续骑行到圩堤外的河滩边，蹲在潮湿的草地上皱着眉头抽烟，想些爱情或远行的事。那时我酷爱着小城的春色，又对县城之外的城市的春天想入非非。我被河面的银光晃花了眼时，野花在我的阴影里悄悄地开了一片，几只叫天子的轻啼和远处一艘运沙船的马达把春野的安静抬到了半空。

在我的记忆里，县城附近的春色到风雨山下的油菜地和范家舍的桃树及杏花那里为止，但并不是气数已尽了。等这些花儿将谢，县城里的小巷又一片一片地绿起来。我故乡那些善做美食的女人们把芥菜洗净后晾晒到竹篙上，然后腌制成有名的咸菜，名叫"春不老"。"春不老"不是一般的咸菜，腌制后色泽不褪，口感鲜脆，能从春天一直吃到冬天。故乡鄱阳县城附近的春天就这样在一坛坛的"春不老"中将寿命延长了数倍。我在县城里郁积的浓艳而空洞的春愁，也要拖到盛夏之后，才渐渐在骄阳下融化成对来年春天的无尽想象。

没有情歌的村庄

村庄从来没有像现在这么寂寥过,我发现。

这些年,我路过许多知名和无名的村庄。我,一个村庄和田野爱好者,脑袋里存着对于《我们村里的年轻人》、《甜蜜的事业》、《人生》等电影的记忆,像个古代的采诗官,不断地在一些日光漫溢的假期深入到我的故乡一个又一个村庄,深入到作物和垦开的红壤浓郁的呼吸里。踏着露水徒步,在樟树乌云般的身影下小憩,对每个站在清凉的屋檐下张望我的陌生人甚至狗微笑。

呵,其实我并不是从城市流窜到民间的肤浅的猎奇者,对于乡村背阴处的苦与痛我知道的并不比村人少。我有过数年乡村生活,它的遥远与短暂成就了我对于乡土的错觉和怀念。我不断地路过村庄,不断地想把自己对于时代的失望摊开在田野上去翻晒。

在田野上,我还是碰到了时代带给我的失望:在一天里,路过十个村庄,见到的年轻人却不到一个。十个村庄驻泊在春天的绿浪和阳光的激情当中,十个村庄的天空都飘着好闻的柴草味的炊烟和蜜蜂轰炸机编队的轰鸣,但十个村庄的天空下,竟听不到一句情歌。

我对于爱情的最初印象,是置放于民歌背景中的。是劳动加歌唱,是我们村里的年轻人在希望的田野上携手前进的那种。是王贵和李香香,是小二黑结婚,具体到《人生》中,是高加林和刘巧珍(而不是县里的那个广播员),一支甜蜜或伤心的歌在黄昏的荒塬上画龙点睛(我迄今一直认为,那个有文化的广播员没有巧珍一半漂亮和可爱,我想不通高加林怎么能做到为了和广播员的共同语言抛弃他和土地的共同语言)。

如果村庄里没有了年轻人和情歌,村庄还算不算村庄?

我每年都会想办法去一次鄱阳县的祥环村,虽然外婆一家在二十年前就搬到县城定居,但我童年的一部分留在了那里。我对农村的感情、对成长的记忆,还有最初的友谊也都停留在那里。90年代最初的几年,我回到祥环时,一般都要住一两晚,我童年的三个朋友都在村里,两个小学没读完的在家种田,一个读过初中的当没有行医证的乡村医生,业余幻想成为乡土小说作家。我被童年的友谊留宿在村里,他们已经成为村里响当当的年轻人,传统或自由地恋爱,结婚。村里有一批二十岁上下的小伙子和姑娘,他们一起出门耕种,打柴,修水渠,在草帽的掩护下眉目传情,唱歌传情。故事在他们中间生长,比田地里的作物还丰富。

此后的数年里,年轻人流失得比水土还快。祥环的姑娘和小伙子,被时代抓起,沙土一样撒在了福建的漳州、泉州等城市的边缘地带。张火林和他的三个兄弟在建筑工地上打桩,张松林踩黄包车。家境殷实的张北林是最后一个离开祥环的,他先后三次从漳州回到村里,行医,写小说,几乎成为村里唯一的留守青年,被其他人视作懒汉和另类。前几年回祥环,我还能去他家喝酒,2001年,他把数个子女托付给老父亲,带着妻子去了厦门的一个鞋厂。

村后的新楼房把前村的泥瓦房淘汰了,但楼上楼下住着的都是老人和小孩。村前的道路成为麻雀的田径场。洗衣塘上失去了喧闹,一部分田地在野草的围困下荒废,一部分老人,在漫长的寂寞中提前衰老。

我到祥环,没人留我过夜了。

大概从2000年开始,我每年都要去一些地方开笔会,采风,没有目的地行走:九江、宜春、上饶、景德镇、赣州、抚州……我差不多真的要走遍江西了,我路过的村庄有没有一百个?我在那些村庄里见到的年轻人有没有十个?我真有些说不清楚了。

2003年春天,跟三个朋友在婺源漫游了一周。中国最美的乡村,也没有留住它的年轻人。我们开着越野车，路过一个又一个名字美好的村落：甲路、里坑、豸峰、思口、延村……我以为有旅游业的修饰，村庄会年轻些，但我们见到的年轻人几乎都是游客。每一个村庄像我的祥环一样，属于老人、儿童、狗和蜜蜂。儿童坐在门槛上玩泥巴和自己的手，老人零星地散布在静默的山野间，脊背被锄压得接近90度。

负责开车的是鹰潭的一个摄影家，以艺术和恋爱为业。他对村庄的空虚比我敏感不止十倍，因为十多年前，在他的游弋范围，他几乎能做到村村都有丈母娘。一路上，他卓越的泡妞才能无法施展。在里坑，看到一个二十八岁的少妇，他跳下车去，拽着人家套了半天的瓷，硬说她可以上《福建画报》的封面。

在我们赣东北地区，最有名的人恐怕不是当地的县长，德林是我家乡的年轻人最熟悉的名字，它被刷在从县城街道到乡村厕所的每一堵墙上（类似当年的三株口服液），他把我们地区的农村姑娘和小伙子统统编码成一个没有性别的词——劳动力，然后又用另一个词——劳务输出，把他们运输到沿海各省，最终把他们落实到另一些词当中：打工仔、民工。

德林对繁荣地域经济做出的贡献我得承认，但是作为一个乡土文化的爱好者，我忍不住要批评他，他在输出劳动力的同时，把村庄里的活力也输出了。村庄为了富裕献出了自己的青春，村庄一天比一天更像个年老的哑巴，村庄最动人的情歌在通往城市的路上变成了一首词曲风格都有点低俗的《流浪歌》。

以前我弄不懂中国的乡土小说为什么在上世纪90年代突然断流了，毕竟，农民还是中国人口比例中的大头。有一天忽然想明白了，没有年轻人和爱情的村庄，写出来该有多么乏味。

张北林的弟弟从厦门带了一个湖南妹子回来，祥环村首次有了说普通话的媳妇。与此同时，松林的老婆在打工地跟着异乡人私奔了三次，松林最后一次原谅她后，她像被别人偷去骑了几圈的自行车一样又回到了松林的身边，日子没有留下缝补过的痕迹。

90年代初我在深圳浪游时，寄宿在一家服装厂的宿舍里。那段生活留给我三段不可思议的记忆。一是关于一个二十岁的安徽帅小伙，那是我见过的农村青年里少有的时尚分子，一米七八的身高，总是敞胸穿着长袖红方格衬衣（以便露出里面的白色弹力背心）。他先是和同厂的一个姑娘谈恋爱，被姑娘抛弃后，竟在一夜间升级成了那姑娘母亲的男朋友。我每天傍晚路过他的宿舍时，都能看到他们两个人的身体膏药似的粘在一起。

另一个故事的主角是我鄱阳的一个老乡，一个只读过小学的农村小伙子，在服装厂的食堂当厨师，一点也不帅，只是凭着会打架的本领，就迷住了家住河南驻马店市一个大学毕业的漂亮女孩。我们都以为这是不可能有结果的爱情，事实比我们的预言更曲折：那个小伙子在我离开深圳后不久即因参与走私被判了八年徒刑，女孩未婚先孕怀着他的孩子，跋涉千里找到小伙子远在鄱阳农村的老家，为他生下儿子，并在那里等他刑满释放。他还没有放出来，农村的贫瘠和陌生摧毁了她的执著。她留下那个没见过父亲的儿子，回到了北方的城市。

第三段记忆是宿舍附近的一家镭射录像厅，里面每天放着三级片，光线永远暗得看不清身边的脸，我很快发现了录像厅的奥秘：每次幕布上出现火爆镜头，底下的坐椅居然发出人的呻吟。一个比我早去深圳半年的朋友告诉我，看录像的都是一些住工厂宿舍的打工仔和打工妹，他们没钱去酒店开房，就把录像厅当成了村子后面的草垛。更穷的人则去工厂围墙外的草地上解决，经常被治安员和地痞罚款敲诈。

村庄里的爱情输出到城市后，乡土文学就变异成了打工文学。

2004年，我童年的朋友张火林路过南昌和我谈起祥环的事，说北林已有两年没回家过年了。只有赚到了钱的人才会回来过年。以前大家都是坐比罐头还挤的长途汽车来回，现在多是结伴骑摩托车。他说，从漳州到祥环大概六百多公里，今天一早骑车出发，第二天中午能赶到家里吃午饭。我问他，这么多年怎么就没有回来创业的年轻人？他说，在外面开野摩的，比在家里开个小厂还赚钱，为什么要回来呢？

火林说，他也只有在过年时能和村里的其他年轻人见上面，现在的村子，只有过年才会有点人气，正月一过，村里就又空了。

　　我没在过年时去过祥环和别的村庄，但我能想象得出，过年对于村庄就像一场春节联欢晚会的演出，主角们都回来了，表演造楼房，打麻将，展示五花八门的普通话和时装，然后跟那些老年和幼年的观众深情地说：明年见，明年会更好。

　　联欢会越精彩，演出结束后的舞台就越空洞。

　　没有情歌的村庄，继续把老人和儿童抱在怀里，把四季和孤独抱在怀里，村头的樟树继续在阳光下眯着眼睛眺望，不知是望见了希望，还是看到了村庄内部的忧伤。

瓦片下的家

  1996 年前,我和父母一起住在县中一排 60 年代建的老房子里:上有瓦片,下铺木地板和地面隔出半尺的距离,天花板高得似乎可以在室内放风筝。但光线是暗的,如同一个沉思者的内心。我在 1986 年秋天的一个黄昏住进这里,除了出去读大学和在乡下教书的几年时间,我一直在它青灰的屋顶下徘徊和睡眠,性格也像受了环境色的烘托一路低沉下去,从长着绒毛般胡须的少年变成了在家里一言不发的青年。

  我的房间靠窗,墙上歪斜着我画的油画风景。临窗笨重的书桌上长年堆满《诗歌报月刊》和《青年文学》。由于屋前有走廊,阳光永远投射不到桌面。天气好的话,能看到槐柳绿意蓬勃的影子晃动着把窗玻璃擦得黑亮闪光。我的藤椅上总垫着厚厚的毯子,这使我的无聊和孤独都具有了舒适的韧性。

  我慢慢习惯了在这样的房间里看书、听音乐和写作,有时也像画家那样摆开架势作画,把绷好了画布的框子倚靠在窗台上,临摹一些写实主义的名画,冬天画盛夏的海滩,夏天画被陈雪和暮色掩埋的欧洲小镇,镇口的大道上瑟缩着两个路过的异乡人。我用画作对季节做些更正和平衡,它们比我的文字作品更直接地宣谕了房间的性格。可是能见识我的油画的人太少了,我的藤椅在一年内接纳的臀部不会超过两个,它们的主人大多比我还顾忌我严肃过度的父母,环顾着四壁压低嗓子说着话,遗下几颗烟蒂就匆匆地走了。

1994年春天,我的窗台一度成了爱情平台。我早晨起床,会发现一封昨晚才写好的信卧在那里等我。它的主人在凌晨跑步到我家门前充当自己的邮差。那是一些和我的房间性格差异很大的信,沾着户外跳跃的阳光的气息。它们改善了室内的光线,我每天慌乱地展开信笺时,不管信纸上的天气如何,都像是在迎接晨光的降临。

　　没有爱情的春天更多,槐柳繁密的叶片及苍蝇般的果实在阳光下的色泽和腥香会刺伤我的眼睛和鼻膜。我从瓦片的阴凉下出来,蹲在槐柳下的草丛边,能注意到两只蚂蚁的决斗和一块光斑在树干上的移动规律。如果是在夏天,我还能看见玻璃碎片、金属片在泥地上闪光。我经常在这种光点发散出的迷惘中打发掉一个又一个睡过了头的午后。南风起时,屋前操场边的公共厕所的气味若有若无,令我想起菜园在烈日下蒸发出的气息,继而想到郊外的泥坝和草帽。我的心跳节律显然受到了瓦房的影响,我爱上了发呆,无法忍受快节奏和过分充实。我甚至认为,发呆和愉悦的无所事事对于一个习惯于把自己定位成艺术家的年轻人来讲,是一种必须和高尚的生活方式。

　　由于住在瓦片下,我的耳朵记住了雨夜的各种音乐——雨在屋顶上时缓时疾的跑动,以及它悬挂在屋檐上的无休无止的叹息,而地板把雨天的湿气和普通人对潮湿的厌烦挡在半尺之外。我常在暴雨之夜坐在沙发里看电视至深夜,不清楚是在欣赏电视还是欣赏雨所制造的在室内的暖意。有几年的冬夜,我还蜷在被窝里听到了雪粒在瓦片上的蹦跳,如同音乐盒在午夜发出的声音那般微妙动人。

　　在冬暖夏凉的瓦片和木地板之间,我们一家五口一起过了十个又羞涩又温暖的年。在和客厅隔着小院子的同样覆盖着瓦片的厨房,热腾腾的空气里浮动着妹妹、弟弟和我努力控制着笑意的脸,它们最初像苹果那样圆润,随后被时间一点一点拉长了。后来,我和弟弟离开了家乡,妹妹从瓦片下嫁到了城东的高楼上。父母也在1999年底搬进了新买的楼房。采光极好的新房子改变了我们家阴沉的家庭性格。而妹妹和我们的距离,我和父母过去的紧张关系、弟弟的健康……一切也都发生了变化。

　　2002年秋天,我回县城时发现我们的老房子消失得无影无踪了,包括门前的槐柳、杂草，还有公共厕所，取代它的是一幢新教学楼。那一刻，我忽然有种被掏空了的感觉，好像我在这里度过的十年时光也被推土机隆隆地铲去了。我想象不出来，在时间面前，有什么是不能改变的；我同样想象不出的是，要过多少年，我才能淡忘在瓦片和木地板之间默默长大的感觉。

失火的村庄

我们的文化书写，似乎对乡村患了集体失忆症，我听过那么多关于炊烟、锄头、土地，甚至村庄里的一条狗的歌吟，却极少在诗人和散文家的文字中看到它的另一种真实：冬夜对磷火等神秘物质的恐惧、得不到及时治疗而酿出人命的普通疾病，还有失去理智变得狂暴的水与火。这是村庄背阴的部分，是村庄为了成就其田园风貌付出的代价。

我在外公的祥环村寄住的短短几年，既在灵魂深处刻下了麦浪的风度，也曾像蛇一样，不断地承受闪电从虚无处降到地面的阴冷的战栗。让我的心脏到现在还常被记忆揪住不放的，是火——从灶膛和油灯中叛逃出来蹿上屋顶的大火。火是我童年经历中面孔最清晰的魔鬼，因为它曾经两次包抄我居住过的百年老宅。

那时我有多大已记不清了，只知道是个对自己在夜晚的脚步声都惊恐不已的脆弱年龄。

第一次灾难从右邻一位八十岁老太婆的手指间溜出来。她一个人在幽暗的厨房兼柴火间磨豆腐熬豆浆。到了很深的夜晚，天也很冷，困意麻痹了她原本迟钝的神经。她从石磨边松懈下来，举着灯看锅里最后一盆豆浆煮好了没有。她的眼睛太老太花也太困倦了，她不断抬高右臂调整油灯照射的角度，当她能透过水汽看到锅里白花花的泡沫时，灯焰也舔到了横梁上储藏了一冬的干茅草。然后是骤然跃起的一团红光。

我应当是这个过程的目击证人,因为每次想到这里那团火光就会像棕熊一般扑到我身上,那种灼烫感绝对不是间接经验的产物。并且,对下一个环节我是完全失忆的,这完全符合心理学规律。

接下来闪跳出的是混乱、哭泣、呼喊,以及大火烤红夜空的可怖一幕。我清晰地记得这一幕:烈焰和大块的黑色灰烬在头顶飞升,离着10米都有被灼感。我住的青砖大宅右侧的防火墙被烤得发红,墙角高大的泡桐树内侧的枝叶很有动画感地一一卷曲着变黑变焦。地面上,有人瘫软如泥发出令人浑身发凉的悲号;一些人——家里失了火和还没失火的,在慌乱地往村边的空地上连拖带拽地搬东西;更多的人,可以说是全村的成年男子都在狂奔,挑着水桶抱着脚盆,在火灾现场和村前的水塘水井之间呼喊着来回冲撞。有人跑丢了棉鞋被瓦片割破了脚趾,有人在麻石路上磕破了盛满水的木桶发出沉闷的钝响,但他们还在毫无知觉地往前冲。一些年长的人指挥救火喊哑了喉咙,他们自己似乎也听不出来。我唯一没看清的是那些攀上烧残的檩梁往下倒水的人,因为我稍稍靠近时被一个大人拎起扔到了人群外。他喊叫:小孩全部躲到一边去。

三四个小时后,大火在将邻居的廒房和半边主宅吞噬后才被彻底浇灭。而整个村庄却失去了整整一夜的睡眠,因为受灾的人还需要安置和安慰。事后大家才发现,参与救火的,还有邻村和两里外一所学校的师生。他们到底是哪些人谁也说不清——因为他们扑完火就走散了。以我当时的见识,我不能理解的一个问题是,为什么平常和邻居有过冤仇的人也加入了救火的行列,火能熔化日常的诸多矛盾吗?

在我回城读书后,大火再次将外公家屋顶的天空烤红,这次它是从左边邻居的灶间逃窜出来的。那天是端午节,我的童年玩伴松林的父亲想炸些麻花,犒劳一下跟着自己可怜了一世的胃和几个儿女。他只有一只健康的眼睛,火从油锅里蓬起来从他没有视线的那边跳到了柴禀里,等他发现时火已被柴草喂得比他还高了,他只好逃到屋外。由于村里人来得及时,那次大火只烧死了松林家两头关在栏里的猪,它们变成了两只焦黑的煨红薯。外公家祖传的青砖大宅由于在墙里加了一层隔热的土,火势也没有越过高大坚固的防火墙,只在墙面留下了一处处漆黑的齿痕。两次火灾的结果，是村里从此多了通宵巡逻的防火员，由每户出丁轮流值班。他们敲着瓮声瓮气的铜锣，用纺棉花的节奏吆喝着：水缸里挑满水，柴窠里莫堆柴哟——不眠的锣声使乡村获得了连贯的睡眠。

我成年以后，目睹过城市里许多火灾。城里的火场再大，损失再大，我也不会紧张到浑身战栗发凉的程度，因为消防车总是比我们的关注更早地到达火灾现场，而且损失也大多可以向保险公司索赔。惊恐的悲号和八方相助的火热场景也很少看到。这样的大火很难在记忆里留下灰烬。而村庄里的大火永远能烤红我的眼睛，哪怕是一座陌生的村庄。前几年的一个冬天，和女朋友去祥环的农庄小住。晚上在院子里听田野的虫唱和邻村的犬吠，忽然发现西北隅的天空有一片火光。女朋友以为是农民在烧荒，觉得它像晚霞一样漂亮，而我知道那是什么，因为烧荒只有白烟没那么高的明火。虽然隔了有十几里路，我还是能听见撕心裂肺的哭喊和火龙啃啮屋梁的噼啪声。那晚风很大，火光压下去一阵后又会猛然腾空而起。我看得小腿发软心脏发凉，久久无法入睡。当下半夜这道血红的伤口终于在黑暗中愈合时，我同样想得出那边正发生着什么，心里又开始涌动无尽的感慨与感动。

近些年我常思考的一个问题是，村庄里何以要保留比城市多许多的人情往来：全村挨家挨户地互相拜年；做了十个米粑却要将其中的五个分给左邻右舍？也许是因为城市完善的公共保障设施使得它的居民可以成为相对独立的社会单元，即使对门住着也可以互相视而不见。在村庄里却不可能这样，许多事情只有全村人互相协作才能去面对。在没有119和120等电话可打的村庄，每个人都必须互助友爱。

一场大水或大火，可以暴露村庄的致命缺陷，也可以冶炼升华和珍存一些东西。村庄为了古典之美付出的代价造就了另一种更高更宽广的美。从这个意义上讲，一场大火如果没有把村庄洗劫成地狱，就会让它在火焰和乡情中涅槃成一座失火的天堂。

在祥环的秋日下午

　　车过田畈街，莲山就在天际的流岚中浮现了，主峰如同一只安放在大地上的鼻子，也像作业本上一枚倒扣的勾。如此简单的线条，在别处重复的几率很高，但我大脑里的化学反应却只有看到莲山才能完成，因为在鼻子西侧三华里处，卧着祥环，和一个人最初的岁月。

　　以前从县城去祥环，要在柘港下车步行两三里才到，那是一条在稻浪中蛇行的路，串起四五口菖蒲丛生的水塘、几堆无名氏的荒冢、一处黑松林，断裂处用麻石条缝缀。走过麻石桥上了小坡，望见一株古樟，泪雾就要升上来了。现在九景高速公路从我舅舅建在祥环的农场门前穿过。我们下车，钻过栅栏半分钟就到了农场，快得让所有的情感都来不及发动。

　　农场的狼狗在铁门后欢迎我们，还有跛了一只脚的管家。舅妈和表弟同狼狗握手，询问管家农场近日的状况，我和爱人及专程从南昌赶来看外公的表姐趁他们亲热快步进了院子。舅妈派人准备午餐。我和爱人在阳光下调整听觉，像刚从迪厅出来，耳朵静得发痒。祥环的静和别处的还不太一样，是横在前世和今生间的空阔荒地。我眺望两里外我妈年轻时曾任教的小学，凹字形的瓦房卧在作物簇拥的圆坡上，我的目光能呈抛物线状翻过土坡到达学校下方的小树林和树林下方的水库，我妈在那里辅导一帮女学生荷锄跳社员舞，一条洁白的毛巾飞舞着飘落在油桐树浓绿的枝梢上。

　　那是几岁时的事？我记不清了。能记起的是学校和村落之间曾有的一块麦地和麦地上方的夜空。一个远亲背着我，一条和我一起长大的花斑狗陪着我妈在后，急急地从学校往村里赶。和我们一起赶路的还有豺和狐狸，它们躲在麦地里，始终没有勇气出来拦路。

爱人也和我一起被秋阳下流淌的时间缠住了思绪，她和祥环的友谊比我们的爱情晚开始几年，但算起来，也来过好几次了。她爱上了这个和她没有半点关系的小村庄，这使我和她的命运在以后的日子里产生了更深刻的联系。有一年正月我还带她来无人的农场过了一夜。我想我只能带一个女人来祥环过夜。那时她还只是我的女朋友，她在回忆那个漆黑的夜晚吗？

我们到村子东南角的菜园里去看外公。经过比小时候看上去要矮小许多的榆树（它老得脸色都黯下去了），经过树下水牛气息浓厚的空地，经过竹篱边昏暗的小路和几个半熟面孔的微笑，在外公的菜园门前，我的心开始发跳。外公从城里回来后，我曾来过两次。第一次，他的棺椁从我眼前缓缓坠下一人高的深坑。我爸对我说，给外公跪最后一次。我跪在新鲜的黄泥堆上，哭得大脑发晕。第二次是春天的一个周末，我突发奇想专程从南昌跑来看他，我的朋友骑着摩托在菜园外的水井边等我，我没有在外公的碑前呆很久，泪痕未干就坐朋友的车离开了祥环。这一次，坟上的荒草已经很高了。人声嘈杂，表姐对着墓碑请求外公保佑她幸福，保佑她被深圳股市套牢的钱尽快解套。舅妈指着一侧的荒地说，等外婆百年之后从城里回来，再把她和外公的墓搞成方圆几十里最好的墓，如果没有他们，我们这些子女就没有今天的好日子。我建议大家和外公合影。等他们走出菜园，我叫爱人给我自己照了一张。我最后回头时，泪水蒙住了视线，它没像过去那样流下来。

午饭时打电话叫来一个小时候的朋友北林，他平常在厦门打工，这段时间刚好在家。他比我大两岁，是三个孩子的父亲。我到祥环他只要在家都会来陪我。他读过初中，还尝试着写过小说，这使得我们没有变成鲁迅和闰土。但童年的语境离得远了，我们的见面一次比一次客气。他借着酒劲有些为难地劝我剃掉满脸的胡子，说这样显老。他的为难让我很感动，在南昌我极少喝酒，但他敬我，我就必须喝，喝了还要回敬。周围的人都表扬我对老朋友重感情,我的嗓门儿越来越高,话却越来越少。我不时去屋后的草丛放松,望着不远处的莲山和头顶瓦蓝的天,我不停地打抖,抖得满腔酸涩。我总共喝了三四瓶啤酒,有四五年了吧,我没有一次喝过这么多啤酒。

饭后食客散去,舅妈帮表姐联系一位据说很神的乡间相师。我和爱人去村前的老宅前拍照。以前我从未有在祥环留影的念头,但近几年,祥环变得日益远离了我的记忆。整个村落都在往后山迁徙,前半部的老房子大多荒废了。我知道要不了几年,我将无法在这里找到通往过去的路。一台沉甸甸的佳能相机在爱人手上。拍照,拍照。在通往水井的小路上,在比我还老的石榴和橘子树前的杂草中,在诞生过我的百年老宅的石槛上,在天井投下的光柱中,在雕花的窗棂(被人盗去了其中的一半)下,在邻居倒了一堵墙的故居前。我穿着牛仔裤和军绿色的T恤,没有微笑,眼神像天空那样空荡,心里比天空还空荡。村后新祥环的那些楼房和那些人群,我大多不认识了,而我所熟悉的那些房子、村巷还有人,全都变成了时间的废墟。

他是极少还住在前村的老人。我和爱人在院子里拍照时,只有麻雀和他发现了我们。

他在不远处的枣树旁侧身探视我时,我猜出了他是谁。有几年的8月份,我的嘴巴就拴在了他家的枣树上。逆着他目光的方向走过去,穿过他家的厅堂和灶间的小门,就能一口气跑到北林的家里。二十多年前,事情就是这样。但是现在,我没把握事情还是这样。他终于认出了我,而在同一过程中,我却怀疑起了我对他的回忆,我以前从未仔细看过他,我对他的印象附着在枣树和他身边那些消逝了的人物身上。他孤立地凸现在我面前,并且像老房子那样呈现出颓圮之相,令我的判断恍惚起来。

我给他拍了一张近景照,用大光圈虚掉了身后的背景,他因放大而更显陌生的脸成了一幅缀在时间之布上的画。

三瓶啤酒的作用,还是10月的阳光烤的?我的大脑变得模糊。看过离村半里远的洗衣塘,我走不动路了,和爱人在村前的碾屋里坐了近一个小时。我继续给她讲我在塘里学会游泳的事,讲碾屋横梁下的追逐、冬天住在碾屋里的安徽人。冬天的时候我赖皮不洗脚，我妈就说不洗脚安徽佬就会抓我去，我的小黑脚就惊恐地躲进了洗脚盆的热水里。爱人微微笑着，等我激动完了才点破，这些她在几年前就听我讲过了。而我根本就没有这样的印象。也许我的记忆也和这个村庄那样逐年老去了？我在碾屋的阴凉里望着村庄，和村前金黄的稻浪，抽烟，不说话，把废墟般的心情放在阳光下曝晒。这时我又闻到了村落的每个角落都有的烧柴草的气息。在一只蜜蜂的提示下，我甚至还听到了断墙上一朵南瓜花内部的寂静。

　　傍晚舅舅带着车子来接我们回城时，照旧是在农场门前钻栅栏直接上高速路。和来的时候感叹于能不经柘港直接进入祥环一样，现在我开始感慨，我居然会用这样的方式，飞速地，一闪而过地远离了二十多年前那么多鲜活的人与事。

山上和山下的风

8月13日晨，和女儿一起去芝山散步。每次回到鄱阳，不去山上走走，就像没和吴剑权、汪填金、张能清见面，等于没和故乡见面。我的女儿，我生命的一半和心疼的全部，用快4岁的脚步跟随着我34岁的苍老追思。

山上到处是被大风处理过的痕迹。空气里植物刺鼻的味道有所减轻，许多原本属于天空的事物散落在地面上：被拦腰折断的大树、倾覆的鸟巢、破碎的蛋壳、比平常多了数倍的枝桠。山脚广场上锻炼的人比往常少了，但碧云轩边露天舞场上仍有不少中年男女在操练交谊舞。在一棵大树下我见到了从大多数家庭消失了一些年头的双卡收录机。

我们准备穿过早晨的舞曲从碧云轩右侧的石级登上山顶，不想被一只鹭鸶拦住了去路，它用瘦长得令人担心的双腿惊险地支撑着身子，人一般表情复杂地欣赏那些找到借口拉拉扯扯的男女。

脚步惊动了它，可它并没有飞走，像个儿童那样好奇地打量我们。我对女儿说：我们去抓住它吧。女儿说好啊。有时看到头顶飞过的鸽子甚至飞机，我们之间也会发生同样的对话。我假装伸手去抓它时，它并没有打开翅膀，而是本能地往路边躲闪。我忽然意识到，它还是一只未成年的小鹭鸶，成年鹭鸶一律穿着白衣裙，而它身上的颜色接近棕褐。少年时残留在体内的某种本能突然醒来，我猫下腰飞快地向它扑去，只两个回合就把它抱在了手里。这时我看清了它圆得不可思议的眼睛，它惊恐地看着我，脚像被抱得不舒服的孩子无力地搓动，细长的喙张开成剪刀状咿呀咿呀地呻唤着。

　　没有人注意到一棵大树下发生的这些。这个意外的收获却很快成了麻烦。我问皱着眉激动着的女儿，是不是把鹭鸶带回家去养？她茫然地点点头。可是我们家没有这么大的鸟笼，鹭鸶以小鱼虾和螺蛳为食，我们每天上哪里去弄那么多鱼虾喂它？我们抱着它登上山顶，沿途还看到一些鹭鸶的尸体。山上的灌木被风吹得直不起腰来，凉亭边，一个50多岁的业余相师握着一个30岁丰腴少妇的手，暧昧地来回抚摩，说着些智障者才会相信的鬼话，风将他们的头发和衣袖吹成奔跑的草。

　　山顶的大风加剧了鹭鸶的挣扎，女儿说了些它妈妈找不到它会很着急之类的话，我就将它放入路边的灌木丛中。它将信将疑地扫了我们一眼，飞快地隐身在无边的绿野中。不会再有人能抓住它了，只是不知道它能否靠鸟的独特语言找到自己的妈妈。

　　我们临时决定次日赶回南昌。因为8月16日是搬家的吉日，这是远在广东的岳父岳母几易其稿才于昨天选好的日子。我虽不信这些东西，但既然有人提出了这个概念，却又不能承受在非吉日搬家的心理暗示。这两年，一些个人无法左右的因素使我的职业处境陷入最低谷，再低下去就是沉没了。我们要提前一天赶回去为这个吉日做准备。省委保育院要到9月1日才开学，我妈要一起去帮忙带半个月女儿，所以只能选择坐快艇（晕车是她这辈子受到的最大酷刑）。我去订票时，已经开始下雨，天气预报也说台风正已从沿海进入江西等省份。售票的小姐不能确定明早会不会开船，只是说一般会开，快艇可以抗7级大风。这使她的漂亮在我眼里遭到削弱。犹豫了两个来回（回了家又跑去码头），还是订了票，我其实没有其他的选择。

　　强劲而持久的风雨摇撼睡眠，睡眠被雨声和梦挤满。早晨5点多就被我妈叫醒，收捡东西，想办法确定开不开船。我妈就是这样的人，心里搁不下一点事，近些年，这种性格日益加剧，接近病态，折磨着她和她身边的每个人。我5点半起床她仍似乎在克制自己的火气。客厅里堆满东西，我觉得很沮丧，即使是搬新家这种被许多人看作节日的事，也被处理得如同仓皇撤退，而且不知追兵是谁。从18岁外出读书开始，我似乎就摆脱不了这样的早晨，不管是去干什么，都像是一场溃败，以致我后来养成了中午出门旅行的习惯，或者夜晚也行，只要不是早晨。

7点的船，6点打电话过去问是否一定开，那个小姐说仍不能确认。6点20多了仍不能确认，只是说根据以往的经验会开。我十分愤怒，但不能等了，行李很多，雨很大，必须尽快去校门口约黄包车。

学校的宿舍和教学楼都被雨泡得黑湿，似乎再泡几天水泥的坚强就要崩盘。宿舍区门口的大槐柳树被强制剃了头（如同许多人在"文革"中的遭遇），身下狼藉一片。许多老鼠一样的东西，互相簇拥着挤在露天桌凳下、墙角、铁门后、树蔸旁、墙头的灯罩下等等凡是能避点风雨的角落，一开始以为只有几十只，继而感觉是上百只，后来发现如果继续寻找，数量会不断翻倍。我看清了它们——无数被淋成了黑色的小团团的麻雀，大多数嘴角还有一丝嫩黄。一半已僵死，一半已经冻傻，努力睁着眼试图和大雨争夺体温。我想起了每天黄昏麻雀们在槐柳上聒噪的热闹情景，有的女教师路过树下会撑开伞抵挡它投掷的白色炸弹。当时我还分析，麻雀过去是住在屋檐下呀，是不是现在的房子没有屋檐，而且墙上的漏洞太少没法安家，它们才被迫搬到了树上，站在树枝上睡觉？不会垒巢的缺陷终于给麻雀带来了灾难，这是我有生以来见过的面积最大的死亡——麻雀的地狱。我看到这个场景的心情有如当年看到"9.11"镜头中的美国人。

在这场风雨中，我也并不是优雅的强者。我必须在黯淡的晨光中举着伞顶着风疾步去一里外的校门口找两辆黄包车，跟他们砍价（一下雨黄包车夫的道德水准就要降低一个档次，开价比平常要翻数倍），然后把他们带到宿舍门口来。

去码头的路上真像是溃败，黄包车上堆满了人和包裹，一部分东西和人必须交给雨去考验。天空阴沉得如同解放前夕乡间地主们携家眷逃跑的那些凌晨，东西多得似乎搬家已经开始，不是从昌南的出租屋搬到昌北新买的商品房，而是从鄱阳搬到南昌。

略感欣慰的是，从昨晚就开始的折腾没有白费，航运站还是开始剪票了。快艇像是从河的内部捞起来的，皮椅从毛孔里往外渗水，擦掉又渗出来。我爱人从包里翻出3个准备搬家时用的编制袋，垫在座椅上，人才能勉强坐下。引擎轰响时，船上30几个乘客（满座60人）的表情开始松动，与岸上风雨中的人挥别，嘱咐，抹眼泪。我爸也站在趸船上和女儿挥手。他是岸上最孤独的人，我妈在家时，他们平均每天要争吵1。5次，可我妈不在家，他一天都难熬，何况是半个月。我没去看他凝视女儿的眼睛有没有泪雾，这样的天气，流泪也看不清。

女儿在鄱阳过了半个暑假，对南昌又有了新鲜感。她的快乐调动了大家的心情。我妈和我爱人取出保温杯喂她稀饭，我没有表情地注视窗外黑亮的河。鄱阳城一半现代一半破败的身躯缓缓往身后拖动。出了城区，快艇的两舷跃起白色浪花，托举起速度和悬浮感。我妈长长吁了一口气。

没跑几分钟，船头又从浪尖跌落。几个船老大在用手机接一个重要的电话。断断续续的应答拼凑出来的信息是：省里已经下了紧急通知，台风过去前所有船只停运，否则一律扣船。这是昨天的通知，现在才传达到船上。

这个消息让船内的空气骤然拧紧。我沮丧得连沮丧的力气都没有了。但似乎还有点转机，几个船老大不想吐出已经放入口袋的钱，以船已出港，并且快艇抗风性强为由想说服上司，船在河中心缓慢地转着圈，玩弄乘客的心跳。最后的结果证明这个过程的确只是玩弄了我们的已经非常脆弱的心跳。快艇最后又驶回港口，我们又要扛着行李挤黄包车回学校去。我也在这个早晨变成了勤劳的搬运工，在风雨里来回做着无用功。这是记忆中最糟糕的一次旅行。回到父母家，我身上像麻雀们一样精湿寒冷了。

只有我爸一个人的情绪很克制地好着。我妈瘫在沙发里眯着眼补睡眠，爱人陪女儿玩。我打着伞去宿舍门口看那些麻雀。满地麻雀却在一小时之内消失得所剩无几。一个早起锻炼的老师说，看见一个人背着麻袋，把那些鸟都捡回去烧烤了。我们那里的俚语：麻雀啾啾啾，两块好瘦肉。

我拣回3只，带回家放到垫着餐巾纸的篓子里，对女儿说：我们来救活它们吧。女儿庄重地说好啊好啊。我们用吹风机从各个角度给它们送热。十几分钟后，其中两只苏醒过来，目光惊恐，在蒲墩盖着的篓子里撞来撞去地飞，另一只歪着头死去。在阳台上，女儿掀开蒲墩，麻雀箭一样射向湿重的天空。第二次下楼，又找到3只，用同样的方法把它们救活，放走。我压抑了整整一个早晨的心脏稍稍有点舒展。后来看电视，知道让一切变得混乱的台风名叫"云娜"。在浙江省，她已经杀死了一百多人；但电视上没有麻雀死亡的数目。

搬家的吉日还是错过了，和爱人带着女儿坐大巴回南昌时（我妈要等航运恢复再去），雨还没有停。我仰靠在航空座椅上，感叹命运的脆弱，一场海上的风居然能改变内地许多事物的走势。接着又估算"云娜"杀死的鸟类的数量，仅以鄱阳中学三株槐柳树下的尸体看，那将是可怕的天文数字。但最不幸的可能还是那些被烧烤的牺牲者，它们先后经历了水与火的双重炼狱——一种最残酷的死法。这个想象让我的思维微微地战栗，像在雨水中淋了一夜的麻雀，像坐在启航的快艇中要突然在一秒钟中内接受返航的命运。

听得见蛙鸣的书房

  我指的是隽洁在县城西端的房子,坐落在圩堤内侧的黄泥岭上,圩堤外是昌江草洲和数不清的池塘。房子是粮食局的老宿舍,形似火车的二层楼房,一节车厢就是一户人家,每家都有楼,阳台上随意地长着些仙人掌。隽洁住在火车靠西的一节车厢,站在阳台上能望见满眼的绿色。

  我问过他的妻子:离水塘这么近,春天能听见青蛙叫吗?她说:岂止听见,晚上简直要吵死人了。

  从和隽洁交往起,我就在心里暗暗羡慕他有能被蛙鸣骚扰的房子。有段时间,我女朋友也住在黄泥岭上,我去看女朋友时一般也会顺便去看隽洁。女朋友在卧室和他的妻子聊天,听她揭露爱写作的男人的种种危险性,我猫在隽洁的书房里抽他分给我的烟。我们好象并不怎么谈写作。这个在《散文》和《诗歌报》上发表过作品的人,曾是我们县的文学大哥,我在外地读大学时,他就和另两个哥们创办了鄱阳湖文学讲习班,他的妻子就是那些文学课的重要成果之一:讲习班开学时,她的身份是师范一名爱好文学的学生,讲习班结束,她变成了他的妻子。这样的故事,在 80 年代末 90 年代初比流行歌曲还流行。而等我写出热情时,他已经写得很少了。

  我们在一起谈得更多的是他的书房。谈书房里 80 年代末购买的那些有着奇怪书名的文学书籍——比如《小说技法 20 讲》之类,谈论一张木桌一把藤椅一盏台灯边的夜色。我当时认为住在一间偏远的旧楼房里对写作和心理健康是有帮助的，旧房子旧家具和一个爱了许多年的旧爱人可以让心情持久地沉静下来。隽洁的书房不仅旧和偏，还能观察季节在田野上的活动，听得见蛙鸣和雨声，闻得到河水和菜园的味道，它几乎是写作者的别墅。白天去汽车队当著名修理工，傍晚和当教师的妻子去圩堤上吹吹田野风，晚上坐在台灯下当即将著名的诗人，隽洁的生活在我的印象中比他的诗歌更隽永纯洁了。隽洁不赞成也不反对我的羡慕，洁白的牙齿晃动在台灯橘黄的光汁中，笑得简洁而意味深长。我去隽洁家做客的次数越来越多，以至我有些说不清楚，我主要是去拜访隽洁，还是去拜访他的书房。

频繁的拜访在1996年基本结束。我们只在每年过年时才能见上一面，因为我在那个冬天离开了家乡。在这之前，隽洁也离开县城的书房去一个叫沙洲的濒河村庄养甲鱼了。他在乡下的状况我最早是从他妻子写的一篇文章里看到的。暑假她带着儿子和一条小狗去看隽洁，在一个名叫鱼乐轩的小瓦房里吃隽洁烧的黄颡、丝瓜枸杞子汤，很田园的感觉，同时也有许多对未来的担心。甲鱼没养成，隽洁留在沙洲当起了村长，后来还当过县报驻农村的记者。迄今为止的事实证明，隽洁的种种尝试并不比他在书房里表现得更有才华，但他好象是刻意要逃出县城的书房，似乎只有逃出来，一切才会有希望。去年，他竟然跑到了千里之外的无锡做起了广告策划。虽然依然没有发迹的迹象，他已从一个沉默的人一下变成了演讲机器，春节请一帮文朋诗友吃饭，大家好象是赶来听他讲品牌宣传课。

我认真地问过他：真的能舍弃像一个人的内脏那样重要的书房吗？何况，那是一间能听见蛙鸣的书房。隽洁也很认真地回答我，要写就要写出好东西，50岁以后一定会回到书房的。现在关键是要挣到钱，当汽车修理工已经没从前来钱了。而我的判断是，他离开书房并不能挣到比稿费更多的钱，并不是所有人做了商人就会有钱。我也不相信50岁之后再写作的自我承诺。20年后，书桌上的灰尘恐怕都风化成岩石了。

但我能对隽洁说：你有那么好的书房，你不应该到处乱跑吗？我说不出来，隽洁的妻子好象也不会这样说。数年来，她带着一天天蹿高的儿子坚守在那幢有书房的老房子里,每天盼着好消息从远方传来。

我一直很好奇隽洁在书房之外的生活,我想象不出有什么东西能够让人放弃那么好的书房去冒一些比写作更大的风险。我曾在他养甲鱼时去乡下看望他,见识过那间有许多鱼病防治手册和鱼饲料的矮瓦房,在乡村的暮色里和他喝过啤酒。作为一种补充,那种日子的确是蛮有意思的,但我想不通它怎么可能取代县城里的书房呢?!去年秋天,我又从南昌出发,专程去无锡看隽洁和让他离书房更远的新居。

隽洁骑着破自行车来接我,从车站到他的出租屋,骑了近一个小时,街道越骑越窄,路灯越骑越暗。第一顿晚饭,他只请我吃了碗牛肉面,原因是前天深夜回住处时刚遭了抢劫,现金被一搜而光,脸和手臂还留下了伤痕。在异乡的小面馆里听隽洁笑着调侃自己的倒霉时,我不停地想起我20岁时在深圳的漫游,想起我们共同的家乡。隽洁和三男二女合租在一套三室一厅里,他住一个小房间,既是卧室也是书房,箱子上全是市场营销教材和广告文案作品集。一个漂亮的安徽姑娘不时借故过来搭两句话。隽洁说,她读过他以前的一些诗文,崇拜得不得了。可那天晚上隽洁继续积极主动地给我上广告课,用的还是冲兑了些乡音的普通话。他对未来的设计并不能感染我,我也在公司里呆过,我知道什么样的人能在企业长成树,什么样的人应当回到草本植物的定位,在一张书桌前把自己培植成名贵花草。我们好象都有些失眠,他沉醉在对从前的生活的及时反叛中;我望着窗外无锡的月亮怀想遥远的家乡一间听得见蛙鸣的书房。

春节时,我再度去县城参观了隽洁的书房。他也刚从无锡回来,虽然仍没挣到许多钱,但显然已找到了逃离的快乐。他请大家吃饺子,一边玩麻将一边发表赚钱的高见,就像从前发表有关写作的高见。他的妻子不像以前那样责备他的堕落了,兴致勃勃地为我们包饺子。我坐在二楼他的书房里翻他从前购买的那些书,想象春夏之交在这个位置听觉和嗅觉所能享受到的圣宴。我从隽洁的角度思考他的选择,假如我是隽洁,就一定能在这间书房里和蛙鸣共唱和吗?我没有这个把握。我虽然仍在坚持符合内心原则的生活方式，可我同样做不到为了一间这样的书房就放弃很多东西住到黄泥岭来。

　　我写下对于一间书房的种种感想时，青蛙已开始在黄泥岭下吵闹了，而听得见蛙鸣的书房的主人又去了他乡。我想象着一个人在蛙鸣中抽着烟踱步的模样，想象着他在异乡对这种春夜的想象，想象着假如我是这个书房的主人这个春天该会多么令人沉醉。是这样的，一间能听见蛙鸣的书房，我即便如此爱它，也只能通过想象偶尔享用一下它的蛙鸣和随风涌动的草香。

春天的一个早晨

不到 7 点钟,我被窗外的安静吵醒了。这种静是由几只早起的鸟制造的,它们在窗玻璃外的枝上沙沙地跳来跳去,偶尔抛下几句滚珠一样圆润的轻鸣。在南昌我即使 5 点起来也听不到鸟叫,所以一般要赖到 9 点才起床。我一醒,施工、刹车、卸货、收破烂的声响就会纠缠成一团扑到耳廓里,给人一种混乱的沸腾感。现在这些背景音突然消失了,我的耳朵有种失重的错感,仿佛回到了很多年前的小学时代。一种美好的新奇感促使我坐在朋友的床上背了一首关于春眠的唐诗。

校舍还在继续春眠,假日清晨的黄泥操场鲜嫩得像块蛋糕,安恬,松软。我去公共厕所时,看到一些新鲜的叶片和花瓣散落在林荫道上,一抬脚就粘起一片。我想起 8 年前的春天,我在这里教书,有天早上醒来,发现满床满地都是从窗外飘进来的泡桐花,白瓣上缀着红斑点,像一千片擦过伤口的纸。

然后我来到校门外,沿一条一尺多宽的泥径往田野深处走。四周是一块一块金黄的油菜和翠绿的植物,却几乎看不到什么人影。昨天下午刚到时,油菜花在阳光下黄亮刺眼,此刻在淡蓝的晨光中却低调得似乎被自身的香气熏醉。它们呼出的氧气湿湿地滋润着我的鼻孔,又通过呼吸道到达干热的肺,我想象着肺叶像吸饱了水分的新茶一样透明地舒展着,畅快得让口腔张开了好几分钟,同时也为自己不能多制造些二氧化碳回馈给广大的作物而略感歉意。

好在拐过油菜地后，我在一小块暗绿的麦地边碰上了另一个人。他是本地的一个青年农民，穿着一件很薄的花毛衣，一边嘶啦嘶啦地吸着纸烟，一边不紧不慢地锄着垄间的杂草。每一锄下去，便有土壤和草汁的腥味喷溅出来。看来他起得很早，因为解放鞋的前半截沾满了露水和花粉。但我发现他其实并不勤奋，一只鸟在身边起落都会牵走他的目光。我从他身边经过时，他的劳动因扭头观望中断了好几次。我走远了一些，他甚至直起身拄着锄柄研究了一阵子我的背影，就像我观察他一样。他的散漫使这个早晨显得无比悠闲。

田地的尽头是一座水库，走过一架用两条麻石搭起的桥，是一道通往一丛浓密树林的土坝。树林怀抱着一个几户人家的小村，有乳白的烟在青瓦上缓缓蠕动。坝的长度近200米，两侧簇拥着垂柳和少量桃树，抛物线一样的柳条上绽满了黄绿的芽，个别的桃枝也爆出了隐约的红疙瘩。柳树把身影投在水库里，把近处的水染成嫩绿的一片。人在坝上走，仿佛穿行在柳树的披肩发里，必须不时抬起手来把眼前的绿雾拂开。我在坝上踱了个来回，停在桥边远眺。

水库在土坝以西绵延数里，最后被一片黑松林截住去路。我在冬天深入过水库的腹腔，干旱舀空了水库的水，露出难看的肋骨和干衰的内脏。但是立春一过，雨水又把美貌和生气归还给了它。惊蛰之后，水库里的水越长越白，越长越胖，胖得水库都盛不下了，漫流到远处的松林和油菜地里。

我蹲在草地上想：这么胖这么荒远的水库，是叫水库更准确，还是叫野湖更贴切呢？我这么想时，这个早晨的第三个见证人出现了。

他从坝上的柳廊中向我这边快步走来，梳分头，穿灰中山装，手里拎一只光秃秃的木头盒子，可能是一个有约在身的剃头匠。有十几年了吧，我没见过剃头盒子，也没见过穿着中山装留分头的人，他因此像是从另一个年代走来。他目不斜视风一样经过我身侧，走了四五米，忽然想起了什么又调头回来了。他把木盒轻放到青虚虚的麻石上，小心地下到水边，蹲下，挽起袖子，然后用右手撩起水泼到左手上搓洗，重复四五遍后，又用同样的方式洗了脸，才甩甩手起身。他转移到离岸更远些的地方，俯下身去含了一口水，再仰起头咯噜咯噜不停地漱口，最后将水喷成雾状还给了水库。

  他的举动迷住了我。他走后，我到他洗漱的地点考察了一下，发现水库不仅做了他的脸盆，还充当了一面不错的镜子，因为我低头清晰地看见了自己脸上的一颗痣。我弯下腰去模仿那个乡村剃头匠时，还多了一个惊喜——几尾躲在草丛中的蝌蚪被我弄醒，摆动着尾巴墨滴一样泅入水的深处。这个细节是3月4日清晨最动人的结尾，它和前面的那些人物及植物一起，慢慢地，慢慢地让我记起了春天和早晨的真实面目。

向上生长的糖

如果饿是60年代出生的孩子童年的关键词，我们这拨孩子的关键词则是糖，和我同龄的1970年出生的女作家棉棉赖以成名的长篇小说名字就叫《糖》。我没读过这本书，不知它和糖到底有多大关系。但我能感受到糖这个词对棉棉的诱惑，这是现在的小孩难以想象的。

在比我们大一轮的孩子从饿的阴影里挣扎出来后，糖开始在我们的仰望中闪烁其词。它们隐身在大人神秘的口袋、上了锁的抽屉的一角，因珍藏过久而变得潮湿黏滑，只在喜庆和大人出差归来时偶露峥嵘。那时糖的品种也少得可怜，除了水果糖和花生糖，就只有驱蛔虫用的宝塔糖（不过称它为药也许更准确），剩下的是民间流行的冰糖、麦芽糖，产妇才能吃到的红砂糖。它们和我们的嘴巴总是隔着一行口水的距离。

我总是盼着跟大人去年轻阿姨的单人宿舍作客，因为她们最擅长的游戏便是从抽屉里的花手帕里变出两三颗水果糖，在到达我的嘴巴之前要在她的手掌里暂停片刻，直到我犹豫着喊出阿姨好。对糖的观察使我记住了轻握着它的手掌：光泽丰润并布满好看的红晕。这个印象影响到了许多年后我对女性的选择；挑着麦芽糖换牙膏皮的小贩是我们又盼望又痛恨的人，他们用小锤敲打割刀的脆响魔法一般收走了我家里的旧雨靴、破脸盆和尚未挤尽的牙膏，而他们用吓唬蚊子般的力气敲割下的一丁点儿糖块似乎比黄金还贵，它非但没有缓解我对糖的饥饿感,反倒把饥饿养得又肥又壮。外婆是世上最疼我的人,这是在她将一块藏在餐橱里的冰糖偷偷塞到我嘴里时形成的判断。比我大五岁的表姐迄今仍对一个黑镜头耿耿于怀:我像海狮顶球一样含着一块快要超出口腔容量的冰糖从厨房表情诡秘地出来,又想留意地面又怕融化的糖汁从嘴角溢出,模样因此滑稽至极。

更多的时候,我们连糖的影子也看不到,不知道当时全国糖的产量有多少,反正我们获得糖不比现在有些人获得白粉容易多少,而上瘾的程度也许是接近的。由于有几年在乡下生活的经历,我有机会沿着植物的根茎寻找到糖的源头。

偷瓜、偷桃、偷枣、偷甘蔗一度成了儿童文学的流行元素。在我外婆的老家,还有两种能提供糖的植物。我对田埂的亲切感也许就源自一个暖洋洋的记忆:我们趴在秋日(也许是冬天)铺满柔草的田埂上,像排雷兵那样匍匐前进,寻找一种根部小拇指大小、状如萝卜的植物(没有人知道它的学名)。它们有绿条纹的叶片摇曳在地表的微风中,我们即使隔着一米也能一眼把它们从别的植物中区分出来,然后掏出削笔刀小心地挖出根部,皮是黑褐色的,肉却饱满白嫩,咬起来又甜又脆。这是躲在地底的糖。天空中的糖也逃不过我们的舌头,它悬挂在冬日枞树细如针丝的发梢,状如露珠,色如松脂,不知道是枞枝的分泌物,还是蜜蜂或其他昆虫的粪便,扯下来放到唇边一抹,比糖还甜,只是有些枞枝的青涩味,麻舌头。

十岁左右时,我开始自己种植糖。一开始是西瓜,但瓜秧不容易伺候,由于裸露在平地上,还常被人连根拔掉。后来又改种桃,春季的雨天到人家桃树下的腐土中去找发了芽的桃核,呵护备至地移植到自家屋后,每天浇水,却不怎么见长。后来有人告诉我,要想吃到这棵树上长出的桃,你起码得熬到小学毕业了。

我读小学三年级时终于找到了快速到达糖的路径——芦秫。芦秫可能是高粱在江南的变种,形似甘蔗,食秆不食穗,含糖量比甘蔗略低,成长快,易于种植,一般种在菜园里作甘蔗的替代品,穗还可以扎成扫把。当时我跟我妈住在一所农村中学里。不知从哪儿弄到了一株芦秫苗,我把它栽在了学校南边的水塘边,准确地说,是栽在离水面不到 20 厘米的塘坝上。我这样做是有科学的考虑的：一是浇水方便；二是塘坝比较陡，又是松软的黄泥质地，不会有人冒着落水的危险来破坏我这项秘密且甜蜜的事业。我的日子从那天开始有了奔头，从一茎小苗出发，从春天出发，向秋天和糖奔去。我每天要去塘边三次，斜着身子下到水边，用合拢的手掌作瓢为芦秫浇水。时间一长，塘坝上留下了一串歪斜的脚窝，像少林武僧在练功房和马克思在大英图书馆留下的一样。

  我的芦秫在 5 月的清风里迎风生长，叶片嫩绿肥大而轻盈，在阳光下焕发着所有新生事物特有的光彩。在它长到和我齐腰高时，它几乎占据了我的全部生活。我忽然有些无法面对它就要长成的局面——我真舍得把它吃掉吗？几个月的期待使期待比结果显得更重要了，我不知道如果不给它浇水了我今后还能干什么；我更担心的是别人发现我的秘密窃取丰收果实——它已经长大成漂亮姑娘了，想藏都藏不住。我越来越多地出现在塘边，浇水，或坐在塘对面看它在阳光下舞蹈。有时晚上也要过来看看，看不清没关系，我能闻到它有别于杂草的清新气息，这种气息能让我在一个个初夏的夜晚无比沉醉。

  最后一次给芦秫浇水是一个星期天。我像往常一样斜身下到水边，右脚往下探，左脚蹲在上边稳定重心。塘坝的斜坡有一米多长，由于前一天下过雨，我过去踩出的那些脚窝变得很滑，当我俯身下去捧水时，右脚滑出了脚窝，而水边的松土根本承受不起我的体重，我猛然失去了重心。大脑空白了一秒钟后，我看到了头顶的一个漩涡，水涡的上方是蔚蓝的天，它旋转着急速地飞升而去。那时我不会水，只是本能地划动着双臂以延缓下沉的速度。我的双臂给救我的人赢得了时间，她们是几个在对面洗衣服的女中学生。对此件事的记忆到我妈出现为止，她又庆幸又气愤的样子使我的身子比刚从水里捞上来时抖得还厉害。此后的事我记不清了，反正我没吃到那根凝聚了我无数心血的芦秫。这是我和自己种的糖距离最近的一次，也是迄今和死亡距离最近的一次。

  后来我渐渐长大了，在这个过程中，糖也一天天多了起来：奶糖、巧克力和各种更好吃的糖都出现了，品种比我们的想象力还丰富。倒是用麦芽糖骗小孩的小贩很少见了,芦秫更是从我故乡的土地上绝迹了——它作为糖的载体的作用在这个时代实在是微不足道了。渐渐衰退的,还有我们对糖不屈不挠的欲望,相反,我们对糖尿病之类和糖有关的名词充满了恐惧。

  现在的小孩童年的关键词肯定不是糖了。那么是肯德基?电玩?我说不出来。因为我的童年在零食和玩具匮乏的70年代,我只是一个在对糖的仰望中艰难长大的孩子。

客自中原来

1998年我初到南昌工作时，认识了一些赣南和宜春人，从他们那里接触到客家人这个概念。当时的感觉是诧异而懵懂的，明明也是汉族人，却非要单列出来说，给人少数民族的错觉。那些人自称客家时的神情也是有些微妙的，说自豪或许有点夸张，某种与众不同的自得感还是有一点的。

他们平时也说普通话，彼此一见面时立马切换语音频道，像要用方言竖起一道篱笆，把我们这些讲普通话的普通汉人排斥在外。后来回忆起来，这些人真有不少交集：老家都在深山里，物质上能吃苦，精神上很敏感。像沙漠上的狐獴，不时立起身子警觉地探头打望远处，有时甚至有点草木皆兵。一旦确认你是有善意的，他便会刀锋入鞘，赤诚相待。

交际圈里的客家人一点点多起来，特别是当一些我们原本很熟悉的军政名人也被指认为客家人后，就有种恍然大悟的感觉，客家人其实一直就在我们身边，只是缺少特殊的标志，过去没注意到这一重身份而已。

学者们比较一致的看法，客家人是自西晋末年（公元四世纪）开始，从以河南、山西为中心的黄河流域分五到六次迁徙到赣、闽、粤以及湖南、四川、台湾、海南等地的，原因主要和战乱与饥馑有关，比如黄巾起义、五胡乱华、黄巢起义、蒙古南侵、明朝灭亡等，每一次大的动荡都会激发一次大规模迁移。

目前，全国有十六个省共二百二十八个县有客家人居住。在江西，纯客住县、市有宁都、兴国、赣县等十八个，非纯客住县、市有赣州、万载等二十个，客家人口总计一千多万；福建客家人口近四百万，纯客住县有长汀、连城等八个，非纯客住县市有建宁、沙县等二十一个；广东客家人最多，共有两千多万，纯客住县、区、市有梅江区、梅县等十八个，非纯客住县、市多达六十六个。海外的客家人口也多达五六百万，约占华侨和海外华人总数的三分之一。

客家人的来源和迁徙线路也许是比较清晰的，不过我心里始终想不清楚的是，长江流域的汉人，不少也是从别处迁来的，为什么他们没有成为某个民系，独独客家人自成体系，以至于在时过境迁的千百年之后，仍自称客家人呢？是由于他们慎终追远，敬重祖先，还是因为他们始终保持着居安思危的危机意识？毕竟，千年之后，这些客家人在客居地早已反客为主，成为当地的主人或主人之一。

2008年岁末，出于对客家围屋的好奇，专程去了趟赣州市的龙南县。龙南是全国现存围屋最多的县，保存完好的有五百多座，最出名的是县城以东十五公里外的关西新围，建于清代嘉庆至道光年间，是关西名绅徐名钧兴建的，前后费时二十九年。围屋占地面积七千七百平方米，配套的附属设施有一万平方米。整个围屋呈长方形，四角立有四个高耸的炮楼。围屋外墙高十多米，壁厚一米。整体建筑五组排列，前后三进，共十四个天井，正中为祠堂，对称分置十八个厅，围内通道贯穿各列建筑，百余间房屋有序分布。

围外的朴拙坚实和围内画彩镏金的精致风格相映成趣，就像一个甲壳虫的坚硬外壳和它柔软的内脏那样反差分明。

另一处的客家酒堡规模较小些，整个围屋南北长五十五米，东西宽四十五米，占地二千四百七十五平方米，距今也有两百多年历史，围内建有许多三层结构的民房，共有住房一百二十六间，另建有炮楼四座，炮楼四周布满枪眼。围内曾常年储藏可供全体居民食用三个月的粮食和米酒。

围屋的母本系东汉中后期中原大庄园主居住的坞堡，中原士民南迁时，把这种建筑形式和技术传到了赣南以及福建和广东，又因地制宜做了一些发挥。在赣南多为四方的围屋，在闽西则化身圆形的土楼，主要强化了建筑的防御功能。有的围屋内墙还涂刷了一层粘性极强的糯米，一为加固墙体，二为应对不时之需，如果被困太久围内断粮，就用刀把糯米刮下来水煮充饥。

　　看得出来，即便在南方繁衍了数百年，客家人对于身处的环境仍是心怀戒备，他们既要融入当地的山川，又不敢彻底敞开襟怀，总担心有不测之风云起自山林之内或青萍之末。围屋外紧内松的建筑学特点正是这一复杂心理的外化。

　　到了广东，客家人算是站稳了脚跟，不需要把日常空间局限在完全闭合的土墙内，便将围屋的一边敞开，建成中原府第殿堂的模样，并在门前设置一处晒物的禾坪及一口半圆形池塘。池塘汇聚围内各个天井的排水，既可养鱼浇园，又能充当消防水源。所以，在梅州一带，我们看到的多是这种殿堂式围龙屋，实用性和美观度都比赣南围屋和福建土楼有所提高。

　　我到达那些围屋时，它们的主人早已搬离，融入城市或乡间洋楼。围屋内的生活形态、伦理关系和烟火气也一并灰飞烟灭，我必须借助资料、道听途说的故事，加上强劲的想象，才能还原空寂的围城中曾有的拥挤与热闹。

　　从内宽外窄的射击孔望出去，田野是一片虚虚的绿，亮得晃眼。酒堡的黄昏，光线晦暗，站在哪里照相都会曝光不足。只是，书着繁体酒字的大红灯笼呈弧形排列成一圈，多少稀释了一点堡内的暗淡与沉闷。

　　南迁之初，客家人常与土著和盗匪发生冲突，这强化了他们的身份意识和宗族观念。

　　客家人的族长并非世袭，由族人依据辈分、威望、能力、品行等要素公开推举。围屋内的小社会便是以族长为龙头，以族规为准绳有序地运行，这样有利于发挥合力，一致对外。

　　这个小社会的财富有着族产和私产之分，二者并存不悖，在族规的框架内各自发展,有种社会主义和资本主义兼容的意味。不过说到底,围屋本身还是封建割据意识的建筑象形。

一位客家朋友说,围屋里虽住着许多小家庭,但因建筑格局和管理模式的影响,并无多少私人空间,居民之间很难有隐私,一家吵架全围人都听得清清楚楚。在这样的环境中,那些特立独行的思想和观念,常会受到孤立和排挤,这种生活形态对人的创造力还是有所钳制的。

的确也是,客家历代名人中,像陈寅恪这种才学与人格均孤绝于世的名士似乎并不多。自然,藉此就把责任归咎于围屋的生存方式或许有点直线思维,要说一点关系都没有也难免牵强。

看过一位客家籍作家写的客家人性格分析,谈到客家人的优点不外乎勤勉、自立、自强等,毛病则包括:过度自尊,太看重面子,容易得红眼病,陷入内耗,作者还沿引日本学者打的一个比方——三个日本人斗不过一个客家人,但是一个日本人可以斗过三个客家人。

同我个人对客家人的切身感受有不少暗合之处,不过内耗的性格弱点,放到其他汉人身上也基本适用,所以究竟具有多少族群的共性,还真的不好考量。

在我看来,客家人坚韧的开拓精神和柔韧的适应能力倒是有据可考的。

"逢山必住客,无客不住山。"作为后来者,在生存空间的选择上没有话语权,只好在土著的领地边缘伺机置喙。在南方,这种边缘就是人迹罕至的深山老林,从纯客县的地理位置可以看出,基本在赣南、闽西、粤东交界的山区。

梅县雁洋镇的桥溪村位于阴那山五指峰的西麓,海拔近千米,在明朝之前是纯粹的荒山野岭,大约在明万历年间,客家人在此建村,香火延续至今。

现今这里正打造休闲度假村,铺了水泥盘山公路,上一趟山仍然不易。从山脚到村前这段路我差点晕车呕吐了。村子就像悬挂在山壁上,找不到一块稍大点的平地。就算到了村前,每走一步都要弯腰埋头努力向上攀登，状若叩头，所以这个村子有个别名叫叩头溪。当然，村里人对于叩头溪的来历还有一种说法：明亡后，朱三太子一路南逃，曾躲到此处隐居，本地官民前来朝拜时，均要一步一叩头，故得名。似乎为了佐证这点，本村人大多数都是朱姓。

不管哪种说法接近真相，都从侧面印证了这一带的偏避和艰险。在公路开通之前的年代，进一次村和出一次村都像是一场远征。

在一马平川的黄河流域住惯的人，要搬迁到陡峭的山坡上居住，还要克服气候、外敌骚扰等种种干扰，需要多大的毅力和适应力呢？仅凭几年几十年的坚持怕是远远不够，许多习性和基因，要花费几百上千年的时间去改造吧。

那些为捍卫生存权而爆发的大大小小的战役和械斗，地方志和族谱上多有记载，征战的难度尚在明处，成功了就地落户，失败了另辟蹊径，虽则凶险，倒也干脆。在我看来，最难的还不是社会关系的楔入与重构，而是对于全新地理环境、气候环境的征服与适应。这种适应貌似仅仅关乎生理，其实有着太多文化和人类学的内涵。

十年前，我也曾有长居珠三角的尝试。我故乡鄱阳和那一带的纬度相差不算太大，但不大的纬度差造成的气候差异、植被差异已让我浑身不适。首先不适应那里四季不分明，一年似乎只有夏秋两季，生理机能和心理机制都被打乱。那些躯干低矮、叶片肥厚、花瓣鲜艳的热带植物明明也很有风韵，可我再怎么跟自己做思想工作，就是喜欢不起来，觉得远不如江西的樟树、桃树来得亲切。这些最终成为我选择还乡的重要原因之一。

2012年12月初，因会议在梅州逗留四日。和我预想的不同，梅州的生态环境好得接近江西，同我去过的广州、顺德、阳江等地完全不在同一层面。城市也干净且安静，鲜有工厂，也极少外来人口。上下班高峰期也不会堵车。穿城而过的梅江迂缓宁静，弧度肥美，像梅州人那样，心有静气，步履从容。

有天夜晚我沿江慢跑，十多分钟都遇不上一个肩膀擦身而过，只有温湿的江风软软地舔舐着面颊的皮肤，间或还能闻到桂花的浓香。

才晚上十点多，梅州的街面便人影寥落了。同喜好夜生活的潮汕地区及珠三角的人不同，梅州人大多日出而作，日落而息，生活方式相对科学和健康些。

已作为景点开放的梅县南口镇桥乡村，因旅居海外的华侨众多，建筑可见客家和西洋两种风格的合璧。周边的田园基本保存完好，山是绿的，水是清的，一些番鸭畅游浅塘。农田有些布满浅黄的稻茬，另一些被种上进口草皮。我在"南华又庐"前闲逛时，几个农民正戴着遮阳帽搬运草皮，说是准备卖给楼盘和公园，收益自然比种粮食高不少，因为价格高成本低，一年可种很多批次。

下榻的宾馆是本地一家有名的庭院式五星级酒店，院子里密集栽种了各种好看的热带和亚热带植物：大王椰子树、高山榕树、木棉、秋枫、晃伞松、芋荷、凤凰树、黄槐、爆仗花。基本是岭南才有的品种。

宾馆外有一处村落叫东升村，隶属于梅江区三角镇，离开梅州的前一天下午我去那里走了走。东升村的房子已无多少客家老屋的特点，稍老点的房子都是民国时的南洋式楼房。房前屋后疯长着高大的芭蕉和累叠着青色果子的蜜蕉。

一个老人在村口用网兜打捞鱼塘里的枯叶和杂物，问他这个村子是否都是客家人，他点点头，又问他们祖上是哪里迁来的，便没了耐性，让我到前面的宗祠里去打问，不知是我的问话方式太鲁莽，还是他确实不关心祖先的来历。

客观地说，作为世界客都，梅州的城市和乡间都堪称漂亮，但置身其间，当年前那种客居珠三角的茫然和不适感再次卷土重来。尤其在宾馆的庭院散步时，热带植物浓重的身影与气息每一分每一秒都在提示我的外来者身份，一个在樟树、枫杨下长大的江南人，只有在香樟的清香和油菜花的粉香中才能安恬陶醉地呼吸。

这也让我推想到客家人初到梅州时的困窘。他们的籍贯和性情离这片土地比我还要远很多，那些在大槐树、榆树和白杨树下长大的人，是怎么接纳并习惯这些外星景观般的热带植物的呢？黄河流域的四季温差可是比长江流域还要大很多，他们怎么适应得了一个个无雪的冬天和岭南的闷热与瘴气呢？除了改变自己的心态、肤色、劳作方式，还要完成哪些我们无法洞察和归类的基因改进呢？在我看来，这个工程远比和土著及土匪打十场战争还要辛酸漫长。

中国人写的历史书，每谈到战乱导致的流民迁徙时，总喜欢加上一句：客观上加强了东西或南北地区经济与文化的交流。每每看到这样的结论我就会觉得，那个站着说话不腰疼的历史学家真是可恶，这种貌似客观的历史观其实是建立在漠视具体生命的精神苦难基础上的。

在梅州，我总有意无意地和当地人扯到乡愁这个词，对方大多比较淡然，和我交谈的客家年轻人说，他们世代居住此地，并不存在什么乡愁，现在再回到中原去反倒更不习惯。

这种说法应该是诚实的，一般说来，有乡愁也是第一第二代或顶多第三代移民的事，不会此愁绵绵无绝期。总的说来，中国人算世界上最务实的人种之一，生存需求永远大于情感需求。

不过有意思的是，一个不谈乡愁的族群，定居异乡千百年后，却一直乡音不改，以至于时代更迭了无数回，与当地语言杂交了无数回，他们的口音仍旧和古时中原的祖先相差不多。他们迄今仍称绳子为索，脸为面；称吃为食，走为行；称脖子为颈，柴为樵……他们迄今最流行的一句话仍是：ai（发第三声）是客家人，那个 ai 所对应的指称"我"的汉字，古旧生僻到现代汉语词典里都未收录。

基于这种对于方言的和客家身份的看重，我又一厢情愿地认定，客家人心里其实是有乡愁的，只是这个乡太远，愁太深，消溶进血脉，自己都意识不到了。或者说，深到了无的程度。

实事求是地说，宾馆里提供的客家菜并不好吃，既无粤菜的清淡，也无中原菜的厚重口味，多是杂烩和折中的产物，比如盐焗鸡、枣姜羊肉、米粄等等。

在梅州的四天，每顿都会吃到的一道菜是酿豆腐，在豆腐里放点肉馅烹煮而成。我的第一感觉是，这种怪诞的搭配绝对不是从口味出发的。一打听果然不假，客家人初到岭南时，很怀念中原的饺子，但岭南不产麦子，没有米粉，他们就把颜色和米粉相似的豆腐当成米粉做成酿豆腐。

酿豆腐的味道和饺子毫不相干，不过每次吃饭时我都会品尝一块，因为每次夹起这只义饺时，眼前就会浮现一片北方的麦田，那麦田地势平坦，无边无际，六月的熏风追逐着金黄的麦浪，一波一波地涌向古铜色的天际。

边　城

在宋朝的城墙上拍照时，忽然想到你。砖缝里的青草正在阳光的炙烤下吱吱地生长，某个念头也尖叫着冒出脑袋，令我惊喜而惭愧，以前总说一起去哪里去哪里，为什么没想到这儿呢？

倒不是因为，你的身影镶嵌在旧城墙的苍凉中会更显柔媚，（虽然，你的身段和皮肤就是为了和颓败构成反差而预备的），更主要的原因是，这里才是你要寻的适合安恬小住的边城。

我曾悲观地以为，连凤凰这种蛮荒野地都开满了酒吧（这地方我时隔十年去过两次，第一次是初识，第二次就是诀别）中国境内已无值得一去的边城，没想到最后的边城就藏在本省的崇山峻岭间。

2005年到崇义的深山过夜时，只是绕城而过。

2008年冬来只身专程来此时，也未充分意识到这点，那时我的注意力在城南一百公里外的围屋上，我来看围屋的动机是想逃离精神的围城。那年的寒潮把我从赣北驱赶到五百公里外的赣南，在围屋和客家酒堡猩红的灯笼下，我长久地保持仰望的姿势，从吉祥的红色中汲取了一点微弱的暖意。那时也在城墙上逛过一圈，阳光稀薄而硬冷，砖缝间的秋草枯死，叶片失水后变得轻而脆，涉江而来的朔风舌头一卷，就把它们全没收了，青砖上灰秃秃一片，我有了置身西安、北京或其他北方旧城墙的错觉。

那时已有当地人告诉我城墙是宋朝的，但入耳未入心，北京和西安的城墙都是明朝之后的，这里可能是宋朝的吗？我把这说法当作家乡情结发酵出的自大和自夸，我世故地推论，若是全国硕果仅存的宋城，怎么游客这么少呢？整个下午，城墙上的人比麻雀都少。麻雀三三两两地盘旋，为了草籽和繁衍权喳喳喳地缠斗，完全不把人放在眼里。

那次印象深的是蒋经国故居，朋友说，章亚若在桂林被毒死的消息传到这边时，蒋经国是一路哭着从行署回到住处的。在故居的板壁上，我看到他和苏联妻子的私人生活，也看到章亚若苹果形的面庞。在七十多年前的现实中，她是无法楔入他的家庭的，她能楔入的只是专员的闲情和自己的悲剧，现在，她却和他的正妻和睦并置在这个无法深入的房子里。

阔大的别墅似乎只我一个远客，我落寞地流连在一段落寞旧事中，使得旧事更显黯淡，悲剧更显悲凉。我倚在窗后留过一张照片，脸被光线劈成两半，一半覆盖着冬阳的微温，一半陷落在寒冷的阴影中，正如我那年的心境。

后来去章亚若老家永修县吴城镇拍候鸟，每次都想起这个故居，以及这座在冬日阳光下庸碌度日的古城。

在名声上，它真的是有点平庸的，江西人自然知道，它毕竟是全省最大的地级市。全国范围内，对它有耳闻的也不会太少吧，只是远未引起探究的兴致和寻访的冲动，它的内里和外貌都超过凤凰、平遥，知名度却远不及。以前我也向你提及过它，也只是阳光照耀诸城，也顺便照照这里的意思，并没有孤城力荐的笃定，只是说，如果到江西南部，这里还是值得一看的。

这似乎是它的不幸，却着实是我们的幸运。

前阵子它在网上被热炒的那回，也并不是因城墙，而是同水灾有关。

几场全国性的强降雨，把上海的街道淹掉，把北京地下车库淹掉，各地纷纷传来市民用脸盆当街捞鱼的喜讯，当然，也有人在街面淹死在私家车内。这里是南方，雨势自然更猛，但无一处街道被淹，没一人被雨水所伤。媒体探究原由，才知这城市受益于建于北宋的地下排水系统福寿沟。

也就是从这时起，我相信了这座城市和宋朝的血缘关系，它的皮肤可能在后世整过容，但骨骼和肠道确实是宋朝的。有记者跟着环卫工人下到福寿沟，闻到了九百年时光在背阴处淤积出的臭味，也找到了不少宋人留给今人的信物：砖石，还有年代确凿的铭文。

在干燥的北方，清朝之前的城墙都极少留得住，湿热易朽的南方，九百年前的城池怎么维护得如此完整呢？

这次转悠了五天，忽然想到边城这个概念。

省会南昌同这座规模稍逊的古城的隔膜，一方面是空间造成的。在古代，乘船从这边到豫章故郡，一帆风顺的话也要两三天吧，即便有了铁路和高速公路，车程也在半天之上，比从南昌到武汉、长沙都更费时。文化上的距离似乎更远，这边百分之九十五的人口是从中原迁来的客家人，性格、饮食、风俗同赣地土著都相去甚远。

它下辖的龙南、全南、定南等县，在版图上已凸入粤北腹地，当地人周末娱乐的首先地也是广州而非南昌。

从南昌放眼四望，这里是全省最货真价实的边城，别处都没这边典型。它不仅南枕五岭，还东连八闽，西接潇湘。

僻远、异质、古朴、安宁，边城这个抒情性名词所打包的言内和言外之意，它都具备了。古城墙、护城河（这可不是人工开挖的水渠，而是源远流长的万顷碧波，来自大庾岭的章江和来自于都的贡江在八镜台下结为夫妻，合二为一为江西的母亲河赣江，一路逶迤北行，生养出泰和、吉安、樟树、丰城、南昌等一干儿女，最后经鄱阳湖入长江归东海。这算得上全世界最牛叉的护城河吧。）浮桥（我的宋朝老乡洪迈所建，由一百条船铺上木板搭建），它们的完好度和自然度，在我的见识里，亦无出其右者。

开篇我就提到，这座边城的城池是缀满荒草的，不仅墙体有，甬道的砖缝里也不时爆炸式地蹿出一蓬，有的构树已长大成人，根须紧紧抓住墙体深处的泥土和水份，和城墙血肉模糊地融为一体，红湿的花朵野草莓般溅落一地，踩上去，浓汁四溢。这情形是别的古城墙所罕见的。北方缺水，松软的泥土长植物都难，遑论坚硬的城墙。南京等南方城墙大多是翻修的，来不及长出这么茂密而自然的胡须。

宋城的管理者是聪明的，当然也可能仅仅是出于懒散。如果真是懒散，也正符合了边城应有的性情。

这座城市的呼吸是散慢的，节奏不会快于江水的流速，日出而作，日落而息。市区人口也近百万吧，但我盘桓数日从未遭遇过堵车，出租车也便宜得令人感动，几块钱就可以在旧城区兜一圈。行道树大多是站姿慵懒的榕树，它一点不急着长高和同类争夺阳光，而像一个个性情温和的胖子，缓慢地横向发展，不断扩展着绿荫的规模，把大街小巷都包容在自身的善意中。

老城区有个灶儿巷，曾是穿着皂衣的衙役聚居的地方，被老百姓谐音误传为今名，反倒更有烟火味了。这里算得上景点，但市井形态未遭破坏。我去那里逐户探查过，二百三十米的长度内容纳了十数幢深宅院屋，里面租居住着些举止迂缓的老人，在天井流泻下的光瀑中，他们摇着蒲扇，轻微划动纤尘飞舞的空气。这样的情形我在遥远的童年见过，你则只能想象了。

与灶儿巷相连的几条老街，房子多在百岁以内，保存的是民国以来各个年代的记忆。房檐与房檐之间拉扯着走势复杂的晾衣绳，被单、外套、汗衫、胸罩、内裤湿漉漉地飘着，好似给天空打了花花绿绿的补丁，穿行其下，即便走着从部队学来的S形，也难免不时脖颈或手臂一凉，只好嘻嘻笑着快步逃开。

老街上的居民，有烧煤气的，有烧煤球的，也有把黄泥炉子搬到门口烧柴劈的，乳白的烟妖娆地升到半空，把柴草的香味播洒到气流中四处扩散；你既能看见卖电器的小超市，也能遇到卖米酒、米酒酵母和竹器、木器的老作坊；既有时髦的时装店，也有脚踏缝纫机嘎嘎直响的旧裁缝铺，像是不同时代的电影在某一地点同时开怕。

我还从一个窗口窥见老式剃头，一位老师傅，用雪亮的剃刀在一副面颊上细细地刮了半天，被刮的部位掩埋在乳白蓬松的泡沫中，松垮而衰败，但刀锋一点也伤不着它。仰躺在旧式剃头椅上的老头睡着了一样阖眼享受着，时间在刀锋和皮肤刮蹭的脆响中一毫米一毫米地流逝。

离灶儿巷很近的城门洞，有老者背倚弧形砖壁坐在地上卖金黄的烟丝，用报纸把烟丝裹成墙砖状的若干包，只摊开一包让人品尝。这种买卖，似乎也只能到童年视界里去检索。我不吸烟多年了，但被烟丝的色泽引诱着，捻起一小撮嗅了嗅，有种卷烟所没有的干燥馥郁的植物香。一个买烟丝的七旬老人说，卷烟里有焦油，再贵的也抽不惯，他只抽这种廉价又纯正的土烟丝。

这边的客家菜和梅州颇不相同，都是你爱吃的，不咸不辣，但味道很浓。茄子、青椒是放在小钵子里擂制的，鱼也做得有特点。要让鄱阳人赞赏别处的淡水鱼很困难，不过平常在南昌吃饭时，我常点一道赣南小炒鱼，很平常的草鱼，不知用了什么调料，油煎加勾芡，口感就很特别，在这边就烹制得更地道了。还有一种浅黄的米粉，当地叫鱼丝，不知是不是真用鱼肉配米粉做的，与南昌、上饶等处的粉完全不同，从早餐到晚餐，我每顿都盯着它吃，每顿都撑得像青蛙一样抱着肚子喘息，下一顿仍无法自控重蹈覆辙。

这次过来，某些现实思考和古城的历史发生共鸣，这也是过去没想到的。

这里建城于汉朝，唐朝就成为"五岭之要冲，"、"粤闽之咽喉"，一千多年来，"商贾如云，货物如雨"，往来名士多于过江之鲫。张九龄、苏东坡、辛弃疾、文天祥、王阳明等人留下过诗篇和轶事。单是郁孤台就催生名篇若干，"郁孤台下清江水，中间多少行人泪。西北望长安，可怜无数山。青山遮不住，毕竟东流去。江晚正愁余，山深闻鹧鸪。"辛弃疾的这篇最出名，也是我最钟情的。"郁孤台下清江水"和"山深闻鹧鸪"是我最喜欢的句子，作者的本意是以景映心，却无意中存档了古城的生态环境。前句里有青江的水波，后句录播了南方人最亲切的鸟鸣，江南人把鹧鸪的叫声翻译成"行不得也哥哥"，十二个字就把边城的清秀和路途之难勾画毕现。

城里高寿的老人至今还在念叨蒋经国，认定他是本城历史上难得的清官和好官。对于这段历史，前几年我零零星星地做过一点了解，此番还弄到一本旧书《蒋经国自述》，对于他在此地的内心活动有了更深的洞察。

蒋经国主政此地时，刚从苏联回国，尚未沾染官场陋习，又正值而立之年，理想和激情俱在，加上"太子"的诸多特权撑腰，魄力和能力都令人激赏，禁毒、禁赌、禁娼，惩治奸商，改善民生，发展教育，让内陆小城春情荡漾，这个原本开化不够的古城俨然成了全国新生活示范城。

那段时期，应该也是他最难忘怀的人生段落吧，他在此遇上章亚若，在此第一次施展政治抱负，许多美好的第一次都发生在这里。

自述里记载，他每天早上四点起床，带着干部训练班的学员去城外拉练长跑，一跑就是十几里路，八镜台、郁孤台、浮桥、马祖岩，那些著名景点他全用脚板叩问过。他常穿雪白的裤子打着赤膊和干部一起锻炼运动，笑容和阳光一样璀璨。这恐怕也是他一生中最新潮矫健的形象吧，难怪会招来章亚若飞蛾扑火般的爱情。

热闹从1939持续到1945年，蒋经国一离开，古城再次从焦点回到边缘，继而，淡出大众的视野，因为，它的清明所依赖的只是某个好官，并没有完善的制度保障。说到底，仍是封建意味浓厚的清官政治。

相比而言，福寿沟的隐喻更接近现代社会的理想，只有着眼于长远，把制度设计好落实好，才能减少人事巨变带来的社会损耗。

福寿沟系北宋郡守刘彝所建，他本人数度出任水丞，是极专业的水利专家。此前本地也常生水患，他主政期间，依据城区西南高、东北地的特点，设计了两条地下排水线路，一线象形为福字，一线象形为寿字。福寿沟遵循并利用了地球的万有引力，完全不靠人力和机械实现了排涝。此后近千年来，官员换了无数届，沟却在看不见的地下默默发挥着效能，仅在明清时大规模疏浚修缮过一次。

一座平凡的江南古城，竟蕴藏着如此深远而实用的智慧，谁还敢小瞧它的平凡呢？

你可能注意到了，我把这城的今生和前世都翻挖出来，把筋骨和肌肉都描绘给你看，但我始终避免大声喊出它的名字。

你了解我养成这个习惯的心理，这些年我到处探寻残存着诗意的山水和旧城，却不愿以文字和挚爱为它们做广告。

我们都知道的，这个时代肆虐着一些可怕的悖论：出名便出事，保护即破坏。

这座边城最好的好处正在于，它比大多数古城都更古雅，也比大多数古城更籍籍无名。

至少，在眼下，它还没被黑心的开发商抹黑，也没被赶集般的游客踩沉。

这段时间边城也很热，不过一到夜晚还是很凉爽，尤其是建春门外的浮桥，每个船头都坐着一对情侣。山风贴着水面滑翔了几十里路，拂过桥面时，已沁凉如水了。城墙的垛口上，也或坐或躺着纳凉的人，中年人打着鼾，年轻人望着星空唱情歌，有种八零年代初的纯情趣味。

石城的白莲花也开得正好，这次我也去了，不仅拍到了荷叶碧连天的画面，还品饮了最新鲜的莲子羹。

秋天来当然也好，我们一起去瑞金看向日葵，去上堡拍金色的梯田。我对边城四周的县份并不熟，这就意味着还有许多惊喜在山野中潜伏，等我们路过时猛然跳出来吓你一跳。我们所要做的，不过是信马由缰跟着小路走，深入山路的每一根毛细血管。

这边纬度和粤北相近，冬天比北方的城市日照充沛，也比南昌暖和很多。白天我们去梅关古驿道赏梅，晚上去酒堡中喝米酒。这里的米酒和别处不同，颜色米黄，很甜很稠，不知不觉就能把人灌醉，那样我正好可以享受你的搀扶，摇摇晃晃地从远山归来。

要是能在春天腾出时间来自然是最好的。

惊蛰之后还蛰伏在办公桌上是罪过的，我们劳动是为了和春天靠得更近，而不是一天天远离它。

你知道我有"小城之春"情结。比我还老几十年的老电影《小城之春》，复原的似乎是我前世的生活场景，静谧而有些颓废的小城，荒凉而蓬勃着爱欲的春天。我热爱这样的春天，天空饱蘸着花粉和酒精，我毛孔敞开，每天在旧城墙上翻书，远望，沉思，也不乏小石投水的意外之喜。你忽然出现在远处的田埂上，柳树喷吐着绿雾沿着河岸带路，桃树绽放出欢迎的礼花。你的穿着和风度是小城人从未见识过的，你的面容和嗓音是我从未品尝够的。

你背着旅行袋逆光对着我一笑，我就头晕目眩从城墙的豁口处滚落。

我们就不住宾馆了，去老街上租一套民房，用一个月或半年的租金租借一周，每天和老人们一起去买菜，做饭，坐在城墙上晒太阳，听他们反刍我们未见识过的无常世事。比老人们多出的精力，就做些老年人做不了的事。循着古诗的韵脚去郊外寻芳，和蜂蝶争宠，同自己的影子赛跑。如果遇上一处绣满紫云英的草毯，就躺下来听听彼此的心跳，用眼睑的皮肤感知暖阳痒酥酥的脚趾头。

这样的春天还为从容地到来过，这样的春天足以以一当十，以一当百，短短一周，便可笑慰一生。

一周之后，你从空中飞走，我数着钢轨返回。

边城，依然故我，在热门旅游线路之外，静候着每一个怜惜时光与爱的人。

欢歌与绝唱

越来越不喜欢窗外的蛙声了。

是的,我确实曾非常渴望拥有一间能听见蛙鸣的书房,我确实是个爱用蛙鸣和稻香点缀心情的小酸人。与此同时,我确实一天比一天更不能忍受青蛙在楼下的喊叫。

我现在居住的小区,数年前还是片污水塘,房地产有暴利后,有人把它买下来填平建起了商品房。前年九江发地震时,波及到我们这里,整栋楼有弹性地扭了一下身子,就像人脚下不小心踩滑了一滩烂泥,但很快它又站稳了。

我刚搬来时,虽然小区后面早建了个更大的小区,我们之间的空地却蓬勃着一片菜地,绿油油地逼视着你的眼睛,每天傍晚都有本地的老居民搬着小马扎去那厢劳动,农家肥刺鼻的气味尾随暮色潜流到我窗前,让我愉快得想打喷嚏。春天的时候,几场雨浇下去,蔬菜和稗草一夜蹿高好几厘米,青蛙的叫声也从陡然增多的水洼里浮了出来。咯咯咯……呱呱呱……蛙鼓汇成小溪夜夜从窗前流过。

意外而奇妙的景象让我兴奋了一段日子。很快,一台不可一世的推土机闷着头开了过来,就像一个仗势欺人的恶少,所经之处,人群溃散,店铺遭殃。我早晨出门时它刚开始轰轰轰地喘粗气,下午下班回来,菜园就没了。推土机的履带齿痕生猛地横亘在裸露的黄泥上,像伤口上的缝针线,新鲜草汁的味道在空气里时浓时淡。

周围的居民说，那里要修条大马路。然后，他们又在马路两侧残存的荒地上垦出了新的菜园，青蛙也跟着撤退到这里，只是数量和气势大不如前。有时，居委会要迎接市"创卫"检查组的检查，又用小推土机把菜园和蛙声铲掉。检查组一走，菜园和蛙声又从另一个地方生长出来。从2004年夏到2007年春，拉锯战打了好几个来回，菜园的面积不断萎缩，依然见缝插针地苟活了下来。直到此刻，我坐在房间写这些文字，仍能听见依托蔬菜的庇护潜伏下来的青蛙在叫，只是不像前几年那样嗓门响亮、理直气壮，像失去根据地的游击队员，用咯咯的蛙语充当秘密接头的暗号。

我听见青蛙在窗外叫时，就克制不住这样的想象。这严重破坏了我对蛙鸣的审美。就像在菜市场听见被绑肿了腿的青蛙们挤在案板上叫，感觉实在糟糕。在我们城市的一些公园里，偶尔也能听见蛙鸣，呱——呱——呱，孤寂地从假山后面传来，像是被囚禁了十几年的人偶尔从山洞里发出点声音证明自己还活着，这样的蛙鸣给我阴森绝望的悲情感，我甚至能通过音色想到发声者的样子：浑身长毛，眼睛已无力全部睁开，身体土坷拉一般一动不动。

现在我知道了，我并非无条件地喜欢所有的蛙鸣。

在老家的郊外和乡下，有许多水草丰美人迹罕至的野塘，塘边潮湿阴凉的泥地和草丛，是青蛙进退自如的居所，它们平日蹲在岸边捕食，一遇风吹草动，就纵身没入水中，半分钟后，在数米外的水面探出两颗小葡萄似的眼泡查看敌情。除了配备了电网的捕蛙者，一般的敌人简直拿它们没办法。这样的水塘，到了夜晚就成了青蛙的演出剧场，几十或几百只青蛙躲在黑暗里，彻夜纵情高歌。

科普书上说，青蛙鸣叫就像人类在相亲会上献歌，主要是为了吸引异性约会。爱唱歌的是青蛙里的男性，它们的发音器官为声带，位于喉门软骨上方。有些雄蛙口角的两边还有能鼓起来振动的外声囊，声囊产生共鸣，使蛙的叫声更洪亮。为了让声波传出更远，青蛙往往聚在一起集体演出，声部多样，相互配合，有领唱、伴唱、对唱，也有声势宏伟的大合唱，多种方式交替使用。

我住在县城时，非常乐于享受郊外的免费演唱会。从初春到夏天，从水塘到圩堤，大大小小的青蛙歌唱队无所不在。夜晚去圩堤外的荷塘边散步，青蛙们躲在荷叶后和人的脚步捉迷藏，你循着声音找去，它们立即噤声，仍在高歌的是远处的队伍，你向循声找去，前方的合唱噤声，独唱又从刚留脚印处清亮地迸发出来。你看不见青蛙，可蛙鸣像水泡一样在夜色里此起彼伏，不绝如缕。

更早的1993年，我在乡下教书时，见识过更盛大更震撼视听的蛙阵。

鸦鹊湖垦殖场在鄱阳湖东岸，有湖塘湿地无数，稻田数万顷。我常骑车十数里去那里看一个朋友。暮春的夜晚，空气温热湿润，饱含新生植物青涩的香甜，禾苗把鸦鹊湖伪装成无边的草原，一条灰白的机耕道在稻田间蜿蜒着没入远方。我和朋友沙沙地踩着砂石和蛙鸣往前走。开始也是那样，脚步到处，蛙鸣熄灭，等走入稻浪深处时，青蛙变得强硬起来，数量上的绝对优势使它们不惧怕人声。近处的蛙鸣像鼓声振动着空气漫过脚踝；远处的则像禾苗在大声喝水，咕咯咕咯……密集而有力度；更远处的蛙鸣，音色近于天籁，像无所不在的月光，把星空下的所有事物笼罩在自己的音频和热情里。远远近近的蛙声潮水般一浪一浪地席卷而来，时而低缓温柔，时而急促汹涌，人行其中，有严重的淹没感和弱势感，同时也深深地被春夜的活力和激情感动。

因为这样的经历，我特别羡慕那些在城郊有房子，既能享受城市的便利，又能坐在家里边听蛙鸣边看书的人。我曾在文章里写过一个住在县城边上的朋友，他的房子西侧，是无边的草洲和荷塘。春天一到，蛙声就成了帮助他入眠的香枕。

我现在拥有的这间书房，虽然也能听见蛙鸣，可我从不愿对人提起，更不会因它产生"稻花香里说丰年"的美好联想。我窗外的蛙鸣，和县城郊外的不同，和鸦鹊湖的无敌蛙阵更不可同日而语。

也许青蛙的鸣叫，并不存在欢歌与绝唱的情绪差异，可我每次听见蛙唱在窗外零星地奏响，就会想起对面的楼群、水泥路，和楼下面积日益减少的植物。它们的合唱在我听来，不管是什么腔调，不管是什么音高,都越来越像是行将末路者的绝唱。

  我现在仍然渴望,能拥有一间能听见蛙鸣的书房,但不是在这个城市,更不是在这个即将寸土不露的小区。我想听见的蛙鸣,在有荷塘的县城郊外,或者,在更遥远的稻香浓烈的乡下。

风景在导游不在的地方

这话私下里说了八九年，现在才正式写出来，主要是担心被误读为自助旅行者的偏执和炫耀。

早过了靠优越感换取幸福感的年纪。尽管严重不适应被导游掌控起居时间、地点和旅行线路，不过我也理解，确实有许多人，把看地图、找宾馆和餐馆之类的事视作影响心情的麻烦。

他们对导游的依赖和我的抗拒程度是一样的。

前不久在黄山，旁听到一男导游嘲讽不听讲解的团员们：上车就睡觉，停车就拉尿，到了目的地就胡乱拍照。

这是我从导游嘴里听到的最形象的话，比这个石头像什么，那座山峰像什么之类的比喻到位多了。

这种形象揭露的正是现代旅游的懒惰：不用腿，不用大脑，甚至也不用眼睛——相机似乎比眼球更可靠，不仅可以看，还能储存。

幽默的是，导游恰好是懒惰的制造环节之一。

坐飞机、火车、汽车不可避免，缆车、观光电瓶车也会找理由引诱你乘坐。宾馆和餐馆自然是他们联系的，菜单也是事先安排好的。到了景点，走路有人带，先看什么后看什么有人指挥，就连审美过程也被完全代理。那里是仙人指路，不像？你换个角度，还不像？你闭上一只眼睛……大家顿时回到了小学课堂。唯一不同的是，老师喜欢说：那是什么。导游爱说的是：那像什么。

自然界之所以美，本在于它与我们熟知的世界不同，人们热衷于用已知事物界定陌生事物，除了想象力欠缺，更内在的原因是便于转述。如果看到的美景不能转述给他人，满足感就要折损一半。"像什么"的审美习惯，说到底，也是虚荣的一种。

如果导游不说像什么而说你自己品味吧，游客会投诉他，公司会处罚他。

这就是中国式旅游的尴尬。

所以我并不鄙视导游的陈词滥调，只是在他打算说像什么时，早早地走开。

当然这样的机会很少，我平常基本自助游，只在参加笔会时才偶尔落到导游手里。

导游所象征的商业旅游模式的另一个问题是，缺乏发现的惊喜。但凡有点知名度的景区，它的经典景点基本都已深入人心。你没去过北京，但绝对知道长城的伟岸；你没爬过黄山，多半也看过迎客松的玉照。就连遥远的埃及金字塔普通的中国人也不陌生。网络等新传媒普及之后更无悬念可言。旅游变成了验证，亲眼测试一下照片和实物的差距到底有多大。

我的策略是，赶在开发之前到达。

经过了一些年的实践，效果并不如想象的美妙。二十一世纪都过去十二年了，中国大地还有多少未开发成风景区的好去处呢？确实找到过一些导游缺席的野风景，实事求是地说，大多数野风景的美和野花一样，本无惊艳之姿，只是因为质朴和低调，让人觉得亲切。

这质朴其实也不很牢靠，去年还是养在深闺人未识的清新人儿，今年说不定就插花戴朵在旅游专刊上招摇了。

中国的旅游发展至今，对游客构成最大困扰的还是游客本身。在任何一个著名景区，任何一个时间段，最令人印象深刻的景象都是一样的——人海。这不仅造成了交通困难、住宿困难、饮食困难，也直接带来了审美困难。

像赶集一样地出发，像游行一样参观，像逃难一样等缆车。游客到了景点不埋头拍照才奇怪，一切均来之不易，一切都必须争抢。

旅游的本质是休闲，休闲的本质是暂停奋斗。现在，旅游也需奋斗。即便是自助游,也无法避开无处不在的拥堵。

是中国人口太多?还是景区和旅游公司太急功近利?像这个时代的许多事,这些都不是有了答案就会解决的问题。

有人说,长城没被孟姜女哭倒,迟早要被游客踩倒。

婺源这种空间回旋余地很大的乡村,春天一到堵车事件也频频发生。来自天南海北的钢铁怪兽在油菜花海边扭结成巨龙,大半天无法挪动一步。人布满了油菜地的各个角落,比蜜蜂还密集。这种状况,是比较适合人看花呢?还是让花来看人呢?

当你发现旅游不过是把城市的热闹搬迁到乡野,你会觉得很荒诞很受骗。

几乎可以武断地声称:你能到达婺源和凤凰,但到不了它曾有的淳朴;你能爬上长城最高点,但已望不见它的苍茫;你可以夜宿乌镇,头枕的绝不是梦里水乡的波涛。

去过西湖多次之后,在外国传教士写的旧书中看见它早年的身影,忽然发现那个西湖,才像是传说中的西湖:古雅、清俊而幽静,游客稀少,不管是白堤还是苏堤,空阔得有些寂寞,时刻笼罩在暮春的明黄阳光中一般,适合嗑着瓜子的地下党人接头,适合卖烟卷水果的小贩困倦地打盹,适合失恋或失势的小知识分子忧伤地散步。

刻意找到全国其他一些景区的旧照片,无不给人暗合心曲之感。即便是上世纪八零年代初的彩色老照片,也还保留着风景的一些原生性状,没有人山人海的游客,没有鳞次栉比的商铺。旅行者都背着饼干馒头和绿漆斑驳的军用水壶,那时门票很便宜,但相机很稀少胶卷很珍贵,照一张相就像现在的人蹦一次极,要下很大的决心。

初二时,一位要好的同学暑假跟着父母去了一趟桂林,我对他的羡慕流传至今。

那时导游还是个时髦的新名词,最流行的是自己指导自己的自助游。

那些老照片也让我想到相机发明之前的古代,那时不仅没有导游,连风景区的概念都没有,关于美景的线索基本来自前人的诗文和商贩的口传,再好看的地方也不收门票。更无需担心的是拥挤,那时除了徐霞客之类的职业旅行家和四处迁徙的官员、商旅,大多数中国人一辈子都不会离开方圆百里的区域。

那真是山水爱好者的好年代啊,只要你离开了家乡,你就在旅游途中。

一枚茶叶的近亲和远亲

　　一股八十度左右的热流撞击着透明的玻璃壁，旋即弹溅回来，裂成晶亮的若干股，把杯底几枚黛绿干枯的茎叶卷入怀中，渗透，浸润，不一会儿，枯瘦的叶片魔术般舒展开身子，颜色也一点点向灰绿过渡，直至鲜嫩如初生。香味也凝结成汽柱袅娜地升起，打湿凑近的鼻孔和眼睛，一片氤氲中，你望见遥远的烟雨迷蒙的山野。

　　不大嗜茶的人，也大抵会喜欢泡茶的过程。泡茶是一种还原，还原茶叶的本形，还原种植它的土地的生态，还原滋养过它的阳光、月光、云雨和露水。

　　喝茶，其实是喝天地之灵气，日月之精华。

　　因为这推理，我对好茶渐生热情和好奇，一边品茶，一边想象各地的山川风物。

　　在我有限的茶视野中，狗牯脑不算最知名的豪门，却是记忆极深的一种。不仅因口感芳醇，也因对一个乡土气浓郁的茶名不明就里，到底是茶叶像狗脑袋，还是茶产地和狗脑袋有关呢？

　　六月初在遂川县的汤湖温泉附近，望见了那座酷似公狗脑袋的山峰，被梯状分布的茶园层层地包围，簇拥。站在平地仰视，有乳白的烟云腰带般缠绕；登上邻近的一座茶山，仍觉得那狗脑袋高不可攀。带路的人说，要想登上对面的主峰，起码要两三个小时，此时暮色已如马群在远处的峡谷汇聚躁动，很快就将席卷而来。

　　远远地眺望，狗牯脑茶王第八代传人的几栋白墙瓦屋嵌在翠绿的狗脑下，醒目而和谐。去过那里的人说，屋前还有古老的桂花树，桂花的香气参与到茶香的发育中，使得它具有了别样气息。有文章为证，一作家坐在屋前喝了一杯新茶后，多年后都褪不掉舌尖的余香。

这夸张的说法在我看来一点不玄乎，因为这缕茶香的背景实在是太深厚太广阔了。

脚底和四周的茶山连绵起伏，重峦叠嶂。作为罗霄山的余脉，这一带的茶山海拔均在六百米之上，最高峰超过千米，面积则无法用肉眼穷尽。这里土质肥沃含硒，山间四季云雾蒸腾，昼夜温差大，有着适合茶树生长的独立小气候。

汤湖镇狗牯脑山是狗牯脑茶的圣土和大本营。在外围拱卫这圣土的，还有许多重要的关系户。

紧挨汤湖的左安桃源村的梯田是狗牯脑山的近亲，曾获评全球十大最美梯田。我在微雨中攀登，车子沿着四米宽的狭窄山道盘旋近一小时才到达。山巅的能见度不足百米，云雾把梯田的壮阔隐藏起来，却藏不住它的清秀面孔（未插秧的水田）和俊美线条（窄细坚固的田埂）。它的美和茶山很接近，呈阶梯状向天空递进，有宗教般的庄严感和仪式感。

更远的新江乡石坑村，一片楠木林令我大开眼界，这种贵族气质的树种，在江西其他县份较少发现，在石坑村后的山崖上却繁衍成林，数量不是几株、十几株，而是惊人的几百株、近千株，大多有着顶天立地的雄性气概。盖因此村自古有一风俗，谁家新添了男丁，就去山上栽一株楠木。伴生的荷树栀子花般的落英密集地洒落在林间小道，像是无声而有形的赞叹。

衙前镇溪口村的棋盘洲被蜀水的碧波环绕供奉，洲上绿影蔽日，不足二平方公里的小洲分布着苦槠、楠木、毛竹、松、杉等树种共五十六种，地表还匍匐着草珊瑚、绣花针、麦冬等珍贵中药材十多种，像个微缩的江西植物标本园。其中大大小小的楠木一千多株，最大的一株宋代古楠胸径近六米，需五六个成人牵手才能合抱，树冠也达八百多平米，像在天地间撑起了一把巨伞。

毫无疑问，石坑和棋盘洲都是狗牯脑茶的亲戚家，蜀水是它的表姐，楠木是它的表哥。

相似的远亲，还有衙前镇上镜村的古樟树林，树龄大多在百年左右，最老的一株，接近千年。它们是狗牯脑的叔伯吧。

年岁最长的亲戚，当属衙前镇堠尾村的千年罗汉松，此树胸径近二米，树冠近四百平米，就罗汉松这个树种而言，能长成如此规模确属罕见，尤为不易的是，它从唐代起以标准的挺立姿势站到现在，毫无疲惫老迈之态，枝叶繁密果实饱满。以年龄论，它可当狗牯脑的爷爷，从相貌看，顶多算是大伯。

我无缘走遍遂川，在一天半的走马观花中，就发现了狗牯脑的诸多亲朋好友。

研究心理学的人基本都认同一个规律，一个人品性的养成，除了基因，也往往同它的家教和成长环境存在因果关系。我觉得一种名茶的脾性和品质的形成，也同茶园和比茶园更大的生态背景有关。

狗牯脑茶据传创始于清嘉庆年间，一位梁姓汤湖人因家贫受雇放木排为生，由遂川江经赣江入长江。有一次遇洪水落难，在南京被一杨姓太湖女子收留并成婚。杨氏善种茶，带着茶籽跟随夫君返回遂川，在狗牯脑峰下种茶为生，培植出品质殊异的狗牯脑茶，后被选为皇室贡品，民国时还在巴拿马国际博览会上荣获金奖。

听这个故事时我在琢磨一个问题，狗牯脑茶籽从江苏太湖舶来，却只在遂川长成名茶，可见除了梁、杨二人独特的制茶秘笈，狗牯脑山的水土亦是重要因素，并且是十分重要的因素。

狗牯脑山的水土和气候是茶叶品质的保证，但这方水土的养成，则得益于遂川县的整体生态。

光绪年间，县官想把棋盘洲的宋代楠木当作贡品献给皇宫，砍伐时却被闻讯赶来的村民合力阻止。村民们手牵手抱着树干说：先把我们砍死，再砍这棵树。

遂川的历史和现实中，类似的事迹还有很多。前几年，上镜村有株古樟被外地客商看中，想出重金移植，村人不同意。对方就指使人乘着风高月黑用硫酸泼根把古樟烧死，然后提出，树既死，留在上镜也无用，不如当作木材高价出售。当地人在天价的诱惑面前也有过动摇，最终未松口，把死树留在原地警示后人。他们担心一旦开了先例，就会有第二第三株古树被谋杀。

这样的故事令我在感慨之余，更坚信了一个判断，狗牯脑茶之所以能香得这么浓郁，香得这么持久，是因为它有众多近亲和远近做后台。

表面看，这后台是一个个楠木传奇、古樟传奇、罗汉松传奇，更强大的后台是，作为一个少田多山的农业县，大多数遂川人至今仍对家门外的自然保持着虔敬之心。

石坑村生男丁种楠木的习俗，虽同重男轻女的旧思想有染，却也透露出一个信息，遂川人可能是把山林树木当作命来爱护的：树木旺，则人丁旺。

这信念，正是一缕茶香最深广的生存背景。

铅山的两种读音

　　铅山是它的本名，当地人非要读作 yan（音同沿）山，并在汉语词典开创了一个特例，铅山作为县名时读作 yan 山。这似乎表明，他们并不满足于过单一的黝黑如铅的生活。铅山人执意借着舌尖形状的变换表明更丰富的文化姿态，铅山的内涵里，既有声母为 q 发第一声的铿锵与平实，也有声母为 y 发第二声的轻盈和上扬。

　　永平镇附近的铅矿和铜矿，是当然的第一声，千年之前，铅赐给这个县以姓氏，铜带给这土地上的人民以富足。不远处石塘的连史纸作坊和鹅湖书院，则是标准的第二声。连史纸的脆白、典雅同铅与铜的沉重、粗粝形成赌气般的对照，铅山一度因它成为江南五大手工业中心之一。比连史纸更具上扬感的读书声、辩论声，把铅山县的富足直接从物质层面扩展到精神层面。中国古代哲学史和文学史，都记录了鹅湖书院里发出的声响。

　　毫无疑问，峭拔野性的黄岗山属于铅山，它不仅是武夷山的最高峰，也是华东地区最高峰。就在黄岗山脚下，却遍布着 yan 山风格的云雾、萱草、茶叶、溪流和一些发音更柔曼的乡村：鹅湖、紫溪、新滩、太源、篁碧等等。当然，还有那条连通赣闽两省的鹅湖古道，以及古道上遗落的奇闻轶事。我的脚步和呼吸验证过其中一些圣境，十多年前还曾为紫溪的一家乡村幼儿园写过好几千字的印象记。印象更深的是，许多村民直接饮用从门前水沟里淌过的山泉水，口感比井水更清凉甘洌。

县城河口镇是江西四大古镇之一，与瓷都景德镇齐名，也是始于武夷山的万里茶道第一镇。旧码头对岸的九狮山赭红浑圆，像九座巨型铅锚，把小城和周边的村庄牢牢焊定在河边，它们是铅与铜的近亲。不过，绕山而过的信江却浑身散发着 yan 的气质。它不仅清浅，而且迂缓，不仅迂缓，而且缠绵，一步三回头，荡出无数光泽迷人的涟漪，适合白鹭沐浴捕虾，适合蓑笠翁撑排放鸭，适合小妇人洗衣净菜。更明显的证据是，水面上还有一座曲线动人的古浮桥，迤逦泅向对岸少人的绿野。铅山人已在信江上修了公路桥，yan 山人却执意要将木浮桥保留到底，审美意味明显大于实用价值。

临江的明清古街修建时采用了大量古砖和麻石，可视作铅的远亲，古街上的生活方式又只适合读柔和的第二声。新城区超市林立，物资丰饶。古街里的中药铺、茶叶铺、铁匠铺、篾匠铺、桶匠铺、剃头铺还在营业；汤粉、灯盏果、荞麦果等别具风味的小吃仍掌控着当地人的味蕾。许多外地人也常慕名闻香而来。吊脚楼大多采光不足，老人们却只在昏暗中才能安眠，醒着时就坐到门前的光柱下摘菜唠嗑，或者一动不动地歪坐着聆听自己的鼻息。他们守在老街上，和壁上的苔藓、墙上的仙人掌一样，在阳光与雨水的轮番浇注下随性地生死。如果你肯俯下身子把耳朵贴上麻石，几十年前独轮车的足音似乎仍在低空萦绕。

1990年秋冬，我在铅山一中实习两个月，对群居生活的不适和对未来的隐忧灰暗如铅块，沉沉坠向心底。我常去九狮山下的山林、寺庙踏青散心；在通往老码头的深巷里写生流连；更多的傍晚，坐在一中后边的货运铁路上看冬阳在冰冷的钢轨上一点一点地熄灭。除了自己的老家，我从未与一个县城交情那么深，也从未在一个旧镇的落寞氛围里浸染得那么久，以至于，多年之后，我常不由自主地想起它，奔向它。

1997年，我数次坐面包车从上饶去河口采访。1999年之后，我多次从南昌坐火车和中巴到紫溪等地云游。2006年后的春天，我两次顶着瓢泼暴雨坐中巴赴铅山宾馆开原本兴趣不大的笔会。2010年之后，我多次自驾从南昌出发去那边看浮桥、造纸作坊，吃灯盏果。

有个秋天的夜晚，和家人一起蹲在星光欲滴的九狮山顶眺望古镇暗红的灯火，久久舍不得回宾馆。

1990年的那段记忆的贮存地，发音更倾向于铅，之后若干次回归时，我却有点分不清，我到底更爱俊秀抒情的yan山，还是它属于铅与铜的粗重部分。

很少有地方能像它那样，在两种读音的角力中呈现出极富张力的韵味。也很少有地方，用25年长度见证了我从青年到中年的韶华流逝，却用一成不变的山峰、江水和浮桥标记了我在时光中丢失的一些东西。

2015年春天再次走近它时，同车的北方作家又在讨论那个发音的问题：明明是铅山，为什么要读yan山呢？

我们的土话就是这么念的，我们叫铅笔也叫yan笔的。到上饶接站的当地女子解释道。

我微微笑着，迎风望着窗外那条1990年风格的柏油路，宽若高速路的快速通道都修好了，我居然仍能沿着这条绿影婆娑的旧公路进出古镇。似乎，河口不仅执意要把古镇的本色保持到底，也打算成为我个人的往事之城。

这样，铅山就有了两种读音之外的另一个好处：

时间在交通陆路化的近代抛弃了它，时间也在经济工业化的现代饶过了它。

我闻不到苹果的香

起初我也以为有问题的不是苹果,是嗅苹果的人。接纳新事物的热情衰减后,就会染上怀旧的毛病,看什么都是今不如昔。

"现在的苹果怎么不如小时候吃的香啊?"我拿这个问题试探过不少同龄人,很少有谁否认这感觉的存在,对于原因的认定却各有说法——这只是一种错觉,纯主观感受;或者,那时水果贫乏,吃什么都觉得香。

我差点被说服,记忆常会美化一些东西,甚至会黑白颠倒地欺骗自己。我不再纠结这个虚无的疑点。管它香不香,每天还是会吃一两个苹果。我需要从它体内摄取有益健康的维生素,或者说,需要这种心理暗示——我每天都在进食天然维生素。

进入夏季,本地的一些瓜果也陆续上市,一板车一板车地摊在菜市场门口。我掂起淡黄色的梨瓜(学名香瓜)送到鼻子底下,却闻不到熟悉的浓香,也没苍蝇跟着飞舞。瓜贩赌咒发誓地说保证好吃,我还是丢了回去。

在南方,苹果属外来水果,小时候所见甚少。好梨瓜该是什么样,估计到七老八十我也能记得清清楚楚。顶部因自然成熟而崩开细细的裂纹,不用送到鼻子下,隔着一两米远,鼻子就会被它的甜香勾引,就像是被一根粗大的绳子牵着。

三十多年前梨瓜的香味,确实像绳索那么有形而有力。我们都不用仔细查看瓜体色泽,单凭气味和蜜蜂、苍蝇对它的兴趣就能判断出成熟度和含糖量。

有了梨瓜的提示，三十年前苹果的体香也逼真地浮现在鼻子前的空气里。比梨瓜的要淡，要柔和，也更细腻，清新并有着上扬的飘逸感，很容易转化成一种积极向上的迷幻感——对未来和甜蜜生活的殷殷期待。

也记起了那时吃苹果的流程。先抟在掌心把玩，不是玩几分钟，有时要玩一两天，睡觉时藏被窝里，上学时搁兜里，一有空就掏出来撅着唇嗅它的气味，也用这气味馋没苹果的人。把玩够了，才往贴着胸口擦两下灰，送到嘴边连皮一起咬，咔哧一声，被果皮包裹的含着许多汁液的清香迸溅得满脸都是，却舍不得擦，脸笑得像只大红苹果。

我一根筋地追寻苹果的香味时，有专家在媒体上提醒，吃苹果一定要削皮，否则有蜡中毒的危险。苹果采摘后，出于长期保存和保鲜的考虑，会在果皮上涂上一层蜡，一般涂食用蜡——从螃蟹、贝壳等甲壳类动物中提取的壳聚糖物质，对人体基本无害；现今很多商贩为节约成本用的是工业蜡，含汞和铅，会危害健康。

在皮肤上裹一层厚厚的蜡，阻止水分从毛孔中流失，体香自然也就散发不出来吧。

想起某年在南戴河附近的乡间散步，路过大片的苹果园，想拍几幅祖国新貌风格的硕果累累的照片，却见每个苹果都被黄色纸袋包裹着，像是一群躲在绿叶间的蒙面小偷，很煞风景。

苹果套袋技术自上世纪九十年代从国外引进，先在胶东等地试用，后来逐渐推广，对预防病虫害、防止鸟类啄食果实以及减少农药污染有一定作用。只是，果体长期密封在窄小的暗室里，是否也会抑制香味的合成和挥发呢？

关于现在的苹果不如从前的香，我的一位学生物的博士朋友还有更本质的分析。三十年多前市场经济还没大面积推广，瓜果基本是自然成熟，定时采摘。不像现在，为了产量更大，口感更甜，种植周期更短，利润更高，生长方式和周期都被打乱，加上膨大剂、甜蜜素等各种添加剂的使用，即便是同一品种，口感及气味都与过去不同了。

我正有此感，现在的瓜果，个头大了，糖分足了，就是香味不如过去浓郁。

问题是，香味对于瓜果而言真有我强调的那么重要吗？

科学实验的结论：苹果的气味主要由两种物质构成，一种是苹果进行无氧呼吸产生的乙醇；一种是苹果在成熟的情况下产生的乙烯。乙烯是一种无色稍有气味的气体，乙醇则有特殊香味。苹果的香味应该是以乙醇为主，其他酯类、醛类为辅。

博士朋友说，香气是苹果成熟的标志，还可以用来催熟其他水果。把一颗熟透的苹果放在一箱猕猴桃里，一夜之间，七成熟的猕猴桃就能变成十成熟。很多果贩子在利用这种技术，生的摘下来，上市前在运输途中催熟。

以前还听说医生给失眠的老人开处方——晚上睡觉前放几个苹果在床头柜，能有效改善睡眠。

和朋友们讨论苹果体香的问题时，不可避免扯到更多类似的事：现在的大米不如过去的香，鸡蛋不如过去的香，大棚蔬菜不如过去的香，鸡鸭鱼肉不如过去的香。某同事甚至说他一个亲戚常年吃素，原因仅仅在于他是养猪的，了解一头猪的成长过程要打多少抗生素，服用多少瘦肉精和催长素，"现在的猪肉不是香不香、好吃不好吃的问题，而是能不能吃的问题。"他表情绝望地说。

我所在的城市，有几家名称各异的特供猪肉店，价格是普通猪肉的三四倍，号称绿色环保肉。买回来烹制，蒸腾出熟悉的肉香，再细细品嚼，其实就是小时候吃的最普通的土猪肉。那时一头猪要出栏一般要一年多时间，吃的也都是有机食料：剩饭剩菜、米糠、红薯藤之类。有的地方还实行放养，猪的食谱更丰富，肉质也就更加鲜美。

从苹果到猪肉，我们的不满似乎奔跑得有点远了。

起初我以为这些不满也属中国特色，见多识广的博士朋友把问题一分为二，在食品安全方面，中国特色自然更鲜明些；而食品生产的工业化，其实是个全球性现象。在一些法制健全的发达国家，人们也不一定能嗅到苹果的迷人体香。

"人口的增长和农耕土地的减少迫使人类不断提高食材生产的效

率,如果瓜果都按照野生的状态低效地生长,人类早饿死了。"博士朋友的潜台词很明显,在产量和营养价值面前,对香味的偏执显得有点文艺化了。

她甚至并不反对转基因。在她看来,只要科学规范地使用,这和传统的杂交技术也没有太大区别。"你以为我们现在吃的稻米和春秋战国时期是一个品种吗?两千多年来,稻种不知改良换代了多少次,可能比朝代的更迭次数还多呢。"

我的文艺化的念旧情绪被她的科学论证瓦解了,同时也想起一个基于科学精神的命题。由不同食物分子喂养的人类还是不是同一种人类呢?

一个教了半辈子小学的朋友常抱怨:"现在的孩子简直是玻璃做的,一碰就碎。上体育课跑步摔一跤,大腿骨折;课间和同学推搡时跌倒,手臂骨折。考试没考好老师批评两句,回家就从十楼跳了下去……我们以前哪有这么脆弱,一天不摔几跤还算男孩子吗?被一伙人摁倒在地乱拳暴打,站起来拍拍灰照样去上课……"

这一茬玻璃身的产生,能说和食材的品质与食谱的结构没关系?心智的脆弱除了与教育环境、家风之类的社会化因素相因果,难道就不存在与饮食相关的生物性原由?一方水土养一方人,食物毕竟是水土的重要组成部分。

现在的读书人,看《红楼梦》里的人情世故还有点熟悉与亲切,读唐诗宋词的豪迈与悲切就觉得有点疏远,因此把那业已疏远的情志归结于文化的浪漫。至于《诗经》里的草木之美、民风之美和《楚辞》里的烈士情怀,就觉得有点夸张和云深不知处了。别的不说,单是"香草"意象的频频使用就令人一头雾水,用香草比喻美人尚可想象,香草和君子的操守之间有着怎样的款曲勾连,则是现代人颇难意会的——我们距香草之香和美德之香都太远了。

自古至今,汉族人文化基因的演变,是否和粮食基因的改写有着某种神秘的关联呢?

这肯定是一个值得研究的课题,但肯定没人愿埋下头来钻研,不仅仅因所跨学科门类太多、跨界幅度太大,还因为这种基因的改写还在加速度进行。

一切早已发生，一切都不可阻挡，一切也难以预测。

我们很难站在某个点上判断一根线的走向，所以姑且放下对与错的判断。不管是否情愿，我们已然被带入这样的年代，仅靠对某种水果气味的印象，就能区分几代人。

博士朋友生于 1985 年，她有食物记忆时，苹果已渐渐不怎么香了。我想，她对于相关问题看法的客观，一方面源于科学的精神，一方面是因为缺少清晰的参照。

关于苹果不香的问题，我也叨扰过一些更年轻的朋友——九零后和零零后，他们大多听不懂我的问题。"你说的香到底是指什么？你不咬苹果自己会散发出味道来？""我觉得现在的苹果挺好吃啊，好吃不就是香的吗？不好吃你买贵点的。"才仅仅隔了三四十年，许多事情就便得如此没有共识。

多么令人感慨呀，如果"我闻不到苹果的香"的句子里饱含的是怀旧之憾，那么"我不知道苹果的香"呢？

那会是怎样的一种崭新体验？